悄吟文丛（第二辑）

古耜 主编

漫游者的
边境

葛芳

著

中国言实出版社

第二辑　识　人

第一辑

漫游

凝视佩索阿

穿着高跟鞋，背着电脑，我在里斯本的自由大道开始漫步。脚下的道路如同海浪，在起伏涌动着，那是镶嵌彩绘地砖的缘故。高大棕榈树笔直挺立，无花果、菩提、橄榄、柠檬等植物散发着清香。里斯本是欧洲大陆最西端的城市，虽然是冬天，风吹在身上并不冷。走着走着，一阵雨来，也不要紧，那头还是阳光普照。我饶有兴趣地拍街边人物雕塑，大多是作家、政治家。比起巴黎的香榭丽舍大道，我更喜欢这里的宁静、散淡。

充满暖意的冬天，鸽子从路边的咖啡凉亭扑棱棱飞出，机警的小眼睛注视着地面。我坐下喝了一杯咖啡，并要了蛋挞来充饥。一个人辗转二十多个小时的飞机，寻找的就是这种感觉。接下来几天，我会在这个城市四处游逛，观看、阅读、写作、少量交谈。

与英国艺术评论家约翰·伯格一样，我在里斯本寻找一种若有若无的东西，譬如说丝柏树，譬如说佩索阿之家，譬如说法朵音乐女歌手悲情绝望诉说宿命但充满思念的表情。

佩索阿在 1925 年出版的《里斯本，旅行者应该看什么？》一书中写道：

> 对于那些从海上来的旅行者，里斯本，即便是远远看来，就像是在美梦中升起的幻境一样。在亮蓝色天空和金色的太阳底下，里斯本的轮廓那么明晰。

佩索阿应该是里斯本的代言人，他们之间的关系，如同卡夫卡与布拉格，乔伊斯与都柏林，博尔赫斯与布宜诺斯艾利斯。无论走到哪里，好像都是沿着佩索阿的足迹。迷宫一样的街道，陡峭狭窄的鹅卵石小径，尤其是坐在电车里，晃晃悠悠从五颜六色房子前经过时，我有一种迷惑感、梦境感。气喘吁吁爬坡，登圣若热城堡，怀疑是不是走错路了？当越来越多的人从各个转角处闪现时，我确信自己去往的是一个古老的城堡——那里的堡垒建于公元前 2 世纪。登临眺望，远处大海幻境一般无限伸展，而千千万万橘红色屋顶构成曲折有致的画面让美术家惊叹——这是里斯本的颜色，热烈，奔放，光照充分，心无挂碍。

阿尔法玛区可能是佩索阿逗留时间最长的地方。沿着坡路，他虚弱的身影在街灯映射下更为孱弱。他不需要被人了解，他宁愿让高贵的孤独来伴随自己终身。

阳台上卖唱的艺人，兜售针织品的老妇人，坐在教堂门前抽烟的情侣，各种熏肉，绿意葱茏的藤蔓，拐角处叮叮当当的电车声。里斯本的底色，是古旧而充满烟火气，似乎它从来就没有变过。佩索阿就这样描写——

> 阿尔法玛区代表着里斯本永恒的一面：建筑、街道、拱门、阶梯、木阳台，还有人们最真实的生活形态：嘈杂、聊天、歌声、贫困和垃圾。
>
> 旅行？活着就是旅行。我从一天去到另一天，一如从一个车站去到另一个车站，乘坐我身体或命运的火车，将头探出窗户，看街道，看广场，看人们的脸和姿态，这些总是相同，又总是不同，如同风景。

地铁疾驰，可以瞥见站台边各种上光花砖。有的像孩子们的涂鸦，有莫利亚鱼，有奔跑的鸡，有绽放的花朵；有的直接画着佩索阿孤独的蓄着小胡子的脸，他像个幽灵无处不在；也有排列齐整的青花花纹，让人不免有回到中国之感。上光花砖是葡萄牙人从占领者摩尔人那里学来的，意思是"打磨光亮的石头"。摩尔人，仿佛就是一个古老的谜面，神秘有魔性，等待着我们去猜想。约翰·伯格也承认，里斯本这城市和有形世界的关系，与其他城市都不同，它玩着某种游戏。这些瓷砖诉说着世上各种精彩绝伦的事物。

我在这个城市地下穿梭，一个恍惚，才发现车厢里除我是禁欲，还是恋爱？是与女人恋爱，还是与自然恋爱？与词语恋爱？与自身恋爱？与虚无恋爱？

葡萄牙另一位大作家是获得诺贝尔文学奖的萨拉马戈，他强悍、有力，带着荒诞和黑色幽默感长时间与葡萄牙政府对抗着。有意思的是，里斯本百姓似乎更愿意接纳佩索阿的拘谨和抑郁。佩索阿的照片悬挂在很多咖啡馆和饭店。巴西人咖啡馆门前的一尊铜塑像，被成千上万的人合过影。佩索阿跷着二郎腿，手有些紧张，僵硬着，表情严肃，下巴呈三角形。头顶上的礼帽已被摸得油光锃亮。空气里飘逸着咖啡豆的香味，电车在一节一节驶过去，流浪艺人的吉他弹奏得抒情有味，他旁若无人，倾心而歌。佩索阿用一种专注的神情聆听。"活着让我迷醉"，诗人在里斯本的街头，让自己像一只纸船漂流在梦想的海洋上。

圣若泽一家餐厅里，三个男子热烈讨论着，一个是鬈曲金色头发，清瘦，眼神略带忧愁，坐着的时候腰弯得厉害，很像佩索阿想象中的另一个自己——异名为伯纳多·索阿雷斯的诗人。另一个短发精干，发音时爆破声很多。还有一个背对着我。他们或许是在谈论诗歌，在葡萄牙这个诗歌国度，只要谈论诗歌，再大声也不为过。

我对侍者说，需要一盘鳕鱼，腌制的鳕鱼。这是葡萄牙人的最爱。鳕鱼和西兰花、青椒、红椒、土豆、洋葱、黑橄榄一同翻炒烹制，香味扑鼻。我又点了一杯波特酒，清新甜美。我肩膀微微发痛，然而疲劳在美食的滋润下遁去。

佩索阿在吟诵：

> 曾经是个孩子的我在路上哭泣
> 我把他扔在那，成了如今的我

热罗尼莫斯修道院附近的贝伦艺术中心。二楼，一眼撞见的就是莫迪利亚尼的非洲木雕。意外相逢，我心脏被瞬间击中。拉长的鼻梁，樱桃小嘴，不需要看作者标签，我就能断定是莫氏作品。他留存在世上的木雕作品应该不多。一个月前，我以莫迪利亚尼为元素写了一个小说——《幻影》。

负一楼，电影《紫色》在播放，作者是 John Akomfrah。"哦，地球，你看到了什么变化？"是副标题。电影拍摄于十个国家，空间广阔，概念复杂，由六个屏幕组成，呈现了我们共同造成的生态破坏。无论是最近的，过去的，还是现在的，电影没用警告的语言，也没用天启的预言，而是通过我们对行星感官的共同认知和顺从的悲哀来呈现。

博物馆里的女馆员，气质沉静，身材高挑，坐在高椅上，眼睛扫视着静止的一切。有时她拿一本书阅读。那几幅画，形成了诡异的独特的气场，在静止中涌动着艺术家强烈的诉求。我很想以博物馆女馆员为题材写一个小说，地点着。她们翻阅书籍时动作小心翼翼。

我和对面的老太太心照不宣，她的脚尖抵着我的行李箱，以防火车拐弯时行李箱滑到其他地方。她意思是，让我放心睡她会照看我行李，我无法用语言和她交流，只能向她微笑，以示谢意。窗外一大片一大片绿色绵延，天空低矮，忽然，跳出一望无际的黄色，原来是成片的油菜花迎风招展。"那是春天，树林飞向它们的鸟"，我想起了策兰的诗。

我在布拉格的一间阁楼住下来。

阁楼的天窗不错，将日光和黑暗第一时间传递给我。我躺在床上，什么也不想，光看天色也是件很好的事情。阁楼空间很大，有专门书写的桌子，我把随身携带的几本书拿出来。《布拉格精神》《小说的艺术》《卡夫卡全集》。我反复交替阅读着这些书。气味、气息、气场，都是属于布拉格的特征。我是如此贪恋，在布拉格阁楼上阅读，有御风而行的快感，看着看着，不知不觉进入了梦乡。

酒店的门口比较小，布拉格的建筑大都如此，外表不引人注目，甚至狭窄拥挤，进去却豁然开朗。这应该称作不张扬，和捷克人的性格是吻合的。

二

卡夫卡和他的布拉格，城堡意象无处不在。

来东欧，我是要寻找卡夫卡。

在卡夫卡居住地附近游走，我觉得他的魂灵还在那儿转悠。"一分钟屋"是卡夫卡迷必往的参观点，他就在这儿生活过。屋子风格奇怪，外墙上壁画内容是圣经故事或者神话传说。其中《射向死去的父亲》的刮画令人深思，三个儿子到底谁能得到继承权？法官让他们向父亲的尸体射击来决定。这寓意着卡夫卡和生命中对他有重要影响的父亲之间关系极其微妙。

来自世界各地的人拥向广场看天文钟，然后散去，极少人关注老市政厅一分钟距离之外的这间屋子。它已变成一家餐厅。我停留，点了一杯卡布奇诺咖啡，打开英文版《变形记》：

> 一天早晨，格里高尔·萨姆沙从不安的睡梦中醒来，发现自己躺在床上变成了一只巨大的甲虫。他仰卧着……

我仿佛看见卡夫卡和他朋友雅诺诗慢慢穿过老城环形道，经过尼古拉斯教堂，拐进鲤鱼胡同，绕过市政厅来到小环形道。在卡尔弗书店的橱窗前，他们停住了。

他们谈论里面的书籍。卡夫卡有些疲惫，沉浊地咳嗽了一通，然后说："我永远得不到足够的热量，所以我燃烧——因冷而变成灰烬。"

他们走到老城广场上胡斯纪念碑附近，卡夫卡喟叹了一声，"一切都挂着错误的旗帜航行，没有一个字名副其实。比如我现在回家，这只是表面上如此。实际上，我在走进一座专门为我建立的监狱，而这座监狱完全像一幢普通的民宅，除了我自己，没有人把它看成监狱，因而就更糟糕更残酷。任何越狱的企图都没有了。"

这是卡夫卡的基调，灰色、荒谬、绝望的基调。

他恨自己的虚弱，他的工作，他的单身生活，他自身的存在。他注意力几乎全部集中在他的病，他的梦，他的焦虑，他最琐细的日常活动。这个世界看上去总是在威胁卡夫卡，使他不安，并且总想逃离，总是"闩上门窗和这个世界对抗"，于是他把不信任感带来的恐惧全部倾泻在文字中。

譬如《在流放地》，读完是震撼和恐惧。《乡村医生》，看完的感觉是孤独、不安、悖谬。而《判决》是夜的幽灵，惊悚、无助。

三

我在城堡中迷失了方向。不规则的、错综复杂的小巷究竟要把我引向何方？

已经是深夜十点了。远处教堂的尖顶在黑魆魆天色中显得鬼魅。我忽然有了一种恐惧感。这是我到布拉格的第一个夜晚，我还没熟知它的脾性。我顺着谷歌地图不停绕啊绕啊，左转，右转，但鬼使神差又绕回到了原地。我想，还是打个出租车吧，贵一点就贵一点，我需要尽快安全回到酒店。

悖谬开始了。或者说它一环紧扣一环。司机是个彪形大汉，他打开导航，我用我的谷歌地图定位酒店，行程一致。夜风吹拂，男子边开车边和朋友视频，对方在打拳击，抑或是在一个喧嚣的娱乐场所。我默然，好歹要到酒店了。

"一千九百克朗。"他说。我怀疑我听错了，请求他再说一遍。"一千九百克朗。"他重复道。

晕！我搜遍全身也没有一千九百克朗，六分钟的路程需要这么多钱吗？相当于人民币一千四百多元。我浑身冒汗，我上了一条贼船。他说，可以到 ATM 机取。他火速把我带到 ATM 机。无奈，我的银联卡没法用。我问，"欧元，你用吗？"他点点头，伸出手，"三百欧元！"

糟糕的气息，糟糕的夜晚，我只想尽力摆脱这个魔鬼一样的人。我付给他三百欧元后，他风一样把我带到酒店旁，说，"还要两百欧元！"我整个人傻了，为什么？我问得愤怒又虚弱。

"因为我又载了你一段路途，你要另付两百欧元路费。"

人为刀俎，我为鱼肉！我已经无话可说，只求这个人快快从眼前消失。我掏了两百欧元后惊魂未定。他抛下一句话给我，"以后你可以选择黄色出租车，它会便宜一些"。

我终于躺倒在酒店阁楼上，我怀疑起刚才的真实性，但确是发生了——城堡，这就是卡夫卡生活的城堡，充满了荒诞与悖谬的城堡。

清晨，我在酒店地下层用餐。不见服务员，面包、奶酪、咖啡都已放好。橙黄色墙面上有一幅典型的布拉格油画。城堡中压抑逼仄的街道上，一个女子挎着篮子提裙而走，后面似乎闪现着一个幽灵，亦步亦趋跟随着。我安慰着昨夜受惊吓的自己说：冷静，遇事一定要冷静！昨晚一切，是因内心没有足够的力量对抗恐惧而引发。

四

卡夫卡用钢笔进行速写。

一个个小人，他们或跑动，或击剑，或在地上爬行，或蹲在地上，或趴在桌上头晕。

"他们从黑暗中来，又在黑暗中消失。"他对雅诺诗说，他的嘴角抽搐了几下。黑色小人是他随手涂鸦的结果，他不愿意被人瞧见，常会画完撕成碎片。"我想要抓住人的轮廓，可是他的透视消失点不在纸上，而在我的铅笔没有削尖的另一端——在我的心里！"

他就是黑色的小人，在风雪夜里出现，晃晃悠悠，如同乡村医生，如同流放地即将被行刑的犯人，又如同在城堡中等待着被审判的 K。他从视野中出现，风越刮越大，雪也越来越猛。他的身影屡弱得可怜，孤独无助，跌跌撞撞。他去向哪里？谁也不清楚。最终，归于虚无，一片茫茫。

这是卡夫卡博物馆的一段艺术影像。没有声音，只有画面，黑白两色，晃动不停。变形的扭曲的布拉格城市在晃动。

我在卡夫卡博物馆门口的咖啡厅坐下来。旁边两个人叽叽咕咕似乎用意第绪语在交流，我不能确认，只是凭感觉在猜测，因为有大量的卷舌音和滑音。

在这捷克文化、德国文化、犹太文化的集合地，什么事都有可能。

五

第二天、第三天、第四天，我完全控制了自己的节奏，我不慌张，沉着，冷静，我让自己在布拉格轻松游走。第一个夜晚的遭遇让我对世界开始保持警惕，从辩证的角度分析，这反而是件好事情，它提醒我——人需要适当的清醒和自我保护。人性中，也有恶，所以要明辨是非，要从容对待，千万不可在情急之下随便做出缺乏理智的选择。

七

空气中弥漫着菩提树和迟开的槐花芳香。

我在老城寻找布拉格大学。马蜂窝软件定位有误，怎么也找不到。我不死心，执拗地徘徊着，瞅见一个大学生模样的人推开一扇胡桃木颜色的大门。门十分沉重，我用尽力量往里推，尾随进去。我猜测它一定是布拉格大学的一部分。门口有一铜牌，落款是"Univerzita Karlova"，一查，捷克语——果然是"布拉格大学"。

教授讲课的声音洪亮清澈，橙黄墙面上参差盛开着蔷薇花。卡夫卡蹙眉轻咳迎面走过，而米兰·昆德拉是昂扬的状态，他就像他笔下的主人公托马斯，轻逸着他如鱼得水的性生活。在拐角处，里尔克孤独地默想。我和他们一一打招呼。校园安静，能听见花瓣簌簌飘零声。

昆德拉告诉我每个人的存在密码。譬如说特蕾莎，她的关键词是：身体，灵魂，眩晕，软弱，田园牧歌，天堂。对托马斯来说：轻，重。而弗兰茨和萨宾娜的存在密码，可能是：女人，忠诚，背叛，音乐，黑暗，光明，旅行，美丽，祖国，墓地，力量。每一个词在另一个人的存在密码中都有不同的意义。

我忽然明白了。我明白了昆德拉在构建小说时的核心。我们利用小说在长长地探询一些特别的处境，这些处境在袭击主人公的动机，于是我们不得不思考起人和世界的问题，人与世界连在一起，就像蜗牛与它的壳。

八

老城广场上有人搬了一架电子钢琴。轻快的步伐，连缀的音乐节奏感，弹奏者在暮色中沉醉，滑音、琶音、颤音……都融入了人海中，似云彩飘荡，他成了众人关注的焦点。

我已经分不清是第几次来到这里。这里曾是处死犯人的地方，也是向统治者敬献忠诚举行庆典的地方。这里是妥协的地方，是耻辱的失败和野蛮的军事占领的地方，也是呼唤自由的地方。不可否认，布拉格充满悖谬，其结果是坚韧地存活下来，包括建筑，包括文化。卡夫卡的最后一部伟大的作品《城堡》便是佐证。

当然，创作《城堡》的原因是他失败的爱情，卡夫卡生命中"最强烈、最深刻和最天翻地覆的经验"。在与命运的斗争中，《城堡》主人公因自身的软弱，无力跨过他自己设立的门槛，他无力劝说别人的"我"允许自己进入他认为是一种不能遏制的激情源泉的地方。可以说，卡夫卡一直在捍卫人类空间里最个人和内部的东西，哪怕是婚姻，也不能破坏其私密性，而他在焦虑中恐惧着。现实世界中他是如此屡弱，他觉得他的私人性越缩越小，一直到个人私密性最后的空间——那张床也被撤走，他整个儿崩溃了。

离开爱情，不谈婚姻，卡夫卡彻底转向孤独，终结之作《城堡》产生于他逝世之前巨大的孤独时期。

"事情就是这样。人无法通观自己。他处在黑暗中。"他悲哀地苦笑，做了个无可奈何的手势，他对他同事的儿子雅诺诗说。他说话时惯有的风格是独一无二的卡夫卡式，可能比他的书写风格还要简明、透彻。

九

伏尔塔瓦河轻柔曼妙地流淌着，天鹅悠游，古城堡倒映。它高贵典雅，穿城而过，触摸着布拉格城市每一根神经。水面开阔处，它酣畅恣肆，汹涌直下，把查理大桥深情相拥。

音乐萦绕，那是斯美塔那作曲的《伏尔塔瓦河》交响乐吗？流畅自然，乐曲最后转向 E 大调，一种宏阔的气势扑面而来。

伏尔塔瓦河源于波西米亚西南部，带着自由和抒情基调蜿蜒而下。作为母亲河，它浇灌着捷克土地。捷克人民对它的眷念与热爱是很难用准确的词语来描绘的。

大巴车上奔波了两个小时，我抵达波西米亚中部。

旷野中无尽的绿色深邃且新奇。每一棵树、每一根草、每一朵花，都伸展自如，向着它自己喜欢的方向。真好。我也希望自己是一棵移动、行走的树，能够枝繁叶茂，能够与大地吻合，能够在风中摇摆，能够与全世界的鸟儿相遇。哦，还要融合草的清逸——我的眼光捕捉到了繁盛的草丛中有一块小小的黑色墓碑。低矮的墓碑，几乎不易察觉，一束雏菊供放在前。人和家园永远相依相偎。

波兰诗人米沃什的诗句在脑海中闪现：

> 自童年就熟悉的青草和花朵生长的在那里。
> 我半睁眼睛承受着明亮。
> 这芬芳之气容留了我，
> 一切知识都不复存在。

我没有料想到，我竟会来到白银之城库特纳霍拉城。车上的游客用德语抑或捷克语交流着。我迷惘着，不晓得去向何方，任凭车辆疾驰驶向远方。

先到了阴森森的人骨教堂，我不禁打了寒战。人的每一根骨头都成了装饰，堆成金字塔，堆成祭坛，摆成"圣杯"……寒气甚重，我抱臂兜了一圈就折步而返。赤裸裸地面对成千上万个尸骨，我总觉得悚然，虽然人们相信，埋骨于圣土之地，可以进天堂。

后又去了库特纳霍拉最大的教堂——圣芭芭拉大教堂，这可以和布拉格圣维特斯大教堂媲美。我被它精湛的技艺所倾倒，六个花瓣的支架拱顶，将优雅和端庄发挥到了极致。

回廊中的小礼拜堂保存了十五世纪壁画原作。

深呼吸，闲游小镇，让中世纪悠远的宗教氛围彻底包围自己。远处是湛蓝的天，近处葡萄藤缠绕。圣歌在穹顶缭绕，我在一个用银子打造的中世纪曾经繁华过的城市漫步。我行走于波西米亚，我想歌唱——波西米亚是一个地域，也是一种心向往之的自由流浪的生活方式。青年时代，我是多么热衷于波西米亚风格啊，它随性不羁，崇尚自由个性。谁能料想，如今我就在此地辗转。

十

夜色朦胧，卡夫卡穿过雨水汪汪的泰因霍夫路，对雅诺诗说："生活大不可测，深不可测，就像我们头上的星空，人只能从他自己的生活这个小窥孔向里窥望。而他感觉到的要比看见的多。因此，他首先必须保持窥视孔的清洁纯净。"

我几乎要触摸到他了。他低头，风加大了，他的衣角拂动，形成大大的漏斗形。漏斗在吞噬孱弱的卡夫卡。自鸣钟敲响，布拉格老城广场在浑厚的钟声中不断虚化、虚化，然后化成茫茫夜色中一个小黑点，最终归于虚无。

2017. 6. 26

巴黎墓园记

这是一种独特的记忆，很难从我脑海中消失。

有句话说的好，如果没有死在巴黎，最好也要埋在巴黎。众多的艺术家、作家、哲学家们选择了巴黎作为自己永远的归宿地。而我，正走在朝拜和凭吊的路上。

前不久清明老家扫墓找过爷爷的墓碑，因有家人指点很快觅到。十年前，苏州灵岩山，我带作家朋友找女英雄林昭的墓，茫茫然时，当地专门引路的妇人说，十元钱带一次路——竟也发展成她们的副业。

如今，在巴黎，与大师相会，与亡灵相约，我兴致勃勃地圈点着一连串名字，以为能一一拜谒。

莫迪利亚尼

一进墓园就傻眼了，密密麻麻的墓碑从何找起？拉雪兹墓园没有引路人，我在门口拍了一张墓区方位图，问保安："96区大致在什么方位？我找一位画家，莫迪利亚尼。"

他将手伸出去，含糊其辞，朝远方一指，那边，那边。

混沌中我抬起脚开始行走，四月的阳光在巴黎并不温热，老天爷算是不错了，前两天狂风骤雨，阴冷得让人恨不得缩成一团，我躲进博物馆看画。蓬皮杜国家艺术中心，站在了莫迪利亚尼的作品前，呼吸几乎都停顿下来。

这个让人心疼的意大利男人，他画中的人物杏仁眼眼帘低垂，看不见眼神，脸部偏向一边，奇怪的神情透露着内心的悲伤和孤独。他用东方式的线条来勾画人物，达到极致，舒缓的美从画布上渗透出来。

日本作家太宰治的自画像受过莫迪利亚尼的影响，夸张、变形、阴郁、多愁善感。太宰治在《人间失格》一书中有这样的文字：

> 我从书架上取下莫迪利亚尼的画册，翻开古铜色肌肤的裸体妇人像那一页。
>
> "真棒！"竹一瞪圆了眼赞叹道，"像是地狱之马。"
>
> "这果然也是妖怪。"
>
> "我也想画这种妖怪的画像。"

才华横溢但孤独的男子莫迪利亚尼，在巴黎的街头踟蹰彷徨，他在酒精、大麻中摇摇晃晃拖着疲惫的身体。严重的精神疾患困扰着他，在巴黎画派中他最是离群索居、桀骜不驯。三十六岁，处于崩溃状态的他，因肺结核死去，更令人扼腕的是，第二天他的未婚妻让娜带着腹中的胎儿，从五楼窗口一跃而下。1923年人们在拉雪兹公墓为他们举行了合葬仪式。

我喜欢法国人文摄影家杜瓦诺（Doisneau）给莫迪利亚尼拍摄的照片。脸侧着，眼神不羁。我也喜欢莫迪利亚尼的雕塑作品，拉长的女性脸庞，长颈，小口，鼻梁又长又细，受了非洲黑人及高棉女人的影响。

鸟儿在啼唤，燕雀从这个树枝跳到那个树枝。我头皮开始发麻，这墓碑太难找了。问了迎面走过来的几个人，都摆摆手耸耸肩，表示不知道。应该也是像我一样，从远方赶来，寻找心仪的大师之墓。我茫茫然走了半圈，豁然开朗，每隔一段区间都有绿色数字标识，应该就是墓区的编号，但编号跳跃度太大，根本无规律可循，只能随着它向前走。果然，按照门口拍的方位图，96区被我成功找到。

96区，大概有三四百个墓碑。我采用地毯式搜索的方法，一行一行去找，去查看墓碑上有无"Amedeo Modigliani"字样。我念着他的名字，喃喃自语，生怕一不小心会错过。荒芜、孤寂的墓园气息开始泛起，我的脚尖踩在异乡一个又一个陌生人墓碑上，极端的慌乱感升腾起来，鞋子也被荒草打湿。我心想，要不算了——算了吧。

不能算啊，千里迢迢飞到巴黎，坐地铁，步行，就是盼望着这一刻。

在安岱西城堡，我从旧书摊上买到莫迪利亚尼画册，已经欢喜得不知所措了，虽然书厚得像块板砖，需要我负重前行。此刻，我已经在莫迪利亚尼墓区了，怎么能轻易放弃呢？坚持一下，就会有成效的。

我安慰着自己，抬头望望前方，也有人在墓地锲而不舍地一圈绕一圈寻找——七叶树轻轻拂动，粉红色花朵上的绒毛飘得到处都是，覆盖住了墓碑。光影在变化，阳光时强时弱，莫迪利亚尼哦，你究竟在何方栖息？忽然，在走到一侧快到尽头的时候，一张小小的印刷品画将我目光掠去。天！我三步并作两步，正是他的作品风格，莫迪利亚尼，他的墓碑掩映在灌木丛下面！

碑前静立，战栗之感紧紧袭住了我。他的碑朴素荒凉，不似别人光鲜亮丽，仿佛和去世之前一样默默无声，虽然他现在名声大噪，是享誉全世界的艺术大师。2016 年中国收藏家刘益谦以人民币 10.8 亿拍下莫迪利亚尼的《侧卧的裸女》，创下了世界艺术品拍卖第二高的纪录，仅次于之前拍出的毕加索作品《阿尔及尔的妇女》。据说今年莫迪利亚尼作品拍卖价格又在一路飙升。

收藏家们会到他的墓前来吗？我不知道，我只知道这朴素的墓碑下，埋葬的是他们一家三口。让人难过的是，让娜当时还不是他法律意义上的妻子，因为莫迪利亚尼是犹太人，又未婚生子，始终没有得到女方父母谅解。

墓碑一侧插有颜料和油画棒，横七竖八。荒草从罅隙里钻出，显得更加萧条。碑身青苔漫漶。碑文有些部分也已经模糊。

满世界的喧嚣和墓中人无关。

"差点错过！差点错过！"我还在叨念，这一树灌木丛，不偏不倚，遮住了它。上帝是有意要安排我见着它，就用一张小小的印刷品来引领。

墓碑上有一支拧开盖子悬了半截的口红，斜侧着安放。定是一位痴情于莫迪利亚尼的女子献上。

在拉雪兹墓园，我释然，我没有被死亡攫住，反而被感动。

静穆的墓园很美，树叶飒飒，我听见莫迪利亚尼在说：

"除非你知道你活着，否则你不算活着。"

普鲁斯特

他睡着，醒来，又睡着，慢慢潜入梦幻世界，最终做到在时间和空间中旅行。

这又是一个不可逾越的大师。倘若他还活着，我怎么可能战战兢兢来到他家门口？如今我不请自来，在墓园逡巡徘徊。

日光下的影子投射在石碑中间，夹杂着青草的气息。

"一个人睡觉时，把一个个小时如绕线般绕在自己周围，把各个年份和各种事件排列得如年轮般井井有条。"

我并不是在梦境中，我把时间拆分，缠绕，排列，组合。我寻找着意识流大师普鲁斯特的墓碑，想安享碑前一个人的独处时光。就像他在贡布雷周围散步一样，有丁香的芬芳，有栽着旱金莲的小径，看不见的鸟儿不知在哪棵树上蹦跶，用悠长的音符来勘察周围的寂静——时间被凝滞了，天空变得凝固了。

《追忆似水年华》，厚厚的七大卷，最后两章是《失而复得的时间》。时间有没有回到我们身边呢？普鲁斯特写到最后临死前，像个孩子似的，开心地对他管家说："我在夜里写下了'完'（fin）这个字，我现在可以死了。我的作品会发表。我不至于赔上性命，白写一场。"

时间令人眩晕。我们不管做什么，对时间都毫无办法。这是一本有关时间的哲学小说。

我们无意识地回忆曾经，在过往的河流里穿梭，现在是什么？未来又是什么——遥不可知。我们怔怔对着某样东西发呆，因为心底被什么触动，以致哭泣，失去又复活的感觉萦绕心头。

小说中的主人公也屡屡在迷宫般时间里走失，他们时而失魂落魄，百无聊赖，身份游移不定，时而昂扬起斗志，觉得一切仍在眼前，永恒之美就呈现在当下——你能捋清所有的所有吗？

我尝试模仿着普鲁斯特，尝一口浸在茶水里玛德兰娜蛋糕的滋味，走在高低不平的石子路绊了一下，似曾相识的神奇感重袭心头。时光在重现，生死交错轮回着。

85墓区。很幸运，不像找莫迪利亚尼那般辛苦，很快我来到了普鲁斯特墓碑前。它就在小径一侧，黑色的大理石肃穆庄重，台面上有一捧鲜花和一坛罐子。侧面刻有"Marcel Proust（1871—1922）"字样。

普鲁斯特的一生有五十一年，比莫迪利亚尼多了十五年。但他后十年基本上是在黄铜制的小床上度过。无尽的回忆让他用生命完成了皇皇巨著。他让叙述者玩弄时间，藐视时间的规律，使小说显得有点"混乱"，然而作家却是把写作当成针线活一样精心设计。

我捡起路边的一簇七叶树花枝，放在墓碑上，以表敬意。我似乎瞧见了他沉睡的面容：瘦削，脸色苍白，浓密的胡须好像奶酪，眼睛是深茶褐色。他没有说话。睡着的人不会说话。他又好像在说，来自东方的中国女人啊——他欲言又止，他的"花季少女"阿尔贝蒂娜在他的记忆中反反复复出现，她是他所爱，但又注定只能是"女囚"和"逃跑的女人"。

唉，事实的真相啊，我们永远无法辨清。

普鲁斯特醒来，收敛了他忧郁目光，继续沉睡。

巴尔扎克

给高中生上课，讲到巴尔扎克，眼前就会浮现起葛朗台临死前的形象，"神甫把镀金的十字架送到他唇边，给他亲吻基督的圣像，他却做了一个骇人的姿势想把十字架抓在手里，这最后一下努力送了他的命。"学生们听到这里，就会哄笑，细节描写刻画人物性格，典型的守财奴形象。

巴尔扎克是法国大文豪，写实主义小说家，一部《人间喜剧》勾勒了法国社会的全貌。他自己也是名利场上的追逐者，喜欢女贵族，而且喜欢比他年纪大的女贵族，临死前三个月，他如愿以偿娶了波兰裔的贵族汉丝卡公爵夫人。最终两人合葬于拉雪兹墓园。

刚拜谒完普鲁斯特，我两脚生风，举目四望，墓园也显得亲切可依，林荫道上碎石砖高高低低，时不时有行人路过低语。经过 92 区时瞧见了青铜雕塑卧像努瓦尔，他其实只是个名不见经传的小人物，是个小记者，因为跟拿破仑三世的侄子决斗身亡。青铜卧像的裤裆处被摸得锃亮，原来这个爱决斗的小伙子私处成了男性雄风的象征……走过的男士女士摸一下那部位，据说有助于生育求子，实在也是趣事。

无意中瞥见 44 区的通灵学创始人卡戴克的墓，墓前鲜花绽放，我脚步停留。卡戴克的座右铭是"生、死、重生，以及不停求进步，这就是律法。"我学着他人的样子，把手放到卡戴克的半身像上许愿，入乡随俗，这小小的愿望若能让通灵大师转换成真岂不是件妙事？

继续前走，惠风和畅。顺坡而下时看见了一尊青铜雕塑，瞬时肃然起敬。Honoré de Balzac。大师巴尔扎克。他坚韧不拔目视前方，双唇紧闭，他应该是惦记着要写作。巴尔扎克的写作，一方面因为债台高筑，另一方面是对于写作本能的热爱。他勤奋写作的习惯是值得我效仿的。光影打在他的脸上，他似乎在殷切召唤着我：

"写吧！写吧！靠作品说话，让文本不朽！"

这尊半身雕像是 19 世纪知名雕塑家大卫·德·安格尔的作品。

无独有偶，下午当我从蒙巴纳斯墓园走出，在街上闲逛等红灯时，忽然眼前一亮，天哪，那不是艺术家罗丹大作巴尔扎克全身像吗？原来此处就是传说中的毕加索广场！

巴尔扎克气宇非凡，身穿长袍，仰望苍穹。当初这尊雕塑问世时，引起艺术界的轩然大波，他们认为那裹尸布一样的长袍和黑洞状的双眼模样实在是大煞风景。罗丹黯然神伤，默默把此雕塑带回他的别庄。然而，就像罗丹所说："美的东西需要发现美的眼睛。"数年之后，世人开始重新打量这作品。罗丹于 1908 年写道："这件引起各方嘲笑、蓄意讥讽却始终未能销毁的作品，是我这一生的心血结晶，是我毕生美学的绝活儿。"语言毫不含糊。

世人大多庸俗，伟大的作品脱俗而不朽。

邂逅罗丹，邂逅巴尔扎克！向两位大师致敬。不法国，不艺术！随便走走，都能巧遇震颤灵魂之物。只可惜，下午在蒙巴纳斯墓园溜达时间太久，再去罗丹博物馆就来不及了。只能留些遗憾等待下次再造访法兰西。

波德莱尔

从拉雪兹墓园出来，中午的阳光调皮里带着温热，我坐在阳光房，享受咖啡。旁边的法国人小声絮语。我掏出札记本，整理记录些东西。明天就要离开法国，有些惆怅和依恋，"离开了就会想念"，诗人长岛在微信上意味深长地说，还特地强调，"对了，在巴黎要多喝咖啡啊，巴黎的咖啡特别好！"

下一站，蒙巴纳斯墓园，它坐落在繁华无比、全球知名咖啡厅林立的十字路口一带。红尘俗世中竟有十九公顷的墓地，三十万幽灵在此栖息。这样的生死对比、动静对比很有意思。

我翻了翻手中的资料，想拜谒的第一个先哲是波德莱尔。这个不寻常的异乡人，在《巴黎的忧郁》中说，"我爱云……过往的云……那边……那边……奇妙的云！"

波德莱尔从小就不愿待在家里，他生在巴黎，但一直梦想着能到法国以外的地方，让他彻底忘却"平常的生活"——这是一个让他发怵的字眼。他的行走充满了幻想，终其一生，他都被港口、码头、火车站、火车、轮船以及酒店房间所吸引；那些旅程中不断变化的场所让他觉得比家里更自在。

从一个地方到另一个地方，波德莱尔在号叫："任何地方！任何地方！只要它在我现在的世界之外！"我哑然失笑，这一点我似乎和他有些相仿，对行走的迷恋，对未知世界孜孜不倦的探求。我独自一人漂泊在海上，或是在高空飞翔，没有众人担心的孤寂和惶恐感。

第6墓区，锁定目标后，我信誓旦旦出发了。我相信，不久我就会和这位法国现代派象征主义诗人会晤。可哪料到事与愿违，我找了一个小时，无果。我用寻找莫迪利亚尼的方式地毯式搜索也没用，阳光一会儿炽热，一会儿阴冷，墓园里的风也时紧时松。我头开始发晕，日头在渐渐偏西，时光流逝无情。但我知道他就在此地，第6墓区，波德莱尔，你跑不了的——莫非你还在漂泊游弋，在和我玩着捉迷藏的游戏？

我无意义地在第6墓区打转，几乎要崩溃。也许，波德莱尔的性格就是如此，也决定了他幽冥以后仍在和读者开着玩笑。

　　　"哦，蛆虫啊！你们这些贪欢的哲人，腐烂败坏之子。"——《恶之花》之《喜悦的亡者》

　　　"那时，噢，我的美人儿，告诉它们，那位吻噬你的蛆虫，我的情爱虽已分解，可我已保存……爱的形式与神髓！"——《恶之花》之《腐尸》

我只能悻悻然离开第6区。他即便死后，也要以恶作剧的形式来对待崇拜者。这样想着，便释然。后来再查资料，才晓得在 26 区和 27 区之间有他一个纪念墓雕，其形态颇耐人寻味。波德莱尔卧像，身上缠满了细带子。

> "是死神，仿佛新上任的太阳神般在翱翔，是他会让艺术家的大脑绽放。"——《恶之花》之《艺术家之死》

下次，下次吧，亲爱的波德莱尔，有趣的波德莱尔，行踪不定的波德莱尔，下次我一定也做一个谜一样的人，和你面对面畅谈！

苏珊·桑塔格

下一个，下一个。

我不敢大声嚷嚷，我怕和寻找波德莱尔一样，大师会逃遁，会消逝得无影无踪，就像水消逝于水一样。

我拿着一本书，书上有她的名字，Susan Songtag。我唯一可依赖的是她的名字，墓碑上若有一模一样的字母出现，那便是她永远的栖息地。

在我徘徊不定的时候，对面来了一个老者。鸭舌帽，蓝莹莹的眼睛，修理得像板刷一样的胡子，典型的雷诺阿画笔下的老者。他和我几乎要擦肩而过了，忽然，他反身叫住了我，"Madam"，他轻声柔和地说了一串法语，我听不懂，但我本能地把书递到老者面前，他微笑了，"Susan Songtag"，他叨念了一下，然后示意我跟着他过去。

一分钟以后，他把我带到了苏珊·桑塔格的墓前。

哦！霎时，被击中的震颤感再次把我劫持。1933—2004。2004年，全美最聪明的女人，长眠于法国蒙巴纳斯墓园。黑色的大理石台面上什么东西也没有，没有。

光洁，素朴，干净，如桑塔格坚毅、深邃的目光。

墓园里行人匆匆，有多少人知晓这里安葬的是一个勇敢、知性的美国公众的"良心"？

我喜欢苏珊·桑塔格。书架上有一摞她的作品，《重点所在》《论摄影》《我，及其他》《疾病的隐喻》《随笔与演说》。她对一切感兴趣，想体验一切，品尝一切，去一切地方，做一切事情。就连旅行，她曾经写到，也被视作一种积累。

她的寓所充满着品类繁多得令人吃惊的物件、艺术复制品、照片。当然还有书籍，无穷尽的书籍。这个伟大的女人研究领域相当之大，令人咋舌。作家、艺术评论家、女权主义者、新知识分子，但她更看重的是作为一个小说家的使命。

1994年7月，桑塔格接受了《巴黎评论》访谈。全文较长，我感兴趣的亦是她谈论她的写作习惯。

——我的下笔始于句子和短语，然后我知道有些东西开始发生转变。

——磨蹭也是准备开始（创作）的一部分，阅读和听音乐就是我的磨蹭方式。

——当压力在内部叠加，某些东西在意识里开始成熟，而我有足够的信心将它们写下来时，我就不得不开始落笔。等写作真的有了进展，我就不干别的事了。

——万事开头难。开始下笔时，总有恐惧和战栗的感觉伴随着我。

——我写作不是因为世上有读者，我写作是因为世上有文学。

我用黑水笔郑重画出了以上句子。我的写作习惯，也接近这，创作前期感性的东西更多一点，然后，写着写着，风调雨顺。往往男性作家是理性为主，会有一个缜密的构思，如同箭射中了靶心，然后一步一步往后退，一步一步把射箭过程推到原点开始写起——

桑塔格在接受"耶路撒冷奖"时发表演说，主题是《文字的良心》，写作者的良心是什么？是选择真相。

有关桑塔格，有太多要谈的内容，当然她也是争议颇多的一位女性。幸运的是桑塔格的深刻和敏感、机智与流畅，使她的思想得以越过学术的边界，更为广泛地传播。2009

年，我拥有她文学和论著的中文译本多部，浸润其间，如沐春风。

今日在蒙巴纳斯墓园以一分钟速度抵达，直抵人心，确是更大的一种幸运。带路的老者，如同一个年老慈祥的天使，倏忽闪现又隐匿。

我蹲下，默默轻抚着桑塔格的墓碑，任头发迎风飞扬。假如这个地球上有谁能够决定不死的话，那么非苏珊·桑塔格莫属。即便在癌症中心的病床上，她仍然强烈而坚定地书写。

贝克特

桑塔格选择蒙巴纳斯墓园，因为有老朋友贝克特在此等候。

桑塔格曾经在被困的萨拉热窝导演了贝克特的戏剧《等待戈多》。可见，对胃口的文友之间惺惺相惜，死后也能在同一墓园享受清风明月，确实很有意思。

贝克特安葬在第 12 墓区，离桑塔格并不远。谁知，又是一个小时的转悠，寻找贝克特的墓犹如一场荒诞剧。或许这就是荒诞派大师的蓄意安排。

我双眼不敢有任何闪失，对着 12 区的墓碑一个不漏地寻找 "Samuel Beckett"。谁知卒无所获。不远处，又是一个颤悠悠的老者在墓碑前摆弄鲜花，我暗想，或许又会是老天使降临——我走上前去，打了个招呼，但他一点也听不懂我说的英文，我把贝克特的英文姓名给他看，他仍只是愣愣地瞅着我，说了一堆法语，意思好像告诉我：这儿没有贝克特，我不认识贝克特这老头！

我耸耸肩，贝克特在图片上瞧着我，他瘦削但精神矍铄，他对着老者无厘头的回答在发笑。我嘀咕了一句，怎么可能？贝克特就是在这个墓区。我要像《等待戈多》一样等待与寻找。

"生命本身就是等待，而等待的人永远不会来。"
"我们生下来都是疯子，有些人还一直是疯子。"
"希望迟迟不来，苦死了等的人。"

我绕着墓地一圈又一圈，贝克特在等待着我，我在寻找着他，可惜我们不能互相大声问候"喂——你在哪儿？""嘿——我在这儿！"真是急死人了。颤悠悠的老者仍在他亲属墓碑前，墓中安葬的应该是他妻子，他喃喃自语着，仿佛苏轼，在吟诵"十年生死两茫茫，不思量，自难忘"。

我盯着图片，发现贝克特的墓碑边上有棵大树，这是一个强有力的线索，我得找到大树——墓区南北两侧确有大树，但都没有贝克特的迹象。我失望极了，快要放弃的时候，我恍然大悟，墓区中间有一棵大树，冠盖如茵，郁郁葱葱，不就是图中树吗？醍醐灌顶，我循着顺序判断，贝克特的墓地应该就在此处，晕，方位就在我脚下，为什么我没有发现？我蹲下身去，原来墓碑侧边的"Samuel Beckett"字样被一大盆鲜花挡掉，怪不得我发现不了。我欣喜若狂，强迫症一般把那盆挡住姓名的鲜花搬移到其他地方。

"为什么要遮蔽我？"我问。

忽然想到一件事，贝克特在街上遭到陌生男子攻击被刺了一刀，后来他去监狱探望这位男子，问及原因，男子有气无力地说："我也不知道，先生。"

荒诞大师，奉上荒诞作品，和前往墓地拜谒的崇拜者索性再玩一场荒诞游戏！

我献上我的巧克力和地铁票。贝克特呵呵一笑，他一向低调沉默，生前拒绝采访，就连诺贝尔文学奖也是让出版社代领。

他轻声说："我唯一走过的运动就是走路送葬。"

嗯，我点头。

抬头，远处颤悠悠的老者露出诡异的笑容，他同样瘦削，格子衫背带裤，他在大树下吟诵——等待——

萨特和波伏娃

蒙巴纳斯一带，咖啡馆林立。醇香的味道溢满街头，让人忍不住停留下来品啜。

西蒙·波伏娃出生在此，从少女时期就出入于这些大有来头的咖啡馆——可不是吗？两次世界大战期间，画家、超现实主义者、作家云集于这一带，阿拉贡在此邂逅埃尔莎，亨利·米勒戴着小圆眼镜在吧台用餐，马蒂斯喜欢在这里喝啤酒，乔伊斯会把威士忌排成一排，加缪在此庆祝诺贝尔桂冠加顶……

波伏娃十一岁以前，住在圆亭咖啡馆楼上，每每在咖啡诱人的飘香中苏醒，她托着下巴，看着窗外，脑海中充满了奇思妙想。在巴黎莫里哀中学任教时，她常去多姆咖啡馆用餐、看报、下棋。

大名鼎鼎的代表作《第二性》，她在圣母院对面的柴堆路十一号写下。十八岁读幼师时我拥有了这本"女性运动圣经"，顶礼膜拜。绿色的菁菁校园，女孩子们在弹钢琴、绷着脚尖跳芭蕾舞，我却浸泡于图书馆，陷入沉思，我被波伏娃带入了一个女性宣言的世界。

"人们将女人关闭在厨房里或者闺房内，却惊奇于她的视野有限；人们折断了她的翅膀，却哀叹她不会飞翔。但愿人们给她开放未来，她就再也不会被迫待在目前。"

"女人不是天生的，女人是变成的，因为改变而软弱，因为改变而强大。"

"唯有你也想见我的时候，我们见面才有意义。"

"婚姻是联合两个独立个体，不是一个附和，不是一个退路，不是一种逃避，不是一项弥补。"

应该说，这些经典语录在一定程度上影响了我。幼师毕业后我没有匆忙奔赴社会，我觉得我还是一只跌跌撞撞的小鸟，需要强大的羽翼让自己飞翔。幸运的事发生了，我又到了苏州大学文学院进行学习，进一步接触存在主义，触摸到一系列的大师：海德格尔、萨特、加缪……

萨特和波伏娃死后同穴，墓地在第 20 区。查了一下方位图，就在靠近墓园门口。想象当年他们两人各自的葬礼，都空前隆重，波伏娃的更胜一筹。她长眠在终身伴侣萨特身边，手上则戴着美国作家爱人纳尔逊·阿尔格伦送给她的戒指。

墓地很好找，正如波伏娃谈论萨特的死那般轻松。"萨特的死让我俩分离；我的死却不会让我俩重聚。即便如此，我们两个人这一辈子可以合得来这么久，已经很美了。"

他们的名字上下排列着。碑上有一些红唇，是来自世界各地的忠实粉丝献上。还好，吻痕不是很多，喜欢哲学的人终究是理性的。并不似英国诗人王尔德的墓——诗人被雕成一座小小的狮身人面像，成千上万的红唇印成为拉雪兹墓地一绝，以至于王尔德家族和爱尔兰政府在重修时，不得不外加高达两米的塑料防护罩。

我默默站立碑前遐想，嘴角露出一丝微笑。波伏娃，这个女性活得有滋有味，令人羡慕。

能轻而易举找到她和萨特的墓地，我心满意足。

太阳即将沉落，光阴流逝之快也暗示着我们人生之急促。我想，我该走了。这是我在巴黎的最后一天，如此丰盈，如此生动！

回头，只见天使慵懒地站在青铜柱上，所有安息的，皆在安息。

2018. 5. 22

南极问禅

一、南极，梦的制高点

一个人把自己放置在黑暗中，关上窗帘，屏蔽掉与外面的一切接触，然后打开电脑屏幕，轻轻地指尖一点，南极的影像清晰真实地闪现起来。

就像一场梦，梦里的余温尚存，山河悲寥，天地境界开阔——抱膝，一动不动，仿佛又回到了往昔的日子，十几天的海上漂流，一日有一日的精彩，天蓝得醉人，冰蓝得醉人，还有摇摇摆摆的企鹅可爱得醉人。

黑暗中，我的心变得柔软，自南极回来后尘世中一年不到的孤苦和倦顿日渐消散。或者同自己的预想吻合了——南极，已成为我梦中的制高点，当我深陷人世间无常之变，当我无力面对哀号之恸，我会下意识瞻望天边的最南端，一片洁白的云彩即刻幻化为南极蓝莹莹的纯净世界。

冰山静穆的伟大，企鹅纯真的可爱，大海潮涌的苍茫，蓝眼鸬鹚诡异的美丽——镜头回放，仿佛是重见老友，熟稔得想要拥抱、亲吻，这些物象在脑海里翻腾、倒置、前后萦绕、左右映衬，我有些战栗，抑或说我又被它们牵引，恨不得立即背起行囊，走向一片未知的广袤。

几乎成了一种依赖，一种治疗被日常生活纠缠偏头痛的药方，一种走入梦境的咒语。说来可笑，每每遇上即将失眠的日子，我先喝一杯南美产的红葡萄酒，借着酒力，我喃喃细语，南极一，南极二，南极三，和"属羊"的招式如出一辙，我不断数着南极，当南极被我念叨到三百多遍时，我酣然入了梦。

以这样的方式入梦，恐怕一般人不能效仿。暗黑中我的呼吸揉杂着夜的气息逐渐飘远，穿越时间和空间的隧道，我又置身于南极遗世独立的圣境。平顶冰山漂离东南极海岸，随波流荡，漫无目的。几只阿黛利企鹅站在浮冰上如出演舞台剧，那是《麦克白》在风雪交加中的忏悔。天际被玫瑰色覆盖，整个海湾沉寂在一片宁谧之中——峻峰林立，光芒闪耀。

我踮起脚尖，似乎我成了纳尼亚传奇中的女孩，凭借一枚魔戒，在冰雪世界中自由驰骋。象海豹挺着肥嘟嘟的肚子在雪地上笨拙迟缓地行进，而纯白华美的雪燕身轻敏捷，远飞两百千米到内陆地区，在冰原岛峰的风化岩上建立巢穴。我屏住呼吸，数以百计的企鹅紧紧挤在一起，互相取暖，来共同抵御漫天暴雪的侵袭。成年企鹅轮流挪到最外围，同时把其他企鹅推送入圈内，循环往复，形成一个不断挪动的庞大的企鹅群。

可以想象，在梦境中的我眼珠不停地转动。黑暗成了布景，我成了导演，我精心设置一场又一场精妙绝伦的南极影像，使自己沉醉。至今我还不能相信，我竟然在不经意间去了一趟南极。

可是，我千真万确去了，这对于一般人来说是不可企及的梦，我却堂而皇之地走进了。

于是，日常生活中恍然入梦的片段比比皆是，当我走在熙熙攘攘的十字路口，当我在混沌失神的发呆片刻，当我调着一杯咖啡低头品尝的刹那，当我在人生不可逆转必须背负重荷的时候，南极莫名地从骨髓深处跃出。

我知道，圣洁的南极已成为一个符号，一个象征，伴我跨越林林总总的哀伤。因为它，心灵会渐趋深厚、宽容。

二、即将远行

当我抑郁烦闷、无法透气的时候，我常会溜出校门，开车，踩一脚油门，到距离学校几十公里外的太湖边。一个人，漫无边际地游走。被一棵瘦弱的芦苇打动，或者久久凝望着优雅的白鹭，什么都可以想，或者什么都不想。

我清晰记得，那个午后天寒地冻，我绕着太湖不知道开了多久，来到永慧禅寺，又冷又饿，心中茫然。常年居住在寺庙的婆婆领我吃了素斋，当碰触到我冰冷的手指时，她不无爱怜地说："小姑娘，要多穿点，自己的身体要自己当心。"

我晓得自己心中郁结所在。我渴望逃离体制，那束缚人心的管理，对我来说无时无刻不是一种折磨。婆婆白发飘散，颜面慈祥，我"嗯"了声匆匆下山，枯叶踩在脚下发出"簌簌"声，四周寂静，清洌的空气直接进入我的肺部，冷——冷得彻骨、洁净。

最终，在人生四十岁的转角处，我不知道能否用"成功"二字来形容我的逃离。离开体制，我的感官和心灵都感受到自己完整的存在。"观自在"，这是最大最好的妙处，不心为形役，不虚浮，不设防。有几个不是十分了解我的朋友，得知我从工作了十八年的事业单位自动离职，讶异地张大了嘴，好久才说了几个字："你真勇敢。"其实，我听得出，那四个字的含义就是"你真鲁莽"。

我不去辩解。

我于是拥有了大把时间，用来独处，用来写作，用来行走。

我听到了内心的自己，我在那里翻翻拣拣、洗洗刷刷，或者跪在角落思考良久，记录点滴。书柜里有一本发黄的书——《带着一只酒杯去巴黎》，很多年前从图书馆借来后一直懒得还。我当然是想把它占为己有。无事闲翻，我想象着，自己一个人何时能心无羁绊在异国用脚步去丈量世界。

——如今，应该说，机会成熟了。

抱着地球仪，转了几下，最底部是茫茫南大洋。那里寒风肆虐，冰雪覆盖。我从来没有预想到我生命中第一次远行就会飞越千山万水，直指地球底部。机缘巧合——也许这四个字最能准确概括。

我明白，这是生命的馈赠。我不动声色做好了各种安排，我和家人说，我要出去一趟，二十多天。我轻描淡写，他们已经习惯了我的节奏，并对此表示支持和尊重。我在窗帘边的花瓶插了一枝康乃馨。掀开窗帘时，我看见黄昏下长途旅行客车在摇晃颠簸中驶入目的地。

那段时间，我阅读相关的书籍，网上搜索资料，生活中其他的琐碎如潮水退却，留下的只是期待，和张头探脑的喜悦。

我即将远行。我对自己说。我将面对世界的未知，每一个体验都将是崭新。我也将如老子笔下的婴儿，专气致柔，来感受清新无欲的洁白天地。

三、远行是一场修行

修行，是一个太过专业的名词，它往往用于宗教中的修炼。也可以泛指日常生活中修养德行。记得一次打电话给友人，问，忙什么？他说："哦，除了做该做的事，我忙着修行。"修行是他的正事，他是皈依佛门的人——修行是一场永远无法到达尽头隆重的盛事。一位诗人也曾比喻过，写作是孤独者的修行。

英国有一部小说《一个人的朝圣》，入围布克奖，讲述了一个六十岁的老者哈罗德，他收到老友奎妮的信得知她患有癌症后，一刻不停徒步走了八十七天，六百二十七英里，目的只有一个——让奎妮活下去！行走中有一些人跟着他走，又渐渐散去，和电影《阿甘正传》一些细节相似：我们行走的意义是什么？

我阅读这本书时，翻翻停停，看了好几个夜晚，眼前一直晃动的是哈罗德孤独、倔强的身影，和那双沾满泥巴的鞋子。有一些记忆模糊了，有一些记忆日渐清晰，书中有一句耐人寻味的话，"你还以为走路是世上最简单的事情呢，这些原本是本能的事情实际上做起来有多困难。而吃，吃也是一样的。说话也是。还有爱。这些东西都可以很难。"

我选择了一双户外运动鞋。平跟，低帮。远行是给生命做减法，带最少最简便的东西轻装上阵。我带了一本空白的小便签，知道自己会随手写写。还有，带了朴素的心情默然前往。

飞机开始远行，不分白天黑夜。我置身在陌生的人群中，右边坐着长得帅气的德国男孩，他们用德语交流。陌生的语境和气息让我有种莫名的兴奋，但我并不表露。走出家门，开始远行，我已经把自己心中柔软的部分交给了无常的未来。云霞在天际里闪现出魅惑人心的单纯和新鲜。我闭上眼睛，听得见飞机在云层里穿越的沙沙声。

禅宗有一公案，"独坐大雄峰"出自百丈怀海。

问："如何是奇特事？"

师曰："独坐大雄峰。"

那一刻，我就有朗然独坐的逍遥。面对宇宙之间浩瀚万变的镜像，我获得了巨大的自由和诗意。记得在那世界的最尽头城市乌斯怀亚，我背着行囊沿着海岸线来来回回行走，恰如成群结队的海鸟盘旋着心灵的舞蹈，海水蓝得忧伤，落日凄美，偶尔会遇见一两个遛狗的西班牙血统的人。互相匆匆一瞥，但没有驻足寒暄，我们都是过客。即使在那一刻，我似乎还有一种不可置信的怀疑感——我居然来到了天涯海角，我挣脱了琐碎的尘嚣之事，为的是寻找内心最独立的自我，不管悲伤和喜悦。

远行，就是和自己学会独处，听自己的呼吸声。日本禅师铃木俊隆说过："所谓的'我'，只是我们在一呼一吸之间开阖的两片活动门而已。"站立在游轮甲板上，感受德雷克海峡滔天的巨浪，起初，我还有些晕船，我终于调整好了呼吸，坦然迎接魔鬼海峡掀起的十米多高的风浪，看啊，漂泊信天翁贴着汹涌的波涛自在滑翔，它以王者的风范飞向无比深邃的远方。

四、时间自今而昔

至今回想，在海上的十几日漂流，一日有一日的精彩。就连做梦，也不是在既定的一个空间。海水汩汩流动，身体总是在行进中，经度、纬度不断发生着变化，梦也随着无形无质的水而变得恍惚，这真是奇特的感受。仿佛达利的画《记忆的永恒》，钟表变得软塌塌地挂在树枝上，一切定格，或者一切延展，你无法下定论，更无法说清其中的奥妙。

有时候，醒来是满目冰山，浩浩荡荡横无际涯，心灵猛然受到震撼，它们伫立了千万年，只是为了和你的相遇吗？它们兀自漂流着，王者的孤独的忧伤的气息，铺天盖地，又全然不管你的小小窃喜。你凝望着，推开甲板门，让清洌孤寒的空气直接涌入你的心肺吧，这才是真正你需要的悲壮和柔软。

也有的时候，艳阳高照，你信步闲走，躺在甲板的藤椅上，听海鸟啾啾。你微眯着眼，天空蓝得醉人，可以说，这样的蓝色在生命中出现的机会几乎没有，恰巧你逢着了，好好睡一觉吧，用最放松的方式来迎接天之蓝。

你也不觉得你已经人到中年，你还是一个小女孩，漩着酒窝，扎着羊角辫在摇篮里做着香甜美梦的女孩，不经意间，你顺着水流的方向，流淌到了一个叫南大洋的地方，于是尽情贪看南极美景。

你嗔怪，你尖叫，你狂喜，你痴恋，你都只是在内心无声地表露。当然，你有你的自由和潇洒，你在二楼咖啡厅选择了一个绝佳的角度，叫了一杯红酒，慢慢品，看夕阳在海面撒下金辉。南极的白天太长，已经玩得很酣很极致了，它仍没有要人类停歇下来休息的意思。

时间，流过，又没有流过。你从过去前进到现在，又从现在走向了过去。

"向东走一里，就是向西走一里。"禅师说的这话意味着真正的自由，我们每个人都想追求这种完全的自由。

在南大洋里漂流，没有任何手机信号，这种体验原始而朴素，你回到了自身，回到了内心，不用再牵肠挂肚，不用再被俗世搅扰，反正是这种情境了，你就姑且享受你的来之不易的世界。半夜醒来，默默看窗外，其实没有夜色，是曙光伴着耀眼的冰川在不远之处召唤你，你是万物之灵，它们都虔诚地等待着你的约见。

你也通体干净而透明。你仿佛奔向了创世纪，你的呼吸声圆满，你在远行中节奏调整得相当不错。你知道，你还会遇见更奇妙的宇宙之子。

五、持经达变

果宁法师穿着褐色僧袍，浓眉大眼。他一上游轮，就引起了很多人的注意。

我记起朋友曾向我介绍过这位法师的学问和功德。法师儒释道都通，很健谈。我们坐在一起吃早餐，法师只吃蔬菜。原本我有些拘谨，觉得僧人穿着僧服，和世俗的人是隔了远远一截距离，没想到果宁法师平易近人，戴着一副眼镜俨然是学院里的教授。法师出家前是学数学的，学数学的怎么会转向佛教？我暗暗有些吃惊。数学学到深处必然转向逻辑学，逻辑学学到深处必然转向哲学，哲学学到深处必然转向宗教，宗教最深处自然转向佛学。法师娓娓道来，手势伴着身体时有晃动。

法师皮肤很光滑，看不出一丝皱纹。加上清亮、光洁的头皮，像一个木瓜。我忽然想笑。我猜法师大概只有三十五岁。"错了！"朋友纠正道，"法师只比我小十岁，现在已经五十岁。"我脱口而出一句："法师你是怎样养颜的？传授一下。"法师微笑。

"心宽，吃素，打坐，念经。"法师回答。

"现在开始，我也跟法师学打坐。"朋友露出一丝与他年龄不符的调皮相。

餐厅里人群穿梭。我经常会一眼瞅见法师光亮亮的头。

法师眼睛柔和明亮。我就选择坐在了他对面。有一个教授写了篇论文《企鹅的佛性》，被报社的记者嘲讽，于是他们向法师请教，企鹅是否有佛性。我饶有兴趣听法师讲解，法师说："万物皆有佛性，只是动物的佛性有时沉睡得很深，需要被唤醒。"

法师看我神采奕奕的样子，问："昨晚睡得好吗？"

我点头。法师说："这就对，在此岸就该享受此岸的美好。"

法师的手指洁净，头皮洁净。我贸然问了一句："法师，你一定经历过一段刻骨铭心的感情后才遁入空门的。"

"何止一段？"法师微笑，"人生该经历的我也都体验过了。"

法师放下手中的刀叉，"和你说个小故事。厦门大学旁边就是佛学院，会出现非常美丽的画面，青青草坪上，女大学生就喜欢围坐在佛学院的和尚旁边"。

"为什么？"

"和尚干净啊，心灵纯净，穿着也清清爽爽，每个学期结束，总有一两个女生把佛学院和尚度回去成家立业了。"

"哈，让她也把你度回去。"旁边的朋友开了一句玩笑。

法师说："谁也没有足够的定力来度我。"

我喜欢和果宁法师对话。介于入世和出世之间的幽默与平和。不做作，不拒人千里之外。这是一种智慧和通达。之前，法师给好多 CEO 开设禅商讲座，讲解东方文化怎样蕴藏着和谐商道，听的人是济济一堂。法师比教授还有感染力，他气宇轩昂，举手投足间无不显示他深谙此道。

这一次，他在南大洋茫茫海域中发表演讲，他说："人要学会往内走，就像眼前的水，随缘，顺应万物，持经达变，执而不着，走到无形的世界，这也就是东方智慧和佛教文化的完美融合。"

六、落入安静

六年前，学校搬迁，我来到了太湖岸边的越来溪畔。清冽的河水泛着秋天爽洁的寒气，白鹭轻飞，暮霭中的余晖穿过树梢，有莫奈印象派的色彩。我体验到了天人合一的宁谧感，我很享受，我甚至觉得，在这片安静中终老一生是值得的。

然而，校园并不安静。教师员工之间的倾轧、艳羡、嫉恨也是人之本性。无心抵抗，我就想办法逃脱。逃脱到一个可以毫无羁绊随性游走的地段。从此，我便和他们没有任何瓜葛，便和曾经生活过的小团体挥手拜拜。

没想到，一切终结得如此自然。谁也不关乎谁，只有自己关乎自己。

我不停地游走于寺庙、森林、湖畔、乡村。我又去大城市北京待了三个月，初春的北京，不时有黄沙拂面。听汪峰那首极催发文艺青年情感的歌曲《北京北京》——"当我走在这里的每一条街道，我的心似乎从来都不能平静"，身边的人纵酒、哭泣、吟诗、拥抱，仿佛都在追逐着奄奄一息的碎梦。

我一直在苦苦寻觅最宁谧的安静之所。天赐良机，南极，在地球的最南端，我如愿以偿。

没法用言语来描绘，但还是要借助言语。

登陆山头，遥望蓝天白云，安静时能听得见自己的呼吸声和心跳声。不再是蚀骨般的心跳，而是思无邪的心跳。冰川无言，悲壮相守，仿佛是为了一个千万年的誓言。无垠的大海幽深甜蜜。我一个人，望着不远处的巴布亚企鹅出神，它抑或也在沉思、凝望。没有尘埃、没有噪音，没有废气，没有都市生活的喧嚣，这里冰清玉洁，遗世独立。

孤绝、粗犷、暴风肆虐，然而又美得令人窒息。这就是南极的魅力。

我仰面躺在雪地上，感官在一刹那异常灵敏。数小时前，南大洋还是飓风席卷，它以无坚不摧的力量重重撞击着海岸线，令人心慌意乱。转瞬间，一切又彻底平静，呈现出一种极致的安宁——海豹很萌，懒洋洋眯缝着眼睡觉，海藻在幽蓝色的海水中柔美地舒展着身姿，只有一两声鸟鸣划过，让人一下子有了王维唐诗中的意境。遥看远处，山峰沿着南乔治亚岛的山脊依次排开，壮美而恢宏。那里冰川无数，多半奔流入海。

此刻的安静，犹如面对佛陀庄严、沉思的面庞。它使尘埃中的烦恼皆消，使灵魂深处的忧郁一扫而空。

我在成群结队的企鹅旁静静安坐，享受大自然给予的高贵的惠赐。

七、原谅我不羁放纵爱自由

一觉醒来，已是九点。阳光十分浓烈，小狗泰戈尔期期艾艾蹲在门口求我带它出去。昨夜看了有关萧红的电影，睡晚了。回想十天前，在香港转悠时，商务印书馆里摆满了这位病逝于香港的才女的书籍。才华横溢的萧红，离世七十多年，依然斯人独憔悴。其情感经历被后世编出许多个版本，暂且不管哪个版本真实成分更多一些，事情的初衷是因为自由，不羁放纵爱自由的萧红放逐了自己的一生。

我和小狗泰戈尔在小区院子里溜达。泰戈尔已撒欢奔跑起来，它一口气能沿着池子跑四十圈，这成了它的日课。最关键的是它听得懂指令，"跑！加油！快！"它满身的毛发飞扬起来，像一匹小马驹，神气十足。我晓得它酷爱自由，若是颈脖里给它套根狗链子，它是万般不情愿。

我像个无所事事的小混混，嗅嗅桂花，遛遛小狗。小区院子里停留驻足的基本上是退休的老者，他们看着我有些迷惑。我对泰戈尔说："好了，差不多了，女主人要回去写作了。"

翻开《剑桥中国文学史》，有专门一小节，写明代前中期文学里"苏州的复兴"。其中有一句话言简意赅道出了苏州精神：将个人自由看得重于一切。遥想唐寅、祝允明、王宠等才子在石湖、太湖边饮酒、狎妓、吟诗、作画是何等逍遥，"但愿老死花酒间，不愿鞠躬车马前"，这是苏州文人在宣告自己特有的自由和尊严，也形成了他们独特的无拘无束的生活方式，遗风影响至今。

我可能已经被这样的方式所染。我折了一枝桂花插进梅瓶，再泡一壶正山小种。溶溶曳曳的阳光洒满书房。桂花香、阳光香、茶香糅杂在一起，有着别致的风味。独自呷一口茶，不禁笑了。

"吃茶去！"禅宗公案告诉我们有事没事吃茶去，便可仁者见仁智者见智。

恰巧，北京的极友李艺传来北冕号游轮船方拍摄的南极照片。打开邮箱，完全惊诧了——因为是专业摄影，更加细致入微地传达出了当时的情态和氛围。帽带企鹅扭转脖子，腹部的羽毛和白雪相衬，小小的面颊忧郁中带着恬淡，海水如星光璀璨，点点滴滴，隐隐绰绰。两只阿黛利企鹅在浮冰上优雅地梳理羽毛，鬼魅的天色，有些暗青，有些橘黄，分辨不清哪种色调更占上风。月亮几近圆满，悄然爬上冰山。

那样的情境出现时我应该是在游轮第二层，我向侍者要了一杯红酒，阿根廷红酒醇厚有后劲，我喝得极慢，有些微醺，当成功逃离了日程生活的时间表，而被古老的冰山撼动时，我仿佛还原成了一个古老的自我，天地均衡流转，生命恒定前行。南极生物们按照自己的生活轨迹悠然生存着。虎鲸巡游于南极半岛周边的峡湾和水道间，忽然从冰水中冲跃而起，于浮冰之中猎杀海豹和企鹅。蓝眼鸬鹚群居着，在海滩上占据了一大片岩石岬。巴布亚企鹅踩波踏浪来到福克兰群岛的岸边，嬉戏追逐。跳岩企鹅穿过巨藻、冲上海岸，疯狂地拍打着翅膀，争先恐后攀上岩石。

古老的我，此刻的我，是否合一了？我不置可否。昨晚月全食，许多人拍摄记录，在微信上发布，说那轮红红的月亮是罕见奇观哦。那时我和萧红在一起，默默陪着她颠沛流离。

八、挑战极限

袁小军教授衣着朴素，端正安详地坐在角落里。

如果不介绍，我也许只把她看成是一个比较知性的家庭妇女，齐耳短发，戴一副眼镜，静言少语。美国哥伦比亚大学视频连线会议因南大洋信号的极其微弱而未能顺利进行，这时，袁教授从容登台，开始了"为什么花那么多精力关注南极"的即兴专题演讲。

南极是地球气候非常重要的环带，冰川如果融化，地球海平面将上升五十八米，地球会淹成什么样？欧洲部分，英国的国土将消失一半，不见的城市还有伦敦和莱斯特。阿姆斯特丹将完全位于水下，深入内陆的地区如德国的柏林也不能独善其身。美国东海岸的大片区域会被淹没，包括纽约、休斯敦，迈阿密，新奥尔良和华盛顿。多么耸人听闻！但这却是科学事实。我蜷缩着，想象着真的有一天冰盖融化，那地球的末日也随之而来，我们都将消亡。

袁小军教授和哥伦比亚大学其他几位教授在甲板上享受午餐。浮冰无声，庄严飘过，如圣斗士一样凛然。我上前打了个招呼，想和袁教授进行一次单独约谈。她欣然答应，自

1995年在哥伦比亚大学获得博士后学位后，她研究南极整整十九年了，"可是，"她咳嗽了一声说，"我想要和你聊的主人公不是我，是我妹妹袁文。"袁文，美国微软高级工程师，热衷于户外活动，曾经登上过非洲最高火山，这次我们从乌斯怀亚出发到南极的同时，她也参加了一个危险系数相当大的探险活动，即从西南极大陆准备通过徒步跋涉和滑雪，到达南极点！

我看过袁文的相片，四十多岁，气质优雅，但那双黝黑的眸子显露出她的坚韧，很难想象一位女子去南极这样瞬息万变的恶劣环境进行极限挑战。同行共三至四人，身上仅带着小型气象测量仪器和卫星定位仪。稍一不慎，悲剧就会发生。谁都明了，渺小的个体在严酷的南极面前显得何其脆弱！这样的行程恐怕凶多吉少！家人万般阻止也没有动摇袁文的决心。袁文四五年前曾来到过南极，那时探险队九人乘着帆船挺进南极，一路上险象环生，杀人鲸从帆船边游过，惊涛骇浪又把帆船掀翻，在刺骨的冰水中袁文凭着坚强的毅力游到岸边，很快身体就麻木了。愈是这样，袁文的南极情怀愈是割舍不断，再回南极，成了她念念不忘非干不可的事情了。

"没有办法，"袁小军教授笑了，"说服不了她，我和妹夫只能给她最有力量的帮助，给她提供最及时的气象信息，以确保她了解到最正确的资料来保全自身。同时默默为她祈祷，唉，我们的心都被她吊在南极高空。"

回苏州后，我的电子邮箱里不停收到袁小军教授转发的袁文南极记录。终于在 2014 年 1 月 14 日左右，我得到信息："袁文胜利到达极点，创造历史，经过九百三十四公里跋涉和滑雪，成为极少数几位徒步到达南极点的中国人。期待她顺利返回。"我吁了一口气，并向那位远在南极极点充满挑战力的中国女性表示由衷敬意。如果说，斯科特到达南极点是为了国家的荣誉，那么，袁文的千里跋涉是为了回应心灵深处的无声呐喊。

九、无常

哥伦比亚大学教授中，有一位教授生性腼腆，碰面时微微一笑以示礼貌。有一次，他站在演讲厅讲台上，沉浸到了他的科学、环保世界，滔滔不绝讲了两个小时。听众陆陆续续在增多、减少，又增多，这都没有影响他的情绪。他回忆了他和爱人一起保护家乡饮水资源的经过，他们创立了美国民间组织——卑尔根水域保护行动联盟，通过多年争论和沟通，他们达成了一个经国家批准的协议，该协议使哈肯萨克水域数千英亩的绿林得到了保护。

教授叫马克·贝克尔，典型的美国人，魁梧，头发鬈曲，深邃的眼睛洞察一切。

其他有关他的记忆我实在没有了，语言是一种障碍，它阻止了不同国度的人交流的深入。

2014年7月初，南极极友再次相逢参观雪龙号。极友，是个相当奢侈又豪气的名词。当我们拥抱庆祝我们的南极行时，听到了一个难以置信的消息，一百六十多名共同见证南极奇迹的极友中，有一位已经猝然离世。

离开我们的就是马克·贝克尔教授。2014年2月26日纽约风雪交加的日子，马克·贝克尔，哥伦比亚大学国际地球信息科学中心地理信息系统室副主任，一早开车上路，赶去一百英里以外的巴德学院授课，途中遇到恶性多车交通事故，马克躲闪不及罹难。

作为同事的袁小军教授写了一篇声情并茂的悼文追思马克，读后令人唏嘘感慨。马克不仅是坚定的环境卫士、杰出的科学家，也是一位热心的教育家、天才的管理者、快乐的音乐爱好者。青年时候的他喜爱大自然，倾心于吉他，这个害羞的留着长发的男孩为了能在乐队演出，其他做什么都不在意，曾打过不少零工：餐馆服务员、出租车司机、煎饼师傅、农庄的助手。

典型的美国少年的生活轨迹——这样的镜头在电影中也会时时闪现，我会边看边思考中国式教育的症结所在。马克生命中的一个重要转折点是他遇见了爱人洛瑞，两人共同爱好园艺、自然、音乐、远足和探险，她又激励推动他追求更高的教育。之后夫妇俩在环保事业上做出了惊人的贡献。

大屏幕上重现马克·贝克尔形象。大家默然哀思。物是人非事事休。南极一望无垠的冰盖在阳光下闪着耀眼的光芒，数以万计的浮冰如千军万马，随意漂流。据说马克的追思会是爱人洛瑞和同事精心布置——在郁郁葱葱的灌木丛林中，喷泉轻舞，烛光摇曳，风铃低吟，这充满人间温情和惜别的绿色家园默默承受和追忆着马克对自然的热爱。

生命无常，让我们倍加珍惜拥有的时光吧。

愿马克在天国一切安好。

十、生活，总在当下

金秋，桂花香、茶香、阳光香交织，我静坐书房。尘埃里的游丝在飞，飞在朦朦光线里。我环视四周，不闻人语响，只有我所钟爱的书籍，它们斜靠在漆黑的书柜中，凝望我，每本书散发着各自的气息，兀然沉思。《生存的习惯》《存在与虚无》《李后主和他的时代》《逃离》《好花好天》《知堂回想录》《命中注定》——随意抽一些书，中国的外国的，把它们组合在一起，它们仿佛在人世间又走了一番，把生命最深处的劫数晾晒出来，然后，安稳地，点一支烟，回到它原来的地方呼吸。我习惯被它们包裹，得它们的精气神，然后走出书房，洗洗刷刷，做饭吃饭。再掐指算算，哐当锁门，云游。

南极回来后不到一年的时光，我似乎仍在南极梦里徘徊。徘徊的真正指向可能就是我对行走的迷恋。我的心智也在行走中成熟起来。瞅准一个地方，望着地图眼神迷离，说走就走，明天我就在路上。飞机、火车、轮船、的士轮流交替，我喜欢一个人气定神闲地在旅途上享受阳光和美景，也不厌烦自己在陌生城市心慌意乱的焦灼感——多有意思啊，天即将黑了，却找不到归去的路，惶惶然，但又十分贪恋。

我想去成都转转，就去了，在都江堰古老的水利工程面前，我感受到了万物混成、周行不殆的常道；在宽窄巷子里，我进进出出，好像怎么也走不腻。朋友说："你到成都几日，我一年要喝酒的总量就在陪你几顿酒中消耗完了。"——我嗅嗅鼻子，我的体力恢复在行走途中出奇得好，吃得香、睡得好，白天一个人在异乡游荡，晚上有文友把酒言欢，陌生的城市在深夜恣意袒露它的心事，我迈着微醺的脚步，轻轻飘飘，自在而舒服。

那一个早上，突然想去看看皖南的乡村，一口气开了五个小时的车，到达安徽休宁古城岩。那里幽谧、沧桑，闻得见久远的气息，水牛哞哞。落日前，我又马不停蹄赶到南屏，徽派建筑的飞檐翘角在光影中摇曳出梦的姿态，抓起相机一通狂拍，不消半个小时，天色顿暗。那刻的我也心满意足。睡前，我在宏村的月沼喝了一点桑果酒，酒红色的甜味，有四十二度，月下小酌，看波光荡漾，唯觉一天的充盈丰满。

九月，我慵懒地走在澳门街头，随处可见的是巴洛克风格教堂。拿上一本书，在街心花园闲坐，和本土澳门居民瞎聊有别样的收获。俯视地面是葡萄牙波浪纹，仰头是高大的榕树，耳边是拖长声调的粤语。我闭上眼睛，体验着澳门内心的低吟。黄昏将近，摩托车呼啸着从狭窄的街道直上，再过两个月就是澳门的赛车大赛，我晓得那时整个城市都会沸腾。

　　行走，让我不再有脱离体制后的彷徨。行程中三百六十度全方位、全身心的融入，让我愈发觉得生命的辉煌和不易。世界很大，世界也很小，它就在你的脚下，用脚步去丈量它，之后它的时空会飘过丝丝缕缕有关你的气息。

　　记得梁楷的《布袋图》，它是禅画的典型。布袋和尚不只有大家熟知的笑容、大腹、挂杖、布袋，更关键的是大步向前的姿态，夹以回头的一笑，显露出禅者的生涯：一日有一日的领会，十年有十年的风光。生活，总在当下。

2014. 11. 25

映在镜子里的花园

> 这座魂牵梦萦的城市
>
> 就像是映在镜子里的花园
>
> 虚幻而又拥挤
>
> 远近交汇
>
> 屋舍重叠不可企及……
>
> ——博尔赫斯

一、博尔赫斯

向中心汇聚过来的街道，五条街道，六条街道，我在水中央。仿佛一朵莲花盛开，有千万片花瓣在摇曳舒展。不知道该往哪个方向走。布宜诺斯艾利斯的黄昏，飘满了咖啡味道，还有精茶的幽香。高大的紫槐树簌簌而响，花朵在营造着一种惊心动魄的美丽。我一个人游走，我既不清楚来时的路，也不知道如何表达要去的方向。阿根廷人在我身边穿梭，他们说着西班牙语，一种完全陌生的语言，如同缤纷的烟花四射，然而它的节奏、韵律、情绪随着街道的方向延伸，形成一种恍惚的镜像。

是的，我在寻找，寻找一个人，寻找大文豪、哲学家博尔赫斯。他对这座城市有着太多的情感，他喜欢布宜诺斯艾利斯的黄昏、荒郊和忧伤，也向往清晨、市区和宁静。他喜欢一个人四处漫步，低头匆匆走路，或者研究地图，在咖啡馆里慵懒地思索。"没有人知道他自己是谁，没有人本质上是某个人。"他常常用自我否定的方式来思考。

我能想象出他的面容，腼腆、忧郁，微侧着点头，洁净的手，一个典型的阿根廷老绅士。如同我在加州酒店电梯里遇上的男子，他伸出手，示意我先进去，明白我是亚洲人后，他用英语和我简单交流，微笑，颔首，再见。

从酒店出来，瓦蓝的天空含着温馨的意趣，十二月的布宜诺斯艾利斯，正是明朗的夏日。美丽的花裙子和街道上的紫丁香相衬，谐美芬芳。记得小时候地理课为了要记住这世界上最长的城市名时，挖空心思想了句"玻璃木梳眼泪水"。玻璃、木梳、眼泪水，仿佛童话里的公主有了一点小小的委屈，在撒娇，在扭着花裙子啪嗒啪嗒踮起脚尖独自跳舞。后来知道这样一个传说：16世纪初，远道而来的西班牙探险船队驶入拉普拉塔河口，只见阳光普照、绿野千里，空气清新，一名船员不禁高呼："布宜诺斯艾利斯！"（西班牙语"多新鲜的空气啊！"）这一感叹成了日后这所城市的名称。此刻，我张开心肺用力呼吸，街市像无边的梦境，为我在布宜诺斯艾利斯的停留打开了无数种可能。

我在图库曼大街。阳光下有些炙热，阿根廷女郎身材曼妙，手捧马黛茶，裸露着肌肤，在浓荫下与男子说着话。我窥见那小楼，庭院里有幽深的天井，种植着藤蔓植物，贮水池里有乌龟在游动。也许，这就是博尔赫斯的老宅。当年他出生在外祖母家里，时值冬天，潮湿、阴冷。这个地道的布宜诺斯艾利斯出生者，从出生那天起，就遗传了父亲典型的身体缺陷遗传疾病：近视加失明。"失明是被禁止的黑暗，我生活在发光的薄雾中心。"他在黑暗中行走，用大量背诵的诗歌和散文来与暗黑对抗。街道，仍是他最大的自由，在他视力还允许他独自漫步时，他渴望与女人随意地轻微地接触，以满足"眼睛的情欲"。在空荡荡的街道中心，他从内心触摸这恬静的城市。"在我的梦里，我过去在，以后也将一直在布宜诺斯艾利斯。"

我坐下来，喝一杯咖啡。三十比索。我效仿着我的追随者，低头沉思。乘坐了将近三十个小时的飞机，我从亚洲的东部，穿过欧洲、越过茫茫大西洋，跋涉千万里来到南美洲，因为雾气，飞机还在乌拉圭停留了半个小时。乘坐的是德国汉莎航空公司的班机。德国空姐长得像《朗读者》中的女主人公。那个十五岁的男孩得了猩红热，在公交车碰到了三十多岁的售票员汉娜。对，想起来了，名字也是如此相似。从此，人生的朗读在不伦之恋中展开。成年后的男孩总是被人生的最初始所笼罩。高鼻梁，忧郁的眼神，在文字与声音中跳跃。性，德国，二战，赎罪，人性的复苏，所有的所有纠缠在一起，形成了小说特有的基调。我的邻座是德国男孩，可惜没有交流。飞鹰乐队，略带沙哑的嗓子，舒缓地拉长茕茕之音。黑夜已经悄然来临。分不清身处何方。醒来之后，天涯就在脚下。到南方去，到南方去，到世界的最南端，几天之后不再是一场遥不可及的梦。受到气流阻碍，飞机有轻微的颠簸——阿根廷的两个城市布宜诺斯艾利斯、乌斯怀亚，在悄然等我。走到世界的尽头，什么都可以不想，静静地，坐在海湾边上观赏落日，那一刻，不再恍惚，澄净空远。

布宜诺斯艾利斯，此刻，我在。街角处的雕塑昂然挺立，他们是阿根廷的民族英雄，为了独立，为了自由，他们被阿根廷人民铭记。我只能依靠这些雕塑来辨识我曾经是否走过这些街道。建筑上画着各色图案。罢工和游行是日常景象。他们在街道慷慨陈词，有媒体在采访，也有恋人在紫槐树下热情相拥。他们表情丰富、夸张，手势有力。置身于这样一个完全陌生但极富音韵感的语言环境里，感觉非常独特，我仿佛懂得他们所有的语言——他们要表达的是爱，是自由，是生活，是蓝天，是内心的孤独，是一种绵密的情绪。

街道向我汇聚过来。我轻轻一搭手，便乘上了一艘梦想之舟。我读着博尔赫斯的诗歌，继续游荡："就在曙色 / 潜进所有朝东的窗口的同时 / 召唤晨祷的呼喊 / 从高高的塔台 / 飞向初明的天际 / 向这众神聚居的城市宣告 / 上帝的孤寂。"

二、玫瑰花园

生命可以是一座玫瑰花园。而玫瑰园里，有济慈的夜莺在歌唱。它唱啊唱啊，倾尽全力，它飞上玫瑰枝，将一枚刺深深扎进自己的胸膛。

阿多尼斯说，我的孤独是一座花园。

玫瑰旅行，去往的最美所在，是眼睛的疆域。

身置玫瑰的海洋，我仿佛寻找到一个秘密通道，触摸到了白玫瑰的高洁孤僻、黄玫瑰的痴情零落、红玫瑰的热烈赤胆以及粉色玫瑰善于周旋的暧昧之态。它们和我心照不宣。在南美气候宜人的布宜诺斯艾利斯，它们色彩丰腴、艳丽、性感，把快乐引向巅峰，把美存留在让人要窒息的地步。

这是一座宫廷花园，精巧、别致。可以想象当年皇亲国戚在闲暇时刻踱步，女子窸窸窣窣的裙裾声牵动了男子的情思。水池里喷着水，鹅和野鸭在湖边撒欢，周围的赛波花灿若朝霞——那是印第安部落酋长的女儿阿娜依为了反抗西班牙殖民者统治，慷慨就义时满树开出如火如血的红花。玫瑰在这番土地里滋养，有着更莫名的芬芳与警觉的利刺。

一个老者，睡在玫瑰园的长椅上，裸露着上身，充分享受日光浴。他被女孩们的笑声唤醒，坐起身，在阳光下眯缝着眼，眼镜差点从鼻梁上脱落。七八个女孩，前后簇拥着，金色长发闪耀出动人光泽。修长的腿，弹跳有立，她们奔跑、跳跃、嬉笑。她们就是纳博科夫笔下的洛丽塔，是让人兴奋而沮丧，娱乐而折磨的混合体——纳博科夫承认，写作也是，混合的双重体，但给他留下了最美好的回忆。

我在如此明媚的天光下有些猝不及防。我听见玫瑰的鼻息与呢喃，既撩人又高雅，我甚至感到略微的眩晕。作家博尔赫斯，一定也在此深深呼吸过。他是个害羞胆怯的男子，他渴望并沉溺恋爱，可是可怜的，总不尽人意。他似乎只能与女子经历柏拉图式爱情，而一旦归于肉体时，他经常会为爱所伤，孤独地退回精神领域，饱含痛楚拼命读书。"一只受伤的貘"，这是他无可奈何的自嘲。不知道玫瑰花园的小仙女们是否聆听过他自闭、孤独的心语？不知道月下的博尔赫斯是否会如夜莺将鲜血涂满玫瑰的面颊？

我凝神驻足。在玫瑰花园打个盹，只觉阿根廷人的生活状态十分悠然自在。孩子们只需要上半天学校，就可以绕着玫瑰园轮滑、跑步或者踢球。恋人们在树荫下肆无忌惮热吻表达爱情。更多人躺在茵茵草坪上，仰面看蓝天，浮云并不多变，狗儿忠贞相依。

灵魂在飞，如玫瑰园里萦绕不息的微风，借着香气，借着朦胧，借着暧昧，奔赴天堂。

三、贵族公墓

孤独的心，随着天使流转。生死如梦。这是布宜诺斯艾利斯最古老的公墓，安息着七千多个阿根廷历代社会精英。静静漫步于此，并没有阴森悚然的恐惧感。相反，明亮洁净的天蓝色始终牵引着人向上，向上——陵墓上的天使在歌唱，张开双翅，宁谧安详。

回望贵族公墓，它的布局就像一个浓缩的生活街区，一条条约两米宽的墓地通道纵横交错，整齐而有序，井字形"街道"加上四条对角线斜街，沿街排列着大小不同、风格各异的墓室。墓室由其贵族所有者自行设计、布局和装饰，陵墓仿似一座座缩小版的宫殿，静穆而肃然。

穿梭于墓园间，时间像旋风一样从山谷深处席卷而来，近两个世纪的累积，它们凝重又轻盈。当年家族史上的荣光已镌刻在陵寝的门楣上，如今家族成员们的棺木按照去世的时间一层一层叠放着。所有的亲情、所有的悲欢、所有高贵的灵魂和超人的智慧，都以千篇一律的姿势仰卧着。

我游离了队伍，在墓园茕茕独立，瞧见一个气质优雅的老妇人坐在陵墓台阶上默然，皮包搁放在膝盖上，黑色皮拖鞋趿拉着，她似乎疲惫忧伤已久。凝滞的表情陷入了无限不可猜测的往事或遐想中。忧戚的鼻尖与下颚形成一道弧线，许久，她都没动一下。那个墓园，定是她的家族。她用气息在交流，她的亲人们都不曾离去，岁月风尘、时间洗涤都无法阻碍她和她的祖上及所爱的人相互告慰。

四下无人，但有歌声。是天使在歌唱吗？他害羞的双眸紧闭，身体蜷靠在大理石柱上。惊叹陵园的雕塑如此精湛，仿佛天使真的要在一展歌喉后拈弓搭箭将爱神之箭射出。圣母玛利亚柔美恬静，掬一束月光，盈盈而立。

最后我瞻仰了非凡的贝隆夫人。那也是一个家族的陵墓，U 形的陵墓黑色大理石门框左侧，一块小长方形铜板雕刻着她的名字和头像。出身贫寒的贝隆夫人一生传奇，十五岁时流落街头成为舞女，但美丽又使她在摄影师镜头下一举成名。当帮助贝隆上校竞选总统成功后，她也成了耀眼的政治明星，在社会、劳工、教育和争取妇女权益方面都做出了不可磨灭的贡献。只可惜天妒红颜，三十三岁逝世。有人深情地摩挲着长方形铜板。也有人献上鲜花。鲜花沾着露珠，一切芬芳如昨。

跨出公墓大门台阶时，迎面扑来的是生机盎然的人间味道。时尚的街道、昂贵的商铺、装饰典雅的咖啡屋，无不流露出布宜诺斯艾利斯作为"南美小巴黎"的繁华。生者与逝者仅一墙之隔，却如此完美自然融合。

不禁想起爱尔兰诗人叶芝的墓志铭：向生，向死，投以冷眼。骑手啊，向前！

四、探戈

三两杯阿根廷红酒后，人如同酒一样开始慢慢发酵。微醺，夜风，醉人的深更时钟，朝向无底的黑暗。古曲在飘逸滑行。在这个不知疲倦充满情爱与浪漫的不夜城，男女主人公开始上演魅惑人心的性感探戈秀。

吸引、挑逗；拒绝、对抗。温润润的唇语、热辣辣的鼻息；面和面的交贴，腿与腿的纠缠。风情万种又刚劲挺拔。心灵的脱逃与行动的钳制。男人与女人的处世哲学似乎尽在这里得到诠释。眼花缭乱的舞步和节奏欢快的切分音，将众生抛入一个生命燃烧的逼仄空间。欲望号街车在隆隆开过。夜的尽头突兀燃起的篝火，毕毕剥剥地将火星喷溅。所有的欲念定格在一瞬间，抚摸、凝望、折腰、热吻。当掌声雷动在剧场上空时，我们意犹未尽，被阿根廷精湛的国粹艺术深深折服了。

回想19世纪初，来自非洲、北美，甚至欧洲的移民滞留在港口地区，他们中大量的船员、码头工人到贫民区小酒馆消磨日子。他们和酒吧里姑娘们饮酒、聊天、唱歌、跳舞，通宵达旦极尽欢娱，形成了特有的民间艺术。走在卡米托尼街道上，我经常会被熟悉的欲望、自由畅达的心灵所吸引——铁房子随主人的心意被刷得五颜六色，石子铺就的地面朴素自然。姑娘的臀部紧俏，男子踢腿有力，在变化莫测、挥洒自如的舞步中，灵肉似乎得到一种上升的力量，像风中的云，有无数的光粒飞跃而出。

一个人抱膝在黑夜里，听一张 CD《向左走向右走》。画家几米作品与音乐作品的结合竟也相当妥帖。其中一首，选择了阿根廷"世纪探戈教父"风琴大师皮亚佐拉的作品《孤独探戈五重奏》。那是太阳把影子拉得很长很长的初冬，他习惯向左走，她习惯向右走，如同城市里很多人不会碰上身边生活着的人，可是人生总有巧合，再平行的人生线条也有交汇的时刻——那一次他们在公园里水池边邂逅了。悠扬的手风琴，动人的旋律，将都市男女间孤独、惆怅、唯美的倾诉细细密密地拉长——

瓦罐已经在井台上磕破，鸟儿婉转啁啾。

心仪之人，在探戈中隐藏并消融。

五、黄昏

我愿意把布宜诺斯艾利斯的黄昏收藏。像一枚邮票，永远贴在心的右上角。

暮色里光彩相映，紫丁香散发着中国式的忧愁，高大的棕榈树直指云霄，赛波花浓烈依旧，晚霞如梦境，在虚幻与真实交织的刹那把人迷恋。为争取独立和自由而战的圣马丁将军雕塑被抹上了金色的霞光，马跃腾空姿势潇洒。玫瑰宫庄重威严，用粉红色来彰显总统府的至高无上的权力。五月广场人流如潮。穿着褐色袈裟的中国高僧果宁法师被阿根廷孩子层层包围，金发女郎忍不住贴上去和果宁法师合影并留一个香吻。百花丛中过，偏偏不沾身。高僧微笑回应。

典型的文艺复兴式庞然大物——金碧辉煌的科隆大剧院整个儿就是梦幻之地。在月桂树的掩映下，它显得格外与众不同。先后有三位著名的建筑设计师参与其间，大师们如此评价这座大剧院：以意大利文艺复兴时期风格为基调，在其法国式的建筑中，加入了雍容、华丽、多样以及一种异乎寻常的超凡脱俗，此外，还兼有德国式的坚固。阿根廷导游小姐在介绍剧场时充满了自豪，她轻盈地行走在前，当她把红色天鹅绒帷幕拉开时，展现在我们眼前是无法用语言描述的艺术世界。精美绝伦的穹顶壁画、晶莹透亮的菱形吊灯，大理石走廊里有无数根圆柱被耀眼的金箔萦绕，而世界顶级的雕塑作品伫立于此，静静聆听从马蹄形剧场里飘出的天籁之音。莫扎特的《魔笛》、贝多芬的《费德里奥》、威尔第的《奥赛罗》、比才的《卡门》、圣桑的《参孙与达利拉》……这些英国指挥大师比彻姆指挥的历代经典之作，于1958年在科隆大剧院落成五十周年隆重上演。

在世界上最大的舞台上轻轻旋转，水晶鞋呈现出秘色瓷器一样幽深细密的纹理；茶花女蛾眉紧蹙，咏叹出女人一生的无奈；帕格尼尼放声《我的太阳》，光泽普照大地。1958年，中国京剧演员李少春扮演美猴王孙大圣在此腾云驾雾，其色彩绚丽的美猴靴也永远留在了剧院的收藏室。

一切都收拢在黄昏动情的光焰中。没有形状，没有目的，没有方向，但有彻夜不眠者为之动容、欢呼。高低起伏错落有致，仙乐悠扬，美神于此。

六、寻觅

流浪汉蜷缩在教堂高大的罗马柱旁。长风沾满灰尘。身旁，有面包牛奶搁置。

阿根廷摩托车党疾驰而过，大多时候他们在花园长椅上仰面而躺，他们起身了，以迅雷不及掩耳之势抢劫行人的皮包首饰。他们在紫丁花香下继续睡觉，做一帘幽梦，似乎什么也没有发生。

跳蚤市场摆满了印第安土著人的手工艺品。印第安人衣着色彩绚丽，技艺高超，绳子、铜丝、石头、牛皮、植物果实……无论什么材质，到他们有魔力的手上都会变成精美艺术品。我蹲下身子，好奇打量着这些用麻类植物编的饰物，中间镶嵌着当地产的玫瑰石或七彩石。摊主是个身形高大的小伙子，他摊开双手，热情招呼，一番比画后，我们在谈价钱，用当地货币比索，手势一致，成交！一位大叔在做钩针活，他给无数芭比娃娃织出了形态各异的裙装：晚礼服、超短裙、百褶裙……仿佛盛宴即将拉开帷幕，生活将高潮迭起。

卖鲜花的篮子置放在街角的木桩上，玫瑰、郁金香、百合，浪漫寻觅着有缘人。摊主是个戴鸭舌帽的中年男子，鬓角染霜，低头读报。

财务部部长的画像被印刻在墙面上，一个个大大的红叉覆盖其上。据说他刚刚引咎辞职。克里斯蒂娜女总统连任两届，民意评价日渐有损。街头的女孩，给我发选票，西班牙文，看不懂，估计是想拉我加入他们团队去示威游行。

作家博尔赫斯，在19世纪20年代的街头徒然漫步，当穿越七月大街时，忽然听到女性的尖叫。作为一个浪漫主义者，一个相信爱情却有过一段不幸妓院经历的多愁善感的诗人，终于屏蔽了女人而将他自己退回到内心世界。他来到心中的天堂——图书馆，历任布宜诺斯艾利斯各公共图书馆的馆员和馆长，并终身为之工作。

充满智慧的博尔赫斯坦言："所有的书都是一本书。"

孤独的寻找者，在星空之夜唤起了自己内部压抑已久的力，挣脱了日常观念的所有限制，让灵魂开始做致命的飞翔，以此达到那个虚无纯净的世界。在布宜诺斯艾利斯这个别样的城市，我系紧鞋带，企图像风一样，穿梭过所有的街道与黄昏，从而将镜子里映射出的物象镌刻在记忆中……树木、花朵、房屋、人群、气味、孤独、文学、艺术，让所有不可企及的意念絮絮叨叨地根植到大脑皮层，尽管只是瞬间，也将与神灵依存。

2014. 3. 15

流浪在天涯尽头

在我的结束是我的开始。

——艾略特

一、世界尽头

秦观有词：天涯旧恨，独自凄凉人不问。

天涯何其渺茫，渺茫到不可知，内心涨满无限惶恐。天涯又给人放逐心灵的期待，当忘记了怎样与这个世界对话时，我们就想去流浪，走到天涯尽头，静静地澄怀观望。天涯的尽头到底有什么？应该有一个乌托邦世界，天蓝，水清，匆匆擦肩而过，可以迷茫，可以欢悦，可以轻轻唱一首歌，可以目送行者继续踏上征程……心灵的皈依在刹那间有所实现，而流浪的脚步依旧没有停息。

如果我们要去流浪，就去乌斯怀亚吧！如果我们要去乌斯怀亚，就去流浪吧！流浪就是去到不了的地方。就像乌斯怀亚。

恍若梦境。当布宜诺斯艾利斯的飞机缓缓降落在以木结构为主的乌斯怀亚机场时，我仍在怀疑此行的真实性。到世界的最尽头，像一句美好又惆怅的诗。

多年以来，体制内的生活心为形役，当被不如意和孤独袭击时，我经常一脚油门驱车到太湖，看湖水浩渺，看沙鸥翔集。突然有一天，在快要四十岁时，想明白了。转身选择了另外一种方式。

离开体制，偶然性增强了，会遇上不同的人或事。偶然的偶然里其实又隐藏着种种因果，此时彼时，抑扬顿挫。机缘巧合，我竟背上行囊，一路向南。

走出机场，我惊颤了。远处郁郁葱葱的山坡和洁白的雪山交相辉映，海水蓝得没有任何杂质，充满柔情蜜意轻轻涌动。近处漫山遍野金黄色的蒲公英开得正艳，这最普通平凡的花开到世界最尽头应是有它的生命哲学吧！深呼吸清洌的空气，谁也不会想到我身处地球的另外一半，领略乌斯怀亚生机盎然的夏天。

其他人三五成群，欢呼、尖叫，竞相互拍。在天涯尽头，我只想真正寻求独自流浪的滋味。眺望美丽的小城乌斯怀亚，它依山面海，惬意宁谧。雪山下安置着五颜六色的可爱小木屋，两厢汽车在绵延山坡上行驶，我即将走入一个童话世界？我已身处天涯？我丢掷了生活中烦琐、扰心的细节，目的就想要把世界尽头处的澄澈、美好饱览，然后再从容走下去……

　　我在随身携带的地图上画一个圈。乌斯怀亚，火地岛的南部海岸，北靠安第斯山脉，面对连接两大洋的比格尔海峡。它的纬度是 54°49'，是世界上最靠南的城市。临走时，我在 QQ 上签名是：去世界的最南端。那些关心和不关心的人，会隐约知道我任性游走的踪迹。

二、灯塔

　　这里曾经是重刑犯的流放地，阿根廷政府效仿英国在澳大利亚的做法，于 20 世纪前半叶在此处建立监狱。听得见大片的寒带针叶林在风雪夜飒飒作响的声音，冰川无言地注视，囚徒列车咔嚓咔嚓地行进在茫茫雪域。他们在伐林、修路，他们在偏僻的岛屿上晨昏劳作，他们忘记了逃脱，时间和空间蜕化为虚无，他们望着那一端进行漫长又无可奈何的等待。他们也不会料想到，他们花大量时间建造的别致小城——乌斯怀亚，成了全世界孤独者向往的漂泊之所。

　　　　"慢慢走，去一个叫乌斯怀亚的地方。"
　　　　"冷冷的，去干吗？"
　　　　"听说那边是世界尽头，有个灯塔，失恋的人都喜欢去，说把不开心的东西留下。"

王家卫电影《春光乍泄》迷离唯美，堪称小资经典。那个台北流浪青年张震看到灯塔冷蓝暗红，像是油画，塔影朦胧，没有指示方向，反倒诉说迷失，"到了尽头，我想回家"。疑虑和乡愁会随着流浪的脚步接踵而至，一切刚刚结束，一切又即将开始，轮回支持着轮回，我们才能在默然中领悟生命的拐弯有多么重要。

沿着比格尔海峡行走，天气好得出奇，在国内几乎从来没有享受过如此湛蓝的天空。海面似江南宝蓝绸缎柔软艳丽，倘若剪一匹披在身上是无法想象的华美。一大群颈白体黑、鼻成钩状的鸬鹚盘旋着，它们在海面滑翔，在岸边栖息，这儿是它们的王国。远处停留着几艘游轮和大大小小的探险船只，它们都从这里起航，穿越八百公里，驶向南极洲，驶向那个冰天雪地没有人类居住的地方。

先寻找灯塔。寻找千山沧海中孤岛上的乌斯怀亚灯塔！它似乎是宿命的印记，成了人们渴望孤独和寻求疗伤的终极点。我从小城的这一端，徒步走到小城那一端。因不通语言，只能凭借目力所逮。可惜，走了一程又一程，也无缘见到。走在圣马丁街道，倒是遇上不少来自世界各地肤色不同的背包客，他们面容有些倦怠，神情慵懒，有的在街角摄影，或者脱下鞋子坐在木椅上让双脚充分享受阳光，也有人走到公园秋千架上，慢慢晃荡开来。

天色渐暗，传说中的灯塔仿佛要与我擦肩而过了，它应该静静矗立在海上，孤独着，孤傲着，任红白相间的塔身被人惦念，它是 1930 年塞万提斯山沉没的无声见证，在它身下，太平洋和大西洋毫无声息地交汇相融。

……直至大巴车驶出小城，蓦然回首时，我才讶异地发现那千呼万唤的灯塔赫然挺立着，从南极极地的心脏涌来的寒风带着海浪一次次拍击着它。它闪烁着希望的光芒，岿然不动。

三、观看落日的海峡

> "我喜欢看夕阳。我们一起看太阳下山吧……"
>
> "可是，我们必须要等……"
>
> "等什么？"
>
> "等太阳落山哪！"

长久以来，忧郁的小王子唯一乐趣就是看落日。观看世界上最美落日的海峡就在乌斯怀亚，不知道圣埃克索佩里笔下的小王子是否清楚。倘若晓得，我也愿意陪着小王子，在比格尔海峡度过那一寸一寸瞬息万变的黄昏时刻。

在圣马丁街道走累了，蹩近一家酒吧。两对情侣倚窗而坐，窗外的草碧绿发亮，躺椅悠闲搁置着。点一杯黑咖啡，终于连上微信了，晃荡的快乐也有小小的思念，和家人报一声平安，晚上十点轮船就会向南极进发，勿念。买了几张明信片，已盖上企鹅图案的印章，本想去找世界尽头最小的邮局，来给自己寄上，据说要三个月，漂洋过海到达中国。因为是星期天，邮局关门，商铺也大多关着，街道上也冷冷清清，乌斯怀亚小城居民懂得享受生活，他们大多驱车到郊区看海，晒太阳，观赏落日。

歇息出来，正是落日熔金时刻。仿佛一幅油画，黛青、绛紫、粉红、灰白……浓浓淡淡的光影与彩色调和在一起，从天空铺泻到海面，柔和轻逸。帆船生动地维系着天与海之间的距离。而海鸟，无拘无束地悠游，看着自己在海面上的潇洒倒影煞是神气。我按快门，满心欢喜享受夕阳的馈赠，感受时光的宁谧——梭罗的瓦尔登湖，怀特的缅湖，大抵也就如此。

走过镀锌铁皮盖的简易房屋，遇见一个阿根廷人遛着五六条狗。狗是阿根廷人亲密伙伴，几乎家家都有。狗和人一起来看晚霞，优哉游哉。

乌斯怀亚是印第安语，意思是观赏落日的海峡。当年麦哲伦航海到此处，所碰上的土著人一定也是抱膝坐在岛上，听海风，眺望，任凭霞色一点一点浸满视线。然后，点起一堆堆篝火，欢腾作舞。"火地岛"——1520 年，航海家麦哲伦给这岛屿命名。从此，位于麦哲伦海峡和合恩角之间的火地岛，终于在地球仪上被人们毫不犹疑发现了它的准确位置——南美洲的最南端。

幽蓝、暗蓝、沉蓝……天色越暗，海水越蓝，蓝到侵入骨髓的地步，而灯光攒聚，一下子使海面有了旋律之韵味，鬼魅夺魄。乌斯怀亚——我轻轻吐气，半天之间，我见证了你多少离奇！如此酣畅，如此丰盈，也许这一生我都不可能再与你邂逅。且让我再贪恋几许——

四、向南极眺望

背着行囊，信步走。乌斯怀亚小城弥漫着清洌又古老的气息。马路不宽，十分洁净。汽车在单行道上有序地排列着，红绿灯一百米一个。因为整个小城是依山而筑，坡度极大。如果走累的话，可以眺望远处的蔚蓝色的海面。会看到直升飞机盘旋在上空，也会看到千帆竞发的壮丽场面。小城不断延伸的远方是高峻的群山，依稀可以瞧见山的下部是深黛色的植被，上部是留有残雪的陡峭山峰。这儿属于安第斯山脉的南端。云层很低，快速地移动着，在山上留下不断变幻的影子。

朋友们去吃美味的蜘蛛蟹了，整个一间屋都是中国人在大快朵颐。拍一张照晒一下微博"中国土豪在乌斯怀亚"或许又能为网络热点。我也去尝了鲜，蜘蛛蟹比人的脸盘还大，吃起来要使用剪刀等工具，剥壳时还得注意它周身的刺，如此才能将鲜美无比的蟹肉裹入腹中。阿根廷烤全羊更是让人垂涎三尺，炭火旁一只只羊架在边上。典型的南美烤肉，尝一口，外脆里嫩，忍不住翘起大拇指赞扬。

　　美食后我又遁入一个人的空间。我喜欢绕着五颜六色涂满鸦的木屋行走，沿着琳琅满目的商铺转悠。双层大巴车缓慢地开着，海军乐队在盛夏的街角演奏名曲，尽管烈日照射得厉害，他们表情专注，意趣盎然。四周栅栏边鲜花怒放，翠菊、刺槐、鲁冰花，还有不少的草莓和覆盆子，洋溢着蓬勃的自然气息。拉布拉多犬在草坪上悠闲散步，它看看我，又高傲地将头别向远处。小女孩牵着妈妈的手，她蹲下来采了一朵蒲公英，嘟起小嘴要和它说悄悄话。没来由，我脑海里竟涌起弘一大师的遗偈：华枝春满，天心地圆。

　　为阿根廷独立战争做出巨大贡献的英雄圣马丁的雕塑耸立在公园广场中央。人们无处不在缅怀他，博物馆、图书馆、街道、室内建筑，多处以他的名字来命名。圣火长燃不熄，在夜色中坚持着梦想。霞光衬着耶稣在十字架上受难的形象，而草坪上的铁锚铮铮然有了一种即将起航的回应。是的，这里是南极探险者的始发港口，许多科考站在此处进行食物、淡水和船舶用油等的补给，并作短暂休整，然后继续南下，直奔南极洲。

　　此处，人类在轻拥，在睡梦中轻柔地呼吸。眺望海的那一端，应是怎样一场无边的宁谧？

2014. 4. 6

维也纳的气息

一

维也纳。凌晨五点半。一轮明月挂在尖顶房屋的上空。黛青色的天。我醒来了，醒来时总有几分恍惚，一种不知身置何处的恍惚。定定地看着房间里的陈设，过了一两分钟才明白过来。无法再入睡，人的生物钟是有规律的，不能背叛，于是坐在窗前，阅读凯尔泰斯·伊姆莱的《另一个人》。

我也成了另一个人。一个游离现实孤独自我的一个人。

伊姆莱带着忧郁的心情描述维也纳："1992年微寒的冬季……我透过开向皇家庄园的窗子朝庄园院内眺望，空气里散发着一股酸溜溜的气味，路上行人稀少，夜幕中黎明的色彩，一种孤独，一缕轻烟——这一切，这一切的一切，宛如孩提时代长长的、忧伤的、梦样的午后。"

我初到维也纳时，已是黄昏。飞越过俄罗斯冰封的土地、北冰洋层层叠叠的浮冰，我有些疲惫，然而转瞬间，目力所及是良田万顷。一条曲折生动而富有情感的河流不用猜就知道是多瑙河了。能见度极高，天光云影徘徊在黄绿之间土地上。千万棵树木在歌唱，音乐之都——维也纳就在脚下。

我独自行走。

我想，我是受了某种诱惑或者说指引。充满能量，无所畏惧地在异乡开始行走。我在赫尔辛基转机，这时邻座是一对夫妇，可能是芬兰本地人。他们的气息里裹挟着生活的艰辛，尤其是女子，白发蓬乱，甩着长长的鞭子。男子显然是爱着她的，他们难得出游，在飞机上很兴奋，合影自拍。他的手搭在夫人的腿上，轻轻敲打。我嗜睡极了，时差的缘故，飞机快要降落时仍在呼呼大睡，女子拍醒我，示意我把机舱板打开。

"我开始明白我自己。我不存在。"佩索阿在《不安之书》中书写。

我告别了忙碌，从烦躁的现实世界抽身而出。我把不存在的自己比作云朵一样飘浮。云游。中国词语表达得很形象。我带着身体的疼痛一起出走。阿奇霉素分散片在我体内消融。上海浦东机场的护士小姐煞有介事地告诫我，你的伤口已经在化脓了，你必须找医生开刀才能彻底疗治。我咬着嘴唇，我想或许消炎片能帮助我抵抗，静观其变吧。

疼痛感让我的思考变得真实，我看见机舱里的人，有的蓄着长长的胡子，像从冰屋走出的爱斯基摩人。蓝色小眼睛眉毛上翘的小伙子异常英俊，让人忍不住揣测他可能是专门研究转基因的科学家。形形色色的人，从不同经度纬度走来，他们和我擦肩而过。

二

维也纳，几乎每一个迎面走来的人，都是独一无二的。发型、神情、穿着，都不可复制。

那个近五十岁的男人，瘦削儒雅，鼻梁高挺，米黄头发，进地铁后他并没有找位置坐下，而是站着读报纸，皮鞋尖头向上翘，鞋尖部分有些许被磨损，但这并不影响他的品味。他可能是一个职员，但明显带着诗人的气质，他关心政治吗？卡夫卡是完全脱离政治的人，他在日记上写："德国向俄国宣战——下午游泳。"

烈日炙烤，戴着马头罩在霍夫堡宫前拉手风琴的艺人整整一天。金色大厅外面靠着墙抽烟的女人优雅倦怠。急匆匆背着大提琴行走的大胡子男人默想着。地铁上六十多岁的母亲抚着中年儿子鬈曲的头发，一次又一次。街边咖啡馆，女人的睫毛很长，指甲涂得精细发亮，跷着腿抽烟，男人坐在旁边，向女人解释着根本不可能解释清楚的事情。

维特根斯坦是奥地利维也纳出生的哲学家。罗素称他是"天才人物的最完美范例"。维特根斯坦放弃唾手可得的巨大财富，终身保持处男的形态，唯有他才看清了世界。维特根斯坦说:"对于不可言说之物,必须保持沉默。"

　　早晨五点半我醒来,醒来,就读书,写长长的信。

　　我写给自己的信。

　　我是谁,我是另一个自己。

　　我印证了伊姆莱的困惑。我回到从前,回到《土耳其进行曲》的幼师生活。音乐、绘画、舞蹈、文学,一切的一切被唤醒。天鹅在轻盈地飞翔,奥尔斯佩格音乐厅舞台上的女演员身轻如燕,她纯洁、无瑕,和娜塔莉波特曼饰演的《黑天鹅》形成强烈反差。《拉德斯基进行曲》雄壮、欢快,全场的人随着音乐的节奏鼓掌欢呼。

　　小提琴高亢悠扬的独奏和着我思考的问题,如同身体中的肉欲和灵魂在交缠冲突,不断上升,直至命悬一线。拉大提琴的乐手严肃沉静,天生悲怆的音符流淌出来,让人忍不住想到杰奎琳·杜普雷——一个痴迷、疯狂、决绝于音乐的人。烟花如此寂寞,唯有伤情。

　　我很享受在一个陌生城市随意漫步,坐下,像一个旧地重游的幽灵。

　　如此色彩明快的餐厅。高大的栎树下是蓝色的遮阳伞,温馨可爱的小花点缀着餐桌,分离派画家克利姆特的名著《吻》复制在墙上。嗒嗒的马蹄声由远及近。

一个小女孩侧歪着头，晃荡着双腿，在美泉山顶的凯旋门上。她好像就是年幼的茜茜公主，提着长裙在草地上奔跑，欢悦着生命中最自然的表达。而另一个初中女生用身边的白色野花编了个花环，戴在头上，煞是好看。

我坐着，就坐在她们身边。我也回归到了小女孩的内核。里尔克在写《布里格手记》中写道："过去，人们知道（或者料想到）死亡在自己的身体里，就像果子里有核。孩子有一个小小的死，成人有一个长大的死。"

每个人的内核都是一颗儿童心。微信上毕业了二十多年的同学说："进大学第一次认识你，你在洗调色板。被你吸引，厚着脸皮跟你进宿舍，你在画一幅画，记得是一个女孩在开满鲜花的草地上，如梦。那女孩戴着顶大帽子，你画花的时候用笔蘸了颜料，在草地上戳戳戳戳，然后遍地开花了。我赖在那里看了好一会儿。"

三

美泉宫里的茜茜公主。

她酷爱自由，她爱打猎、骑马，爱行走，爱挑战生命的极限，甚至爱死亡。

本质上，她孤独、抑郁，对奥地利皇室传统礼制充满了反抗感。她爱希腊文化，爱《荷马史诗》，渴望自己能像奥德赛一样终日在海上颠摇，迎接暴风雨的袭击。她卧室里挂了诗人海涅的四张照片。

她的丈夫爱极了她，她却未曾爱过她的丈夫。

当死亡之神真正降临到她身上（一个意大利无政府主义者为了一鸣惊人，把奥地利皇后选作靶子刺杀），她几乎没有什么痛感，或者说对死亡等待已久，主动迎接。

古典油画把茜茜公主的美貌存留了下来。她一生展示的不是童话里的美妙，不是电影里的可爱，而是戏剧里的冲突，小说中人性的复杂。

在霍夫堡宫前的大草坪上，我茫然伫立，午后慵倦的阳光。哈布斯堡家族权力统治的象征至今依然可见。马车一辆接一辆疾驰而过，摇着小旗成群的游客纷纷从眼前闪现，还有一批批学生围成圆盘腿而坐，老师坐着讲解，他们的课堂在行走中。我也坐下来。我想象着茜茜公主临死前的刹那，那就是伊姆莱的语言：

> 就在那一刻，我仿佛站在生与死的门槛上，
> 什么也不知道，什么也不理解，
> 身体向前冲着死亡，而头却回望，朝着生活的
> 方向，
> 我就要迈开的腿迟疑地抬起，
> 将要去哪儿？去哪儿都无所谓。
> 因为，这个将要迈步前行的人已经不再是我，
> 而是另一个人。

我在美泉山的林荫道里穿梭，微风撼动小草，阴凉至极，这儿确实是消暑纳凉的好地方。一泓泉水依然清爽。人造的罗马废墟，在强烈日光照射下，熠熠闪着光芒。

四

维也纳大学。

一个朋友在维也纳大学做研究，吃晚饭安排在美术馆群建筑附近。那里的建筑完美体现了维也纳分离派美学特征。1897年，发起者克利姆特提出：世界各民族美术相互吸取营养，发展艺术家个人的风格。分离派的艺术家、建筑家和设计师声称要与传统的美学观决裂、与正统的学院派艺术分道扬镳。

我点了正宗的当地人烹制的烤猪排。

吃完晚饭后朋友提议去维也纳大学转转，我觉得再好不过。几天没有说中文，我完全陷在自我感知和失语的状态。维也纳大学，是古老的德语区历史最悠久的大学，前后培养出了二十七位诺贝尔奖获得者，可谓人才济济。

名人堂中我邂逅了弗洛伊德。他嘴巴抿得紧紧，甚至用力在撕咬下嘴唇，目光很执拗地盯着前方。精神分析学、梦的解析、俄狄浦斯情结，一个个词语在我脑海中闪现，我的梦里也纠结着太多说不清道不明的东西。望着校园中一棵参天大树，我很想知道它的名字。

　　耶利内克，毕业于维也纳大学，2004年获得诺贝尔文学奖，可惜学院中还没有她的雕塑。朋友说，她还不够资格一起列入这名人堂中。耶利内克称诺贝尔文学奖是一个"令人惊讶的巨大殊荣"，然后她不愿将其视为"镶在奥地利胸前的鲜花"，她与奥地利政府"相去甚远"。

　　我喜欢耶利内克。喜欢她的《钢琴教师》。在她笔下，一切规则都已分崩离析。在正式写作之前，她是生活在一切规则之下，尤其是来自母亲的规则。正如人们谈及卡夫卡时立刻会联想到他的父亲，而耶利内克和她的母亲如影随形。

　　这个黑衣女子，不羁的眼神，不羁的写作。在《钢琴教师》这部小说里，她清算了自己生命中的一切：维也纳，母亲，音乐。音乐在维也纳无处不在，连厕所里都有等待上课的学生在拉小提琴。耶利内克在小说中提到了这些厕所，厕所是性爱试验的场所，身体在其中像乐器一样遭到各种虐待和折磨。而母亲，是折磨的开端。她几乎探入了耶利内克生活的所有空间，她为女儿打理一切。她们母女是神经质的一对，其关系中含有一条心照不宣的契约，即联合起来对抗外部世界。她们像"双生人"一样，共处在一个屋檐下，孤独地彼此依靠、相依为伴。

　　音乐和母亲钳制了耶利内克，家已变成一个精神异常世界的演绎场。直到她操纵了"语言"，她亦疯亦魔开始写作。她在诺贝尔演讲词《在边缘》中形象地描述了她的写作境况："在我内心也没有什么坚固性。既不在我心头，也不在我内心。如果一个人处在边缘，那他就必须始终准备着向旁边跳一段距离，再跳一段距离，跳向紧靠着边缘的虚无。"还有，她对语言进行诗意地表达，"语言在前面拖着我走，就像一只狗拽着绳子的主人，四处窥探"。

六年前，常州瓦屋山，荒僻，寂静。我们一群写作的人喝酒聊文学，我许是喝多了，不停地蹦出耶利内克的名字。座中有一位文学评论家，他对我的小说有如下评价："常见的灰色语调和间或呈现的野性口吻，一种温婉和粗野交混的语气，使叙事者显示出一种要把自己蛀空的恶作剧：她紧贴自己的在世肉身，凿出灵与肉的间隙，对不羁的灵思与在世的肉身进行耐心的剥离。在这一过程中，一个空洞的灵魂与踏实的肉体存在之间的微妙关系被揭示无余。小说语言因此时有创痛，掺杂着叙事者无所不在的自我怜惜，写出来别有悲剧韵致。"

瓦屋山，漆黑的夜，伸手不见五指，我们在说话。语言游走，在传达，桃花开得烂漫，但瞧不见。《上海文学》主编金宇澄也提醒过我：母女矛盾你可以反复写，一直推到极致，你的小说《南方有佳人》，已经传达出人性洞穴中幽暗之处。

五

格拉本大街。一出地铁，抬头仰望见到高耸入云的尖顶教堂。这是圣史蒂芬大教堂，全世界最著名的哥特式教堂之一。菱形彩色琉璃瓦沉静而炫目。而屋顶上铺就的是彩色瓷砖，它们拼成了哈布斯堡王朝的徽章，成了"屋顶上的图案"。天色尚早，走进教堂，做祷告的人凝神谛听神父的声音。对于西方基督教文化，我知之甚少，但感受到了信仰的力量。

史蒂芬，早期基督教社团的活动家，也是为基督教殉道的第一人——他在受审时发表的演说激怒了古代犹太人，被推出城外用石头砸死。后来，教会追认史蒂芬为圣徒。

鸽子扑棱棱飞上教堂外墙凸出的雕塑上。耶稣在受难，光阴在流走，经历了八百多年历史屡遭劫难和重建的圣史蒂芬大教堂成了"维也纳之心"。

一个流浪汉从圣史蒂芬大教堂走出，黑色服，提着裤腰带，浑身肮脏。他走到格拉本大街，对正在享受咖啡、面包等吃早餐的妇人骂骂咧咧。侍者早已司空见惯视而不见。那妇人不免惊愕，双手停留在半空。

教堂附近是著名的商业街，汇聚着各种奢侈品专卖店包括施华洛世奇。但好像这些和我无关，我并不关心。我坐在维也纳圣彼得教堂前用餐。德语菜单看不懂，我对侍者说来一份"鸡肉加面条"。邻桌是六个女孩，相谈甚欢，谈人生，谈生活，谈艺术，聊着聊着哼起了歌曲，这里是音乐之都，不足为怪。

不时有马车从教堂前驶过，浑厚的钟声响起，高远蔚蓝的天空几乎不见白云。在喧嚣繁华的物质世界里找到难得清静的一隅，我静静呆坐，读里尔克的诗集。

"若尘世将你遗忘，对沉静的大地说：我流动。对迅疾的流水言：我在。"

六

里尔克，奥地利著名作家。

里尔克高中毕业后，在布拉格大学等校学习哲学、文学史和艺术史，此后曾在慕尼黑和柏林从事写作。在文坛崭露头角后，里尔克在国内、国外不停地游历。法国巴黎，对他来说，是人生旅程中重要的一站。虽然第一次到巴黎他诸多不顺，愁苦郁闷，但这也催发了他的著名的日记体长篇小说《布里格手记》。

"我则一无所有，在这世上游荡，一只箱子，一个书匣，根本没有什么好奇心。"这是小说男主人公悲哀的心理活动。和里尔克《秋日》诗中传达的心境是一致的：

> 谁这时没有房屋，就不必建筑，
> 谁这时孤独，就永远孤独，
> 就醒着，读着，写长长的信，
> 在林荫道上来回
> 不安地游荡，当着落叶纷飞

冯至翻译的版本最受欢迎，简约、诗意。临行前我在五月诗会上朗诵了这一段。孤独之心让人选择了远行，远行之中愈加孤独，但这孤独又是绝美的享受。伽达默尔评价《布里格手记》说：

> 继尼采之后，这大概是我所知道的最美、最丰富、最成熟的德语散文，它起伏在令人身不由己的清澈节奏之上，仿佛被透明的黑暗通体着凉，承受苦难的记忆为它铺上乳白色的微光……它唤醒了属于小说的一切。

七

在维也纳走了不少冤枉路，为找一个地方，跟着谷歌地图来来回回走，结果发现，前一个小时还在这里转悠——实际上又绕回了老路。人生在某种境况下也是如此。你会觉得那棵树是那么熟悉，觉得这朵对你微笑的花似曾相识，原来很多有灵性的东西，曾经相遇过。

维也纳国会大厦建筑气势恢宏，古希腊风庄重、大气。那伫立在广场上雕塑群顶尖的雅典娜女神，目光如炬，左手持着权杖，右手托着自由女神。基座上的四个雕塑神形生动有力量，它们分别象征了奥匈帝国的四大河流：多瑙河，莱茵河，易北河，摩尔多瓦河。这里是奥地利国民议会场所，即任何公民有权在此旁听。两个性感女郎在大厦罗马柱旁徘徊良久拍美照，值班警察手插裤袋，悠闲地看着远方。

搭上 4 号线地铁，我又疾驰到卡尔教堂。巴洛克式建筑元素别有一番风味，椭圆形的穹顶，问候着天宇。教堂内部，金碧辉煌。一架电梯将我直送到教堂穹顶一窥究竟，直上，再直上，我分明看见天使们围着圣鸽安详地露出甜蜜微笑。如此贴近宗教场所，我的心也渐趋柔和起来，如同我在龙门石窟见到卢舍那的微笑一样，内心芬芳如花。

那天使在吟诵，一粒沙在吟诵，千万颗沙在吟诵。

那多瑙河的水波在跳跃着金光，一滴水在舞蹈，千万滴水在舞蹈。

八

请允许我再谈谈另一个奥地利杰出的作家。

耶利内克桀骜不驯，对奥地利文学圈很多作家她都不放在眼里，唯独对彼得·汉德克赞赏有加，她说："汉德克是活着的经典，他比我更有资格获得诺贝尔奖。"

汉德克也是桀骜不驯的，60 年代时长发、墨镜，2016年他来到中国时，深邃的目光依然透着不羁，半长的灰白头发也还保留着他那些书封上约翰·列侬般的嬉皮士式洒脱，他端着一杯白葡萄酒，谈话时真挚而坦诚。汉德克奥地利文学家、剧作家，被认为是当代德语世界最重要的作家，这位文学大师也是毕希纳文学奖、卡夫卡文学奖的获得者，2019年获得诺贝尔文学奖实至名归。

翻开他的剧本《不理性的人终将消亡》，第一幕中男主人公奎特的台词攫住了我的心：

> 当我看见我那穿着睡袍的太太和她那涂着指甲油的脚趾时，突然觉得自己很孤单。这种孤单是如此真切实在，以至于我现在都能够不假思索地所说一番，可是孤单让我变得轻松，它把我揉碎，我融于其中。这种孤单是客观存在，是世界的特性，但不是我的特性。所有的事情都以和谐的方式离我而去。上厕所的时候，我听到自己大便的声音就像是旁边隔间某个陌生人的。当我坐电车来办公室上班的时候……

如此富有穿透力的心理独白直接告知当代人内心的迷惘和面对世界的无所适从。价值体系已经奔溃，人性的灾难说来就来，《形同陌路的时刻》中一个又一个人无序徒劳地茫然挣扎，这些奇怪的群体想要吐露什么？"别吐露你所看见的东西，就让它留在图像里吧。"汉德克又留下这样一句箴言。

于是，回顾我在维也纳见识到的一张张脸，电车上、地铁上、火车上、马路上匆匆奔走的、咖啡厅里坐着的……

　　小说《守门员面对罚点球时的焦虑》中主人公布洛赫莫名其妙、无所事事在维也纳街上游荡，他以为自己被解雇了，他和电影院女售票员偶然之间有了一夜情。但那天他们的谈话让他越发感到烦心，他坐到她身边。

　　你今天要上班吗？她问。

　　突然他扼住了她脖子。

　　……最后，他听到一个什么东西裂断一样的声音。

　　残酷、恍惚、真实的描写，一个病态人被现实生存困扰。他也可能就坐在我的对面。暗窥我。彼得·汉德克将人的生存危机袒露，他一直在深切内省，这个世界已经茫然不知所终，人类焦虑彷徨至今。20世纪70年代一时走红德语文坛的《守门员面对罚点球时的焦虑》在当下仍旧有它的文学张力。

2018. 1. 3

多瑙河畔蔷薇花——布达佩斯

一

火车疾驰。从维也纳驶向布达佩斯，从一个国家到另一个国家，如此方便，省略了边境繁琐的检查。我差点误了车，一路追站，气喘吁吁。坐我对面的是一个略带忧郁的男子，面容显得有些阴鸷，德国人？土耳其人？眉毛连接在一起。他一言不发，脸映在车窗玻璃上，和远处的风景融为了一体。他邻座是一个大学生，阅读电子书籍时，不停咬指甲，健康的皮肤显示出他是个爱运动的小伙。

我的脑袋有些晕沉，迷迷糊糊之间打了个盹，从一个地方迁徙到另一个地方，波西米亚人的风格，流浪是他们生活的主题。记得在维也纳吃晚饭时，一群从克罗地亚涌来的艺人，无拘无束，随心所欲欢欣演奏着乐曲。

有人担心，万一你在旅途中生病了，谁来照顾你？万一你被恐怖事件袭击了，怎么办？

　　我不担心，因为恐怖事件砸落在头上的几率小得近乎为零，为什么要杞人忧天呢？如果生病，也是生命一种状态，我们每天都在迎接，又何必惧怕异地时候孤零零一人呢？行走，要内心无所恐惧。麻烦事总会有一点，只需心平气和解决它。

　　瞌睡中我睁开眼。斜对面一位老者在苹果电脑上缓慢地敲打着键盘，而另一位老者和他的妻子慢悠悠打纸牌。中午的阳光好极了，泼洒进车窗。一个红发女孩在阳光映衬下像恬静的小豹子，狂野中有了摄人心魄的美丽。

　　我的手机网络很不稳定，国内的信息我基本忽略。我掏出札记本，书写记录着。

二

警句

〔丹麦〕尼尔斯·哈夫

你可能终老一生

与词语相伴，

却不曾找到

恰当的那个。

就像一条可怜的鱼

裹在匈牙利报纸里。

首先它死了，

其次，它不懂

匈牙利文。

　　我就像那条鱼，不懂匈牙利文。出入一个城市因陌生而产生的慌张在所难免。布达佩斯所用的货币是福林，欧元基本不流通，提着沉重的行李去兑换货币，一次性买十张车票，就可以在地铁大巴车上畅通无阻行进。

　　我费尽全力寻找渔人堡。光线越来越暗，一个人在树林里穿梭，难免有些恐慌。一个地方心向往之，还差一点点没找到，我不会随便放弃。我像那条鱼，在水中来来回回不知游了多少次，脚跟也开始起泡。终于，在经历了一段迂回曲折的徒步后，我登上了梦境中的城堡。

　　这里是俯瞰布达佩斯的最佳点。

　　夕照下，流经世界上最多国家的河流——多瑙河，精彩呈现。开阔的河面上船只频繁来往。多情的河水演绎着《匈牙利狂想曲》，蓝色在闪光。在匈牙利，多瑙河更加富有人情味，它让佩斯和布达两个城市脉脉含情隔河相望。塞切尼链子大桥、伊丽莎白大桥这些桥梁又将两个城市紧密结合。

　　布达佩斯，布达佩斯，连起来发音也特别有音韵感。依稀记得《布达佩斯之恋》中风情万种的女主人公，匈牙利影坛女演员艾丽卡·莫露姗以出色的演技和颜值，征服了许多男人。凄美的曲子《忧郁的星期天》不胫而走，竟令许多抑郁者催生自杀举动。

恋上布达佩斯，这儿实在是恋人的好去处，一对对，一双双，一群群，法国人，韩国人，德国人，俄罗斯人，加拿大人……各国恋人在喁喁细语，或者肆无忌惮大笑与亲吻。

我在塞切尼大桥上待了很久，直到夜幕降临，直到多瑙河流水有了沉醉之意。我尾随着一对恋人的步伐，走到了有轨电车站台。2路车，6站路，我像一个十分熟悉布达佩斯的人走夜路，然后回到茜茜酒店。很奇怪，早上我才刚刚抵达这陌生城市。

三

国内一位关系很不错的文友，事先没有联系，微信一发才知道竟在罗马尼亚，后天他也会到布达佩斯，而我正好离开。人生可能就是这样，有交集也会错过。晚上十一点，国内朋友都已坠入沉沉的暗黑而进入梦乡。我和他醒着。他刚刚参加了和罗马尼亚诗人的交流活动。在布加勒斯特，著名的罗马尼亚诗人布拉迪亚纳在朗诵：

闭着眼睛

闭着眼睛，闭着眼睛，
唯有一次我们得到。

我什么也不问你，

雪在铺展，

掩埋了墓地和村庄，

将教堂砌进墙里，

白杨树梢依然可见，

仿佛青草在上面发芽。

雪在铺展，上升，

犹如一片发酵的田野，

很快就会阻挡

时间从上方坠落。

闭着眼睛，

唯有一次我们得到，

也唯有一次我们必须给予。

我什么也不问你，等待

最后一缕时间落下，

等待天上出现一片空白，

一片宁静，只有那时，

才将你的左手臂从钉子上抽出

并缓缓地用雪打翻那口钟。

  我仿佛也亲临了现场。隔着八百七十五公里，我和诗人在异乡同享这首诗里传达出的哲思。时间从上方坠落。我左手戴着的表一直没有调过时针分针，它是祖国的时间。手机屏幕上跳跃的是当地时间。时间在坠落，直到最后一缕。

我在布达佩斯的床上辗转反侧。有人开始想念，开始心碎，开始在时间的隧道里不能自已。我闭着眼睛，我触到了身体的疼痛处。伤口处已经在结痂，并没有像机场护士小姐说得那么危言耸听。我权当自己一个人在越野，在荒山野岭，没有任何医疗用品，完全靠自己的身体去愈合。哦，我多想去触摸他们的梦境，扁平的，菱形的，多彩的，黑白的，叠加的梦中梦……

四

我要郑重其事地来聊一聊凯尔泰斯·伊姆莱。

在匈牙利，他是绕不过去的一个伟大作家。2002 年因"对脆弱的个人在对抗野蛮强权时痛苦经历的深刻刻画"获得诺贝尔文学奖。2016 年，也就是去年的早春，3 月的最后一天，春寒料峭，他因病在家去世。

飞机上我带着他的著作《另一个人》。我也成了另一个人。他不喜欢别人称呼他的名字，因为这唤醒了他少年时期奥斯维辛屈辱的经历，"简直是要我将自己从一个宁静、隐姓埋名的藏身所里拽出来。然而，我永远不能将自己与这个名字相对应。"

芬兰赫尔辛基机场。我在阅读。在书的扉页里写上阅读的时间、地点。在维也纳的清晨我阅读，浅青色的天宇和他的心情十分吻合。在布达佩斯的盖列尔瓦特山上我阅读，山风一阵接一阵。

犹太人伊姆莱，1922年出生于布达佩斯，十五岁时被纳粹投入了奥斯维辛集中营，后来又转到布痕瓦尔德集中营，1945年获得解救。奥斯维辛，成了他残酷、痛苦的创作灵感，成了生命中挥之不去的梦魇。"简单地说，我曾经死过，因此才活了下来。"他通过对自己曾经存在的否定，证明了自己真实的存在，证明了自己是从一个孩子的死亡中诞生。

让他无可奈何锥心疼痛的是，他是一个在家乡感到无家可归的陌生人。一些媒体认为他"不是匈牙利作家，是犹太作家"而加以排斥。他自身也产生了困惑："我并未感到那种'找到了家'的感觉。总之，各种预计好的体验都没有发生，莫非我不是犹太人？"他攥着匈牙利的护照，却像卡夫卡一样永远找不到"家的感觉"。

他是另一个人。一个叫"凯尔泰斯"的另一个人。他保持着清醒的头脑冷静地观察着世界，剖析着自我。1994年，他从奥地利回家途中，去邵普隆寻找他父亲五十年前被押送到奥地利境内集中营途中曾被关押过的石矿监狱，那里曾关押过上万犹太人，如今发现的只有大客车、旅游者。当伊姆莱向一名警察询问这里有没有关于大屠杀的纪念碑时，对方一片茫然。

"从他的表情上看，我们好像是在寻找古波斯人的痕迹。我们走进那片绝无人迹的石头荒野，就在这时，伴着巨大的喧哗，歌剧的序曲在剧院的岩洞里响起。"

一切被抹得干干净净，或者说人类如此健忘。

奥斯维辛让人类经历了痛彻肺腑的灾难，是世纪性的恐怖，作家想要穷尽力量让人类永远记着这种恐怖。"人们一旦忘掉了奥斯维辛，上帝也就失败了，奥斯维辛的存在也就失去了意义。"

20世纪80年代末，欧洲政局发生巨变，匈牙利也以和平方式开始了政治、经济体制变革。在这些变革中，凯尔泰斯并没有大喜过望，他从憧憬、困惑、失落到省思，越来越觉得一无所有的失落。

——我为什么会如此深切感到自己的失落？显然，因为我是一个失落者。

——我就像一只狗一样地活着，孤独地将自己拴到自己的谬论上，这种时候，我顶多只能对着月亮狂吠。

——我们要尽可能深远地接收我们的生存。

《另一个人》，这是一本哲思之作。形式采用日记体、随笔体、游记体糅杂的方式，行云流水，水到渠成，不受时空的限制，不受思维束缚。我的阅读也是跳跃式的，在山顶上眺望布达佩斯城市的房屋河流天空时，我听见他在说："从孩提时代开始我就学会了去适应这种虚无，并在虚无中为生，在虚无中调整自己；简而言之，虚无就意味着生活；我要在这种生活中认识自己。"

带着《另一个人》上路，成了我这次行走中欧的关键。摩挲着书中一页页纸，我一直在想，漫游中，我成了另一个人。于现实，或许虚无；在理想中，她昂然向前。

五

多瑙河畔的铁鞋子，鞋内安放着鲜花，花还没完全枯萎，留有余香。

从国会大厦沿着多瑙河向前走两百多米，就会发现六十双铁鞋触目惊心排铺着。锈迹斑斑的鞋子各式各样，有笨重的男式大头皮鞋，有小巧的女式高跟鞋，也有翻开鞋盖等待孩子来穿的童鞋。他们的主人究竟去了哪儿？

1944—1945 年，大批犹太人被掳掠到多瑙河畔枪杀，尸体被抛入了河中。

烛火在跳跃。有人在祭奠。屠杀。血淋淋的屠杀。这是奥斯维辛的记忆，只是这次发生地是在匈牙利。

伊姆莱在演讲辞中提到——对普通作家最为重要的"为谁写作"和"为什么写作"，对他而言根本没有任何意义。因为有一道不可逾越的界线将他与文学等艺术区分开来，这条界线就是奥斯维辛。奥斯维辛中断了文学："我想说的是，自奥斯维辛之后，没有任何可能铲除或抨击奥斯维辛的事件。在我的作品中，大屠杀从来无法用过去时态表现。"

我忽然想起曾经来苏州大学讲座的周成荫女士，她是哈佛大学中国文学与文化研究副教授。她说："法西斯美学是把人变成物，最后变成非人。如今，我们在研究全球移民流亡、离散问题时，如何用物堆积回归出人的故事来重新审视，这样的意义十分重大。"

她还说："前不久做了一档栏目，请白先勇、齐邦媛两位作家一起做访谈'战争与记忆'，两位文学界的大老回忆起自己父辈时热泪盈眶、百感交集。"

六

2017 年 4 月，帕慕克荣获了"布达佩斯大奖"。他书写的《伊斯坦布尔》，是如此美丽、真实和独特。

他说："我很想在大岛写小说、游泳度日。大岛上有一种惊人的静谧和浓厚的田园气息，我极喜欢。"

七

我在盖列尔瓦特山上游走。

行走成了我最亲切可依的方式。

有登山的人，也有下山的人，我一步一步催自己向前。忘了带瓶水，我想，或许山顶有卖水的商店。直上，一路有供游人休息的椅子。喘息，眺望，阅读，这儿是布达佩斯的制高点，深呼吸，放眼看到的是城市的优雅和繁荣。斜拉索桥、王宫、渔夫的堡垒、国会大厦、女神雕像……当这些景色尽收眼底时我深感无憾。山景十分朴素、原始，白色的蔷薇花星星点点，布达佩斯自古以来也被称为"多瑙河畔蔷薇花"。

李斯特创作的《匈牙利狂想曲》在奏响。

多瑙河流水激越。

我穿越于山林间，有了"暮春三月，春服既成，冠者五六人……咏而归"的舒坦。不需要很多人，我只需要我自己，我让自己去遇见世界，而世界也在各个拐角处等待着我。

八

如果需要，我可以再推荐匈牙利作家的一本书。

马利亚什·贝拉的小说集《垃圾日》，这部作品带有浓重的"东欧味道"，特别是"巴尔干元素"：沉重、犀利、黑色、现实。如果没有足够心理承受的人，读了这些短篇小说，也许你会恶心，会吐，因为它是"恶之花"，以极致的手法，表现了动荡时期东欧某些人心理的阴郁、幽暗和沉沦。当然，是否看，由读者决定了。

布达佩斯的火车站古老又空阔，还在恍惚的刹那，一列

火车已疾驰到站台，没有清晰标记显示去哪儿。在犹豫中我
有了紧张感，好像就是这列火车——去往布拉格？我不能确
定，我期期艾艾地问站台上的乘务员，他棕褐色的眼珠看着
我，似懂非懂，然后果断地说："Yes!"

去布拉格吗？布拉格就在前方。去流浪吗？流浪就在你
脚下。

2017.7.26

法兰西漫步

一、看海记

近十六个小时的空中飞行，抵达尼斯是傍晚五点多。急匆匆安顿好，我直接步行去海边。

阳光不是很热烈，天使湾的鹅卵石高低不平，有人仰面躺着。两个女孩在晒日光浴，一转眼，将乳罩也脱了，旁若无人眯缝着眼打盹。

海水应该有点凉，两个男生冲到海里嬉戏，互相泼水。

有一小孩，执拗地扔着鹅卵石，我学着他的样子，向海的深处投掷了几颗石子。

海边一位母亲紧紧相拥着女儿，小泰迪趴在脚跟边楚楚动人。不远处，一位时尚女郎静坐，默默抽烟，望着潮涨潮落出神。

海水颜色暗沉，风渐渐大起来。我沿着海边英国人林荫大道奔跑起来。我被身边不停超越我的人带动着，他们摆动双臂——男的，女的，老的，少的，单个的，两三好友，全都在忘我的跑步节奏中前行，呼吸与大海同频共振。长头发白须飘飘的老者，像极了阿甘，忽然明白了生命的要义，奔跑，奔跑，永无止境地奔跑，就是活着的全部。

点了一份凤尾鱼，酱橄榄的味道怪怪的，凑合着吃了，只等第二天艳阳高照下的尼斯海。有些茫然的小情绪不知从何而起。或许还是天气的原因，有些阴沉，不够明亮，对，并非瑰丽的色彩，还没有把地中海澄澈动人的魅力展现。

时差原因早起，我聆听着尼斯从梦中醒来的点滴声音——摩托车疾驰轰轰声，行人说话声。四十五岁的画家马蒂斯到尼斯来过冬，从此喜欢上了这地方，他的代表作《舞蹈》展示出仲夏地中海的热情，舞蹈者们被某种粗犷而强大的节奏所控制，舞之蹈之，似乎还不能完全释放激荡之感。

我仿佛尼斯本地人，在海边跑起来，加速，再加速，让汗水流得更肆意些，让温润的海风涤荡一切。耳机里的音乐爆响。球鞋也不错。出国前我预想在海边跑步，在全世界海边跑步，人生如寄，因此到哪里都可安心体会用双脚踏遍的感觉。

空气中弥漫着海藻的味道，咸咸的，奔涌过来，我张开心肺，用力呼吸。

为什么如此迷恋行走？

20世纪70年代定居在尼斯的作家米歇尔·布托尔是法国新小说派代表，他喜欢旅行，几乎每一部作品都写到旅行，"旅行实际上是我整个一生的原动力。"布托尔晚年离群索居，隐修在法国瑞士边境的露升日高山牧场上的一所旧教堂里，隐蔽在宁静之中，回归到与自然的对话。

一个男子，躺在海边嶙峋的礁石上，双手曲肱而枕之，一条腿惬意地伸展着，一条腿屈膝撑着。太阳升起来了，明媚的色彩被唤醒，他躺着，听海浪拍打着礁石声，显然是个行走世界的背包客，脸上浮现出若有若无的笑容。

我一直跑到城堡山，拾级而上，一路所见希腊弗凯亚人留下的遗址。登顶俯瞰，天使湾全景一览无遗——迷醉人的蓝色沿着长长的海岸线弥漫，椰子树纵情招展，密集的橙黄色屋顶交错，海鸥展翅飞翔，教堂钟声悠远。

NICE，翻译成英文就是"好"的意思。千般好，万般好，独一无二的好。这里是世界富豪聚集地，当然也可以是平民百姓的栖息地。想来就自然来了。海钓，等一条大大蓝鳍金枪鱼，像海明威笔下的硬汉，与海对峙。或者，悠闲地在海边弹奏吉他，大海是听众，它用潮汐声来鼓掌。再或者，像我一样毫无目的，踩着海边的鹅卵石行走，与海鸥乌溜溜的眼睛对视，一挥手，它们扑棱棱全飞向辽阔的海面。

后来，我搭上前往埃兹小镇的汽车。沿山路盘旋，车子直向地中海上凸起的一座山，美丽的中世纪古镇如鸟巢般坐落，美得惊艳。我一个人，如入谜宫，好奇地沿着以哲学家尼采命名的小路直往上面爬去。每一个转角之后，都有措手不及的美丽。

挨挨挤挤的石头房古朴拙意。精致的雕塑、攀藤植物、个性化的咖啡馆、琳琅满目的艺术作品，无一不散发着浓浓的文艺范。停留的时间只有半小时，半小时哪能让我酣畅肆意啊！眺望远方，地中海就在脚下，它像巨大的翡翠，蓝田日暖玉生烟。

哲学家尼采住在这里很久，写他的《查拉图斯特拉如是说》第三部。"在尼斯，晴朗的天空第一次照亮了我的生活，我写出了《查拉图斯特拉如是说》的第三部分。尼斯地区许多隐蔽的地段和山岗给我留下了难忘的时光。其中'古老的法版和新的法版'这一重要章节，是从车站艰难攀登到摩尔人居住的奇妙的山崖城堡埃兹的途中组织成的。当我创造力奔放时，我的肌肉总是最发达的，身体充满激情。人们经常可以看见我手舞足蹈。我当时爬山七八个小时还不知道什么叫疲劳。我睡得好，笑得多，精力十分充沛，忍让宽容。"

尼采眺望地中海，充溢着他的超人意识，他享受孤独和思考，那些石头小径被他反反复复踩过。海边，他无数次停留，"来吧！我们的舵要驶向那里，驶往我们的子孙之国！驶向那里去，我们的伟大的渴望掀起巨浪，比大海的风浪还要激荡！"

回到尼斯老城闲走，有一男子驻足，向我微笑，一如多年老友邂逅，我也赠之以微笑。他明亮的笑容和蓝色海水一样泛着光泽。

他问我："女士，你从哪里来？"

"古老的中国。你呢？"

"纽约。你喜欢尼斯吗？"

"喜欢，太漂亮了——"

"空气如此清新，海水是这般澄澈。"

"像你的笑容。"我的英文还不算蹩脚。随即，挥挥手，转身继续行走。

二、老城记

里昂

去里昂老城，因为一个人，我在地球仪上反复摩挲过。为了一个可爱的小人，他有着淡淡的忧伤，又是那般神奇曼妙超凡脱俗——小王子。我仿佛带着千千万万孩子的心来和小王子相约。一如他在撒哈拉沙漠和他的飞行员相遇，很奇怪地要飞行员画一只小羊。

《小王子》——这篇 20 世纪流传最广的童话，从 1943 年发表以来，已被译成一百多种文字，销售量高达三千余万册，还被拍成电影，搬上舞台，灌成唱片，做成 CD 盘。我背着行囊，走在世界各地，都能遇见小王子。

这一次，我特意来到赋予他生命的作家圣埃克苏佩里的故乡。

圣埃克苏佩里是飞行员，喜欢冒险，喜欢自由，喜欢写作，也喜欢画画。他出生在里昂老城。在中世纪城堡的老街，他穿着手工制造的皮鞋一溜烟跑得没个踪影。或者，登上高卢罗马剧场，仰望着蓝天，聆听风声。里昂老城的天空，圣洁，蓝得像块纯色画布，而飞机驶过，画下轻盈灵动的白色线条。

小小的孩童圣埃克苏佩里在畅想，有朝一日，他能飞向蓝天。

为了更高地接近天空，我去爬富尔维耶尔山。两千年前的高卢罗马剧场遗址仍在，磅礴之势以静默的状态凝固着。半圆形剧场能容纳一万一千名观众同时欣赏演出，位于舞台背后的三层贵宾宫廊相当于回音幕墙，无须扬声器，无须话筒，也无须演员嘶喊，充满智慧的声学设计使得天人合一，头上是浩瀚星空，远方是万家灯火，历史的余音传递着——

我行走在石阶之间，在如此安静空旷的场所，默想是最好的。

舞台后方零零散散立着几根石柱，是凯撒大帝的宫殿，芳草萋萋。断壁残垣间，时有鸽子飞来，重新修葺的玫瑰园散发着芬芳。我继续向山上走去，我想站在古罗马剧场顶端迎接太阳，问候万里之遥的朋友。就像凯撒大帝在一举击溃帕尔纳凯斯时，在捷报中表露浩气："我来，我看见，我征服！"

富尔维耶尔山山顶雏菊开放，小蜥蜴在岩石空穴间哧溜而过，而当地人牵着肥大的边牧散步。不远处石壁边也有一个姑娘，她盘腿，蒙着面纱，中东女孩，在无人打搅的美好清晨，她沉浸在书籍中。

我放下行囊，坐在高低不平的残壁上，打开札记本。风清爽扑面，带着地中海的味道。阳光正好。我忽然兴致来了，自拍了一段视频发在朋友圈，我说我不远千里，独自来到古罗马剧场的废墟顶端问候大家，虽然腿也磕破了……但登临远眺，一切都是那么有意义。

我其实想告诉他们的是——我从庸常的生活中逃离了出来，晃一圈后我又蓄满了能量。

阳光下，那个金发闪闪的小人儿走来了，若隐若现。这是圣埃克苏佩里不惑之年以后的作品。我和孩子们在课堂上一起朗读的时候，深感《小王子》不仅是写给孩子的童话，也是写给成人的哲学书。爱与责任，该如何去承担。深陷于欲望和贪婪的成人，该如何去解救自我？

　　如果不去遍历世界，我们就不知道什么是我们精神和情感的寄托，但我们一旦遍历了世界，却发现我们再也无法回到那美好的地方去了。当我们开始寻求，我们就已经失去，而我们不开始寻求，我们根本无法知道自己身边的一切是如此可贵。

　　只有用心灵才能看清事物本质，真正的东西是肉眼无法看清的。

当狐狸轻轻告诉小王子这个秘密时，小王子内心有了着落。

圣埃克苏佩里讲述着他的小王子，他最喜欢看落日，一天看四十三次。作家在四十四岁时因飞机失事殒命，数字的设计是不是预示着生命在劫难逃？落日熔金，我在阿根廷的乌斯怀亚最美海峡观看落日，我在东太湖的上书洲书院等待落日——每每那个瞬间，小王子形象跳跃出来，他身着绿色衣裳，黄色围巾长长飘曳在颈脖后面，孤独，孑孓，伤感，天真迷惘的眼神，一直在寻求生命的哲学。

周国平曾经评价："《小王子》是一个奇迹。世上只有极少数作品，如此精美又如此质朴，如此深刻又如此平易近人，从内容到形式都几近于完美，却不落丝毫斧凿痕迹，宛若一块浑然天成的美玉。"

不知不觉来到山顶大教堂。富尔维耶尔山的圣母大教堂是全城的制高点，马赛克玻璃窗上满是圣经故事，我喜欢它外部花边式雕纹，庄重又不失活泼。

沿着林间小路下，抬头瞥见教堂顶端的青铜天使手擒利器在刺杀什么怪物。林荫道宁谧有神隐秘其间，我尤其爱拐弯处掩映在树林间的青铜雕塑——圣母无限爱恋将双手抚在正读书女孩的肩上，眼神里传达出智慧的光芒，人性的光芒。葱绿的树叶，积攒着力量，却又以柔和覆盖。

闭着眼睛倒退，听到叶子沙沙声，听到光影的流转声，我想我玩着孩童的游戏，也许一睁开眼，就会有小王子降落眼前,那该是怎样的欣喜?

在山坳的木椅上坐了良久。六张木椅,有故事,有温度,远处是两棵奇怪的松柏,以桀骜的姿态向太阳伸展。

傍晚穿梭里昂老城。罗纳河、索恩河将老城紧紧环绕在臂弯里,因为背靠着阿尔卑斯山脉,城市和河流看上去和谐极了。圣让首席大教堂,是世界建筑史的瑰宝。它赫然耸立在我眼前,日光照耀着,炫目之感顿生。彩虹般的弧形罗曼式和尖顶哥特式,两种欧洲最主要的建筑风格交融、互补,美轮美奂。教堂的祷告席被各个方向的彩绘玻璃窗映着,闪烁着七彩的光芒。一座保存完好的自鸣天文钟伫立在教堂西南角,一千多年的历史,它仍然准确行走着,如布拉格广场的天文钟一样,从它们身上都可看到当年地心说的影子。

这不禁让人有些恍惚,时间行走过吗?时间似乎停滞,但又准确无误地嘀嗒前行。

沿着老城的斜坡缓缓直下,黑面包式的石块铺筑的地面油光发亮。古老、缓慢的节奏在拉长,我喜欢把自己抛掷到完全陌生、悠远的环境中,像孩子一样张大晶晶亮的瞳眸去观察。触摸石头城堡的壁垒,依然能感受到高卢帝国威震四方的霸气与淡然。夕阳余晖把教堂尖顶影子拉得很长很长,中世纪的严肃与沉吟倒映在索恩河上。

步入热闹的街区,15 至 17 世纪哥特式古旧宅居彼此相连,橙黄和粉红色调鲜艳夺目,满目皆是竖格窗、空中花园、瞭望塔、螺旋楼梯,还有随性的涂鸦、精美的壁画。我拍摄了一些人物：旧书店的老板，留着长长的花白头发，低头整理着刷金布面精装本；意大利小伙带着旅行帽凝神翻着一大摞黑胶唱片；一家满是彩色麻绳编织的灯罩店里，男店主的手灵巧翻飞，如同一只鸽子扑腾啄食。夜色阑珊，索恩河畔灯火通明。这里是丝绸之路的终点——里昂老城尽显它的低调、奢华。

法国电影先生贝特朗·塔维尼埃说得没错："里昂不是一个正面看着你们的城市，它是一个低头前行的城市。"

神秘小王子的形象也布满了老城，玩具、书籍、明信片、CD、笔。我挑了一个星空上站立着小王子的音乐盒，音乐响起，小王子忧伤地旋转，而闪烁着星星的夜空色彩斑斓。我想国内我的孩子们一定会喜欢，一定会围着小王子诉说内心种种小秘密。

圣埃克苏佩里孤独地飞行在夜空，如此寂静，他看到的是一片没有国界的星空，若远若近。最后他没有回来，不知飞去了哪里。和他的小王子一样，在浩渺星空中消失得无影无踪。

安纳西

每逢坐火车，我总有一种兵荒马乱的失措感，怕坐错了车次，怕坐反了方向。

因为语言的障碍，我总是要确认好几次以后才放下心来。去安纳西的火车很奇怪，没有固定位置，大家都胡乱坐，仿佛中国的春运，连厕所门边都挤满了人。然而让道的时候都还是绅士派头文质彬彬。

傍晚 6：30 抵达安纳西，这儿其实是一个小镇，是世界六大魅力小镇，是法国阿尔卑斯山区最美丽的小镇。我也畅想，如果我和先生携手同游此地，是否会更浪漫？一起来个烛光晚餐，一起纵情黑啤喝个畅快，然后他给我狂拍靓照，我站在城堡上方挥手？

也许可能，但一个人的随心所欲更有大自在。我拖着行李绕着马路转了好几圈才找到预订的酒店，拉开窗帘，远处的阿尔卑斯山顶上白雪皑皑，好极了——

我在露天阳台喝杯咖啡，研究地图，发现到城堡直线距离步行只需二十分钟，嗯，即使手机没电，也能顺利返程。

如同初到里昂，第一个夜晚我不会太冒失，我会总体把握一下陌生环境，然后养精蓄锐，早早休息，等待第二天的出发。

淙淙溪水旁，我要了一杯黑啤，味道醇厚，可以和捷克啤酒媲美。

有梦，无梦？已经很熟悉在世界陌生的一隅醒来，幻梦之间，上个洗手间，然后眯缝着眼爬上床再倒头大睡。梦中，会颠倒时序。譬如，在威尼斯梦见威尼斯，醒来后我哑然失笑，爱威尼斯太深，已经提前害怕失去它——终究会失去，存留的只是回忆。

清晨，安纳西小镇安静无人，空气清新洁净。

　　我在空荡荡的老城晃悠。河两侧的彩色房屋鳞次栉比，橙黄、粉红、粉绿……各种颜色大胆刷上墙。中皇岛上石造建筑利勒宫更像是童话作品，它仿佛一只巨大的鸭子畅游在流水中，始终不肯上岸，橘黄的屋顶在清晨蒙蒙的蓝色天宇下耀眼。

　　往里走，跳蚤市场上各种古董、书籍、旧物排铺开来，小镇一下子热闹起来。我折步往阿尔卑斯山脚下安纳西湖走去。

　　湖水清澈透明，是阿尔卑斯山高山雪水和雨水汇成。我一见倾心，做好了湖边散步的准备，不急不缓拉开了步子。湖水、远山、天鹅、野草、蒲公英、划艇的人、跑步的人、骑单车的人……天人合一，一切自在。

　　哲学家卢梭在这里沉醉过，因为这丛林、清溪、湖泊，他踽踽独行，神往、心愁，引起嗟叹与憧憬。他人生最美好的年华，十六岁至二十八岁，在安纳西度过。当然更重要的是，在美好的地方，他邂逅了美好的人。

　　1728 年 3 月 21 日，复活节，安纳西，那时的德·瓦伦夫人二十八岁，而卢梭才十六岁。卢梭在《忏悔录》中用充满浪漫主义的口吻描述了这场初次见面：

　　"我所见的是一个风韵十足的面庞，一双柔情美丽的大蓝眼睛，光彩闪耀的肤色。我立刻被她俘虏了。"

　　然后，德·瓦伦夫人来了一句"哎，孩子。"

　　对此，卢梭的回忆是："她的声音使我战栗。"在安纳西，在德·瓦伦夫人的华美庄园里，卢梭留了下来，而且一待就是十二年。

青春年少，好景，好人，好时光。

"我的心灵是安纳西的流水荡涤至净，正好忏悔。"这就是《忏悔录》的由来。

弯下腰去洗手，湖水清冷，但恰到好处让人清醒。一个女子赤着脚提着单人划艇匆匆而过，见我手上的相机，很配合地摆个姿势，Nice！我们相视而笑，她和我应该差不多的年龄。

一对白发老人手牵手。笃定的步伐，相依偎亲密的身姿，从清澈湖水前缓缓经过。我按动快门，山水相映，人心淡泊纯真，如湖中水不含一点杂质。

天鹅伸着修长的颈脖，临水自照，优雅自如。黛青色阿尔卑斯山俊朗，静穆，起伏绵延。在尼斯地中海海岸我见着它，在维也纳莱茵河畔我也眺望过它的身影，在我这两年走过的欧洲足迹中，它始终在场。人与山的问候，简单、亲切。

安纳西在法国的东南部，阳光充分。我在湖边长椅上了打了个盹，体会梭罗的《瓦尔登湖》和怀特的《重游缅湖》之感。

无所从来，亦无所去。安纳西湖边我整整漫步了两个小时，走走停停，我愿意把尘世中一切纷扰都卸下来，从容置入最美小镇的山水中。

127

穿过城堡，穿过喧嚣的街道，穿过门前屋后彩色的鲜花，穿过手拿冰淇淋享受古老岁月的人们——在行走中，我从未觉得孤独。下一站是巴黎，无疑，另一种激动溢满心海。

三、书店记

我仿佛一个过惯了田园生活的乡下青年，带着泥土气，兴冲冲地奔赴大都市巴黎。梦境幻想中的巴黎、艺术殿堂中的巴黎、影片中的时尚巴黎，即将要真实伫立于眼前，心情未免忐忑与激动。

从安纳西的阿尔卑斯山脚下启程，要将近四个小时的火车，方可抵达巴黎。路上风景很美，我托腮凝望，草地一望无垠，散落着的牛儿羊儿们，悠闲自在甩动着尾巴，阿尔卑斯奶糖——这个名词不禁从嘴巴里跳脱出来，甜蜜的醇香味道溢满口腔。

不一会儿，乌云密布，下起了雨。我翻动着手机中储存的照片，去年 11 月份行走意大利的一幕幕，宛如就在昨天。米兰、威尼斯、佛罗伦萨、拉斯佩齐亚。我是如此迷恋行走啊，半年时间不到，我重返欧洲，重返地中海——自由，这是自由给予我的能量。

雨后初霁，火车沿途所见更见风致，黄绿相间的农田，如跳跃的音符在舞动。车厢里一个黑人孩子烂漫地笑着、跑着、叫着。

至巴黎火车站，乘地铁，出站台。呈现在眼前的竟是落日玫瑰霞色中的凯旋门！我挥舞着手，向凯旋门挥手，它不动声色，庄严威武，蓝白红三色旗醒目飘扬。

车流涌动。我迫不及待，在等红灯的几秒钟内快速按动手中的照相机。

——流动的盛宴，巴黎！我吐着舌头，兴奋不已。更让我意外的是，我所居住的酒店，就在这名闻遐迩的香榭丽舍大街上。我仿佛青年时期的海明威，龇着牙，面对着突如其来的歌台舞榭百感交集："假如你有幸年轻时在巴黎生活过，那么你此后一生中不论到哪里她都与你同在，因为巴黎是一席流动的盛宴。"

和海明威有着最亲密关系的，应该算是塞纳河畔的莎士比亚书店了。

沿着塞纳河行走，巴黎天气出奇的冷，我冻得要支撑不住了。在凡尔赛宫的皇家花园里打了几个大大的喷嚏——春寒料峭，比冬天还冷。我怕自己在异乡被感冒击中，赶紧买了一件薄型羽绒服取暖。大雨如注，穿着雨披我艰难前进。穿过巴黎圣母院，还好，莎士比亚书店就在眼前了。

年轻的海明威囊中羞涩，他第一次进莎士比亚书店时，心里很胆怯，怕自己没有足够的钱来借书。没想到书店主人西尔维娅是个单纯的爱书人，她褐色的眼睛像小动物那样灵活，她大方地对海明威说，没有关系，想借多少本书就借多少本书。

海明威第一次借了四本书：《猎人笔记》《儿子与情人》《战争与和平》《赌徒及其他》，从此他和西尔维娅成了好朋友。莎士比亚书店门口，他们和另外两个朋友一起等候时拍的照片成为永恒。依靠着门，姿态放松，海明威的西装皱巴巴的，右手大概还挽着一件风衣。西尔维娅双手插在口袋里，张望着不远处走过来的人。

西尔维娅在回忆录《莎士比亚书店》中这样记录大文豪海明威：

> 我抬头看见一位高大黝黑的青年，留着小胡子，他说自己叫欧内斯特·海明威，嗓音非常低沉。
>
> 我们很喜欢的顾客之一是个年轻人，他从没给我们找过麻烦。几乎每天早上都出现在书店一角，读着杂志或马里亚特等作家的书。他就是欧内斯特·海明威。
>
> 而我认为，无论放在哪里，海明威那些书的书名都熠熠生辉。每一本书的名字都是一首诗，对读者散发着神秘的吸引力，并促成了那些书的成功。这些书名本身就有独立的生命，美国的语言也因其增色不少。

莎士比亚书店于 1919 年悄然开张，至今有近一百年的历史。它已不是一个纯粹的书店，而是文人雅士汇聚的据点，是英法美文学交流的中心，更是"迷惘的一代"的精神殿堂。

我一眼瞅见了书店，它的外观几乎没有变化，绿色墙面上端有书店的招牌。一扇小木门斑驳沧桑，能触摸到岁月留下的痕迹。

推开门，我把雨披放置好，打量起书店。书店体量不大，架子上到处都是书，显得很拥挤。有两个女孩搬来梯子，爬上去取书，并摆好姿势想拍照留念，被店员制止了。莎士比亚书店名气太大，从全世界涌来的文艺青年都把拜访此地当作一个重要仪式。

当年，风雨中，意识流大师乔伊斯也是一次次推开小木门，走进这迷人的小屋。他中等身材，瘦削，稍有点驼背，但很优雅。他的《尤利西斯》，起初被美英列为禁书。正是莎士比亚书店的倔强和执着，使得这本巨著顺利出版。

庞德来了，菲茨杰拉德来了，惠特曼来了，纪得来了……莎士比亚书店的访客来自全世界。西尔维娅用幽默的笔法记录着：

——庞德有时会志得意满，不过都是关于他的木匠活。

　　——可怜的菲茨杰拉德赚了那么多钱，以致不得不跟着泽尔达胡吃海喝，才能让那些钱消失。

　　——舍伍德·安德森突然放弃家庭和蒸蒸日上的事业毅然出走，永远地摆脱体面的束缚和安全的枷锁。

　　一座书店，温暖和照亮一个城市。无论是巴黎漫天飞雪的午后，还是淫雨霏霏的暮春，三五文友在巴黎莎士比亚书店不期而遇，他们朗读自己的作品，发表文学言论。在最残酷的德国纳粹统治时期，书店不得不关门。幸运的是，1951年，一个名叫乔治·惠特曼的美国人在塞纳河畔开了家英文书店，并于60年代获得西尔维娅同意后，正式更名为莎士比亚书店，继续点亮城市之光。

　　我爬上二楼，这儿是书店老板专门辟出的图书馆，宽松、闲适。手捧一本书，可以坐在沙发上品读，猫咪绕于膝间；也可以盘腿坐在床铺上，静静地咀嚼书中文意。一架上了年纪的钢琴放置在旁，只要愿意，便可轻抚一曲。

　　一个美国青年，在老式打印机上聚精会神敲打着键盘，嗒嗒……嗒嗒嗒嗒……形成特有的音韵节奏美。

　　我倚着墙，停留很久。素不相识的年轻人，点头放松笑着，这样的温情氛围让人感动。文学精神的力量，能穿越一切并抵达一切。

　　下楼，我花十欧元买了一本书，以色列作家奥兹的散文集《亲爱的狂热者——来自分裂土地的信件》。我喜欢他的作品，文笔细腻，感情充沛，对犹太文化、对和平、对家庭、对生死，都有着哲学上的思考。

店员问我要不要在书上敲个印章。当然，我点点头。他小心翼翼，很慎重地敲上。外面仍在下雨，雨势还不小。我找到雨披，心想，出去喝杯咖啡，记录一些东西。

第二天，奔波了十几公里的我，想再次到莎士比亚书店享受宁谧时刻，却发现书店打烊休息。嗯，够了，人生有这样一次独特经历，已经很不错了。

"但是巴黎是一座非常古老的城市，而我们却很年轻，这里什么都不简单，甚至贫穷、意外所得的钱财、月光、是与非以及那在月光下睡在你身边的人的呼吸，都不简单。"海明威是伟大的，他从日常生活中体悟人生，五十八岁提笔写下这本回忆录《流动的盛宴》，记忆是如此清晰，每句对话，每个细节，都历历在目。

谁能想到，那时海明威的记忆力实际上因为两次飞机失事严重受损，生命将尽，他有种不祥的预感，于是凭着坚强的毅力在回顾巴黎往昔。

——如今，我在塞纳河畔徜徉，在林荫道旁眺望，云影、树色、路灯……想象着当年文豪们的风流云集。嗅着巴黎清冷的风，我一点一点触摸它蓬勃激越的内心。流光溢彩的巴黎，真而似幻。

四、观画记

梵高

雨天造访奥赛美术馆，排队一个小时。塞纳河河水湍急，在呜咽，呈深沉色。

进了由火车站改造的美术馆后我急速冲往5楼，我知道那里是精华部分，收藏了印象派大师的精品。马奈、莫奈、塞尚、雷诺阿……边走边拍，心里有一些焦虑，我期待已久的疯子画家呢？为什么迟迟没有出现，35号展区为什么在5楼空缺？研究了一番，恍然发现，梵高的作品在二楼，和他的老朋友高更毗邻而居。

兴冲冲奔向二楼，梵高，把痛苦、性情揉进艺术的梵高，留给世人的是一幅幅瑰丽炽热的杰作。

冲击我视线的第一幅作品就是梵高的最后一幅自画像。

旋动的冰蓝色笔描绘出颤动的背景，让站立在画面前的我，心灵一阵阵悸动起来。这位艺术的殉道者啊，一生积压了多少挫折，不疯魔不成活，他是以生命为代价走进永恒。画中，他的眼神绝非平静，而是坚定、专注。"能把一个人穿透"。他应该是在努力调整自己的情绪，暗示自己恢复信心，然后能够从容面对人和事。

鼻翼翕动，我陷入感伤里。《挚爱梵高》传记类动画影片，我反复看过几次。梵高的哀伤流泻在他的书信中，他说："我是最卑微的，最无足轻重的一个小人物，我一次次活在失败和灰色中……"他把这幅自画像称为"死亡之脸"，并在一封信中这样写道："透过这张面对镜子画的自画像我得到了一个关于自己的概念：桃灰色的脸上长着一双绿眼，死灰的头发，额前与嘴周满是皱纹，呆僵木讷，非常红的胡子，被忽略而且充满哀伤。"

梵高的孤独，在燃烧。越是真实靠近他的画作，越是能感受到他孤独绝望的心跳声。我忽然明白为什么自己一定要执着地寻找梵高。我在寻找一种说不清道不明的悲剧崇高感！

他自始至终渴望着生活，然而生活回馈他的却是种种不堪。

《奥威尔教堂》。同样有深沉的忧郁在燃烧。

庄重的奥威尔教堂扭曲变形，草地如同麦浪一样翻滚，一个女人拎着裙子的背影，在独行。天空阴暗之蓝诡异神秘。梵高在巴黎距离火车三十分钟远的小镇奥威尔度过生命的最后时刻。他的癫痫病日益加重，仰面躺在小墓园旁的麦田里，或漫步在瓦兹河岸上，嗅着岸边树叶的清香。他又在担心他的弟弟提奥为了他的艺术创作而家庭生活捉襟见肘——蓝得发黑骇人的天穹下，一群不祥的乌鸦飞扑，向观者迎面涌来。梵高觉得自己无处可逃，死亡正苦苦相逼。他选择了告别，选择了绝望，来远离这个充满无常的世界。正如之前他在瞻仰遗容的时候，曾劝诫一位哀悼者说："死很难，但活着更难。"

他也告别了好友嘉舍大夫。

嘉舍医生比病人还忧郁，他左手按着一枝指顶花，右手托头，神情忧烦、疲倦。梵高在信中说，这《嘉舍大夫》画像的表情"悲哀而温柔，却又明确而敏捷"。

我慢慢向前移动脚步，巡礼，致敬，内心流淌着一阵阵苦涩和一股股莫名的爱怜。梵高一生没有什么女人缘，主要是因为他内心善良耿直，拙于言辞。但他勤于书信，笔墨是他最好的情思表达。他写给弟弟的书信竟有六百五十二封，可见，这个寂寞的老实人多么在乎亲情！

陈丹青在《局部》栏目里讲梵高，讲他读梵高写给弟弟的信，信中说特意给刚刚降临到人世的小侄子送一幅画算是礼物。"这个心地善良的疯子啊，我读着读着，眼泪流下来。"

陈丹青特地提到梵高初学时的一些小画，都是天才之作。有一个细节我记得很清楚，《局部》中这样叙述：

> 1993年刘小东来纽约，博物馆许多名作，他看一眼就走过去了，刘小东懂画，他在我家墙上瞧见这幅画，看了好久，脸色痛苦，忽然声音软下来，轻轻地说：
>
> "我操！画得太好了！"

　　这一部分我读了好几遍。陈丹青的叙述非常有现场感，他说刘小东神情的语言十分精准，还有那句美术圈里不带修饰的夸奖词是多么发自肺腑。他们在讨论梵高的初学之作《海边的渔夫》。梵高的画，就是这样会击倒人。陈丹青说："梵高可能是画家有史以来最憨的憨人。一个憨人初习画画，只会更憨。"

　　梵高展区的隔壁是高更，他们是好友，也因为艺术发生过激烈的争吵，后来梵高情绪不稳，割掉了自己一只耳朵。当我把他俩的代表作拍摄后发给国内的蒋博宇时，他回复："高更更知性，更多人性反思；梵高生命的意念强烈，也更加感性直接。"

　　雨，还在绵密地下着，我却没有太多知觉，仍在梵高的世界里兜转。他用独特的自我感觉去表现艺术，普鲁旺斯的蓝与烈日、澄澈的大气、明丽的四野，都让梵高亢奋不安，于是他的生命律动感被完全召唤，在阿罗的黄金时期他创作了两百多幅画。

　　你我的黄金时期呢？人生有多少个创作井喷期？——思君令人老，岁月忽已晚。梵高在短短的十年绘画时间，创造了如此多的奇迹，他像中国的夸父，不知倦怠，拼尽全力。余光中先生在1990年梵高逝世百周年祭赋诗：

　　　　你是挣不脱的夸父
　　　　飞不起来的伊卡瑞斯

> 每天一次的轮回
>
> 从曙到暮
>
> 扭不屈之颈，昂不垂之头
>
> 去捉一个高悬的号召

而今余光中老先生也已仙逝。夜雨漂泊，行人匆忙而过，香榭丽舍大街在雨水的映照下褪去华丽。我坐下来，要了一杯白葡萄酒、一条烤鱼、一碟豌豆泥。口味不错。旁边的两个女人或是聊着艺术，还是家常？不清楚。

我浅啜一口酒，依然惦念着梵高的孤独，他是真孤独。

莫迪利亚尼

阿尔卑斯山脚下流水淙淙，安纳西老城从梦中醒来。街边摆满了货摊子，银器、陶罐、瓷罐、黑胶片、动物头骨、衣服、饰物、油画作品……

我被旧书摊吸引，仔细辨别那几本画册：《坐着的裸女》，显然，是莫迪利亚尼的风格；另外一本是马蒂斯的作品集。老板是个五十岁左右的男人，身材适中，银白头发，戴着金丝眼镜笑容可掬，儒雅洁净。旧画集并不贵，统一打折下来是十五欧元，我先买了一本，后来折回，又买一本，然后戏剧性地再次返回，买第三本。男人笑容像清澈的流水。

我坐下来，对着湖水，静静阅读莫迪利亚尼。莫迪利亚尼是否来过安纳西呼吸新鲜的空气？我不晓得。我知道在他去世前一年，他到了尼斯，地中海温暖的阳光照射着他，让疲惫至极的画家似乎回到了家乡意大利里窝那。

《坐在门前的让娜·艾布特纳》。1919年，莫迪利亚尼为他在劫难逃的心上人让娜画最后一幅肖像。让娜的鼻子很长，她沉思着，坠入了和腹中孩子共享的神秘世界。才二十岁的让娜深爱着放荡不羁的画家，只是这个男人生活过得一塌糊涂，严重的酗酒和肺结核疾病把身体彻底摧垮。

《自画像》。莫迪利亚尼死亡将至的痛苦之相。他拿着调色板，悲情式的调色板色彩鲜明：淡绿、灰、黑、蓝、白、红、褐色和橘黄，和肖像沉闷的调子形成对比——理想在湮灭，肉体也终将烟消云散。画家围着厚厚的灰围巾，孱弱无力，一切障碍都可以摧毁自我的感觉，才三十五岁的莫迪利亚尼，已完全陷入了凄凄惨惨心力交瘁的孤苦之境。英雄穷途末路，长歌当哭。

我更愿意追溯意气风发时候的莫迪，1910年左右，虽然一直陷于贫困，但气息是明亮的，"年轻、强壮、英俊的罗马式头颅，纯净的笑容，让人无法侧目……"

迷人的莫迪甚至获得了俄国"以诗记下一代人的苦难"诗人安娜·阿赫马托娃的芳心。他们一起参观卢浮宫，走进拉丁区那些古老的街巷。安娜忆起："我们常坐在卢森堡公园的长凳上，躲在他的伞下，那时会下起暖暖的夏雨……我们一起背诵烂熟于心的魏尔伦，我们都能为记得同样的东西感到高兴。"

恋爱的芬芳里有诗歌，有才情，有巴黎瓦蓝的天空里淡淡的云彩。文学艺术在交融，不可思议的默契让他们恋情迅速升温，安娜也成为莫迪理想的化身。他为她画过不少速写，画中莫迪冷静客观的素描和他强烈的爱形成了鲜明的对比。

"莫迪利亚尼的素描典雅而优美，他是我们之中的贵族。他的一根线，绝不会碰到水，是一种不沾血气的'灵魂的线'，暹罗猫也得避开他的线条。"与莫迪利亚尼同时代的评论家考克多这样说。

安娜写诗：

> 你酒醉之时真有趣——
> 满口胡言无意义。
> 初秋给榆树，
> 挂上了黄旗。
> 我们迷失在欺骗的狂野
> 苦苦悔恨，
> 为何我们还要挤出
> 这些奇怪而冰冷的笑容？

安娜是莫迪的真爱，真爱又只能是茫茫夜空中交汇而过的流星。离开了安娜的莫迪，被自我毁灭般的酗酒包围，成为"被诅咒的艺术家"：肮脏、好斗、暴力、露阴癖、人格分裂。他的绘画却在一败涂地的混乱中进步，可恶的是利欲熏心的艺术商人，抓住他的习性，把他和一位模特、几瓶酒同锁起来以促他多产。

我不忍心阅读莫迪酒醉和吸毒下的种种丑态。窒息之感、湮没之感，让我喘不过气来。那情绪、氛围是名副其实的《恶之花》。"这些恶魔冷眼注视着我，犹如游人欣赏疯子。""我们竟为腐败道贺，为苍白的死光祝福。"

大雨天，走进巴黎蓬皮杜国家艺术中心，我没有预想到会撞见莫迪利亚尼作品。画中的黑衣女子头发高高绾起，有了眼神，她梦幻般哀怨着。樱桃小嘴嘟着，宽大的裙子覆盖住有孕身体，双手交缠倚靠着椅子，整个人坐着。画中的模特应该就是陪着莫迪殉葬的让娜，她的温顺美与现实无奈感纠缠在一起，是无边丝雨细如愁的东方古典和惆怅。

极其安静。"你吞没了我。像大海，像时间。"

我成了一尾鱼，浮游在莫迪利亚尼的气息中。作品不多，仅三件，却形成了强大的气场。另外两件是莫迪利亚尼钟爱的雕塑作品：面具似的脸孔，发髻高耸的椭圆形的头，小而空的眼睛，长长的脖子。莫迪将他的暴躁和毁灭性的自戕全掩埋在作品中，呈现出的是茕茕孑立、与世隔绝的优雅之风、极简之风。

莫迪渴望着安详，死亡让他在幻梦中提前抵达：

艺术女神

呼唤所有的流浪者

呼唤所有远方的流浪者

寂静的号角

宁静的航船

催我睡着

摇我睡着

直到东方破晓

死亡之神迎接他们的时候，莫迪三十六岁，梵高三十七岁。他们艺术达到巅峰，肉体却无法再承载生活沉重的负荷了——艺术又让他们短暂光华的一生不朽，这是悖论，是西西弗斯式的悲剧。

馆内清凉如水，灵魂低语。巴黎的街道阴沉沉的，雨丝纷飞，沿着塞纳河畔，我走了很久很久，穿过卢森堡公园、先贤祠、卢浮宫、协和广场……我说服不了自己停下来，那天我整整走了十五公里，直到静坐时感到双腿酸软无力。

2018. 5. 31

美得如此绝望——意大利

绝美之城——罗马

一

当你熟睡时，我在凌晨中抵达罗马——一座不设防的城市。

原本我把这句话发给先生，一不小心，我告知了所有的朋友。我抵达了罗马，在你熟睡的时候，这里晨曦微露。时间 2017 年 11 月 7 日，观音的生日，好吉祥，也是立冬节气。

八点就出了旅馆，未料一场大雨，只能蜷缩在咖啡馆避雨，忍受初冬之寒，裤脚管湿了一半。咖啡香味四溢，但心里升起淡淡的惆怅，如果罗马这三日都是大雨，岂不是很尴尬？唉，随机应变吧。便利店买了长柄伞，权当 Stick（拐杖）。趁雨势小一点的时候再次前行。

很快，大雨初霁，天空东方一角出现蓝色。站在威尼斯广场远眺，罗马古城清新洁净，似乎从多年沉睡中醒来。她的面容，数世纪以来没有变化，处在永恒之中。

飞机上的我激荡着不安和期待，如今站在罗马松下百感交集。

太多庙宇、建筑、宫殿的废墟静默存在着。这是两千多年前的遗址，真实古老地呈现着。图拉真带着远征得胜的军队返回，获得民众的欢呼，声震如山；罗马贵族们穿梭在殿堂商议一系列的改革事件；妓女们倚靠在烟花巷陌中等待；而希腊诸神在白昼黑夜亲临，罗马人俯首跪拜。

太过古老的庞大叙事，我有些猝不及防。那团蓝色逐渐扩大，很快散掉阴霾拨云见日。我对自己说，不着急，缓一点，慢慢拾掇。

沿着台伯河，我开始了漫无目的地散步。深秋味道很浓，梧桐树叶一片片飘零下来，层层堆积于地面。蓝色天宇下白鹭和灰鹭盘旋悠游着，它们自由、散漫、随性，一会儿俯冲下来准确啄住水里翻腾起的鱼，一会儿停驻岸边。最令人哑然失笑的是它们栖息在罗马古城青铜雕塑圣人头上，轻松拉个屎，再振翅而飞。

河床的淤泥气息泛起，混和着枯叶易碎的节奏。匆匆而过的意大利人，可能是法国人或英国人，他们的面容转瞬间就被我遗忘。我记住了台伯河畔的淤泥味——淡淡的腥气，又有点草木惺忪的感觉。歌德、雪莱、拜伦也曾经迷恋于此，来来回回走，来来回回思考，还有，菲茨杰拉德，那个写出《了不起的盖茨比》才华横溢的家伙，却在神经质老婆的羞辱和挥霍下陷于崩溃的作家，也曾在台伯河堤岸边抽着雪茄蹙眉哀叹。

台伯河右边是闻名遐迩的古罗马遗址。我故意慢下脚步，斗兽场、万神殿、西班牙广场、四河喷泉……我都还没涉足。没关系，那儿挤满了观光拍照的游客。我真不着急。我笃笃定定散步，我要把自己融到罗马松里，融到飞速发音的意大利语中，或者融于碑文上镌刻着的大大小小的拉丁文字母中。

罗马松像西兰花，高耸入云处盛开一团，差不多的高度，并行成威武雄壮的交响曲。作曲家雷斯皮基《罗马的松树》以此为题材作曲，整个管弦乐激情洋溢。一边行走一边用耳机聆听，效果甚佳。

罗马最著名的铭文——十二铜表法，我无缘相见，却有缘触摸到一些质朴的墓志铭。公园是开放的，金黄的树叶下矗立着石碑。可惜读不懂，也没关系。

亨利·詹姆斯的《意大利风情》中记录着一条让人伤怀的碑文——巴瑟斯特小姐的纪念碑：如果你年轻可爱的话，就不要在这里立碑了，因为那个死在你脚下的人，正是这个地区最美丽的花朵。

1842 年，巴瑟斯特小姐溺死在台伯河，碑文寥寥数语叙述了事实，给人忠告，也让人感伤催泪。直率、高雅、古朴的铭文击中人心。

二

长柄伞很实用，遮雨，助力。我把它当拐杖爬坡上山。经过一家幼儿园，也路过一所艺术大学，女孩子们腿修长，围着把杆练舞蹈。她们到花园抽烟聊天，眼影涂得很深，脸蛋成椭圆形，尖下巴，典型的波提切利油画中的女神形象。

一个小女孩在古城枯竭的河床上奔跑，像一枚跳跃的黄绿色音符。

雨淅淅沥沥又下了起来，我不再惊慌，找了古城旁的餐厅。爬山虎由绿转红，在黄褐色土墙上肆意攀爬着。在露天阳台上我选择了有遮阳伞的地方，这样依旧可以把视线投向远方。没有其他客人，只有我慢慢独自享用。老板是一个中年男子，腆着大肚子，秃头，他和我解释了一大通，我压根儿不晓得他在说什么。

我说：面条，Noodle。他点了点头。

潺缓的钢琴声流淌而出，趁面条没上之前，我拿出札记本书写，一边是来来往往喧闹嘈杂的汽车声，一边是古城堡的寂静暗黑。我有一搭没一搭地将目光从远处的罗马松跳跃到撑伞行进着的人们。钢琴声悠远，如《海上钢琴师》中的那个极具艺术天赋的男人演奏出来的，他固守着船，一同走上毁灭。毁灭之美是有诱惑性和戕害力的。不知怎的，出国前，我和先生经常讨论意大利画家莫迪利亚尼，他的作品呈现的是"战栗的艺术"，是"温柔中的严峻，模糊中的朴实"，他将人内心中的恐惧、担忧、孤独和敏感以夸张的形式释放出来。

我喜欢看画。很幸运到达罗马的第一天就碰上法国印象派大师莫奈画展。地铁两边铺天盖地的招贴宣传着莫奈的作品《睡莲》。雨太大，躲到美术馆静静欣赏名画是聪明之举。威尼斯广场后面就有一家，恰巧展出的是莫奈。

雨声滴答，室内是柔和的隐逸之风。莫奈在吉维尼造了一座花园，林荫路、花坛、池塘、小桥……远离喧嚣浮躁，一心沉浸到自己的世界。他的《睡莲》组画光影流离，把大自然在内心世界的关照表现得淋漓尽致。莫奈的画，让人联想到谢灵运的诗句"云日相辉映，空水共澄鲜"，或者是晏殊的词"梨花院落溶溶月，柳絮池塘淡淡风"。美术馆中影影绰绰，水气袭人，我脸上也同样被映照得姹紫嫣红。莫奈活到八十五岁，逝世前几乎完全失明，但始终坚持绘画，最后一幅作品是卢浮宫展出的巨幅壁画《睡莲》，他把印象主义功用推到了极限。所以批评家说："印象主义在莫奈手里成熟，也在他手里给毁掉。"

我仿佛是爱德华·霍珀画中的女性，戴着一顶圆形礼帽，穿着一件黑色大衣，盯着一杯咖啡，陷入沉思。我并不惧怕孤独。我也无从知晓周围的人在叽叽呱呱聊些什么，所聊内容一定与我没有关系。孤独其实是好东西，是艺术家创作时必不可少的因素。波德莱尔是孤独的，爱德华·霍珀是孤独的，莫迪利亚尼是孤独的，太宰治是孤独的。

我在旅店的房间翻阅书，我在咖啡厅翻阅书。我拎起长柄伞上路，忽然它成了我亲密的伙伴，虽然携带它有一些麻烦。

三

凌晨四点，我从梦中醒来，无法继续入睡，一个意大利疯子，在轻盈的晨曦中唱起了咏叹调。是《众神的黄昏》吗？我瞎猜。

醒来，阅读，在床上阅读，写札记，研究罗马的城市地图。接近三个小时的读和写，也会迷迷糊糊混沌着继续小睡片刻。隐约中，我听见卫生间的水龙头在向外滴水，噗，噗。轻微得如同新生的婴儿在打嗝。

落日之前，我跟随着手机导航来到万神殿，走了整整五公里。众里寻他千百度，它终于在我的预想中赫然出现。奥古斯都时期的经典建筑，至今保存完整的唯一一座罗马帝国时期的建筑，始建于公元前27—前25年。我凝视着万神殿外部建筑最上方的拉丁文——M·AGRIPPA·L·F·COS·TERTIVM·FECIT，它记录了当时的建造者。

踏进万神殿，必须屏气凝神，这是一座供奉奥林匹亚山上诸神的庙宇，凡人怎可高声喧哗？殿内宽广空阔，无一根柱子，只有圆型穹顶，是唯一光源所在，米开朗基罗赞叹其为"天使的设计"。我仰着头，接受天光的恩赐。游客很多，但只听到拍照的咔嚓声。圣母像平和，即使悲伤，也是隐忍的。意大利文艺复兴时期巨匠拉斐尔的坟墓在万神殿，他的墓志铭是：

"他在世时，自然女神担心会被他所征服。

而他死去，自然女神又害怕会跟着枯萎。"

很有意思的墓志铭，人神开始较量，或者说神对非凡艺术家充满了羡慕嫉妒和爱戴。

在古罗马遗址旁散步，有雄浑、苍凉之感。所有的路是小心翼翼围绕着古遗址铺设的。这是对历史的呵护和尊重。夕阳下，罗马最古老的道路是用平坦的黑色玄武岩铺成，由提多大帝的凯旋门蜿蜒经过古罗马市场到达卡比托利山。罗马共和时期的英雄凯旋时在这里游行，但后来逐渐没落，成为扒手和流浪汉的聚集地。提多大帝凯旋门无言挺立，这是罗马现存最古老的拱门建筑，它坚硬，线条清晰，个性锐利，在夕照下并不感伤……

约阿希姆·费斯特在意大利古遗址散步时谈到，"在拯救文物古迹的工作中，人们发现了文物外表的一层保护层。很明显，早在古代，到了后来，直至近代之初，都有涂层保护层的可能，但是后来就失传了。"古罗马遗址的保存能如此巨大完整，使人惊叹，也让国人扪心自问：究竟留下了多少代表着我们东方文明的遗址？

意大利的天空，绝不能用一种颜色来描述，靛青、蓼蓝、绛紫、朱红……似乎都有，浓墨重彩，它是这些颜料的调和。光线任性地泼洒着，映在罗马松高大蓬松敞开的树冠上，映在巴洛克风格的教堂穹顶上，映在庄重肃穆的塔楼上，映在高低散落着的神庙柱子、祭坛石墩、墓碑、残垣断壁上，它们优雅、和谐地组合在一起……

11 月份是罗马旅游的淡季，游人并不多，我随意走着，捕捉一切我想捕捉的镜头和画面。"罗马的空气中含有某种灵丹妙药，罗马的咖啡加了某种隐藏的药水，让人们的行动变得尤为'缓慢'，但不可否认的是，人们却一致认同这种慢生活。" 19 世纪的作家亨利·詹姆斯骑着马慢吞吞说道。

一日的光线变化奇绝，霞色中我对着古斗兽场喝咖啡。一天走了六公里，脊椎已经在微微发酸痛，但不碍事。椭圆形的竞技场拱门灯光渐次亮起，情侣不失时机相拥、接吻、合影，不远处的君士坦丁堡凯旋门昂然屹立。大团蓝墨色在空中徜徉，我旁边坐着的小伙子来自摩洛哥，他给我拍了张照，算是没留遗憾。

"绝美之城，美得如此绝望，唯有死亡才能止住你的悲伤。"

夜色中的罗马城衣香鬓影、觥筹交错。也有防爆车和警察荷枪实弹。我背包行走，威尼斯广场附近的街道上有不少流浪艺人，唱得很动听。雨滴滴答答又开始下了，落在罗马松和我的长柄伞上。我很放松，许是喝了一杯白葡萄酒的缘故。

不远处，宙斯神庙中隐隐传来赤脚修士们的咏唱晚祷声。

深夜，气温直线下降，罗马女人裹紧羽绒服匆匆行走，黄褐色的头发凌乱，在风中飞扬。

聆听地中海

希腊人钟情于大海，罗马人则热爱土地；希腊人是水手，而罗马人则是农夫。

但罗马人完全吸收了希腊的奥林匹亚诸神——把宙斯转变为朱庇特，赫拉变成朱诺，阿瑞斯变成马尔斯，阿弗洛狄德变成维纳斯。

诸神应该还在海边。《圣经·创世纪》记载，"神的灵运在水面上。"出发之前，我就对自己说，我要去地中海边，一个人，无拘无束，看海，听海，和海对话。

到达拉斯佩齐亚港口城市是下午两点三十分钟，大雨。我拖着沉重的行李箱，在雨中淋了近半个小时才找到酒店。艾菲塔卡梅尔露娜酒店的小伙子 Alex，二十一岁。他告诉我，雨会持续，建议先在小城逛逛，明天阳光灿烂，去海边是最合适的。对于来自中国的我他有些好奇，问要坐多久的飞机才能抵达。我微笑着回答：十四个小时。

相对于喧嚣、流光溢彩的罗马来说，拉斯佩齐亚小城显得安静、朴素、随意。

街角的垃圾也会有，但并不突兀。小城主干道店铺林立，因为是过冬季节，衣服店比较受欢迎。我钻进小店买了一条围巾一条牛仔裤和一支润唇膏，我像当地的居民不慌不忙手持拐杖溜达。教堂的钟声悠远，我甚至听到鸭子和鹅的欢叫声。咖啡厅大都有专设的阳光房，透明简洁，男人女人慢慢品啜着咖啡或者葡萄酒。路边一只拉布拉多犬边走边舔舐它女主人的纤纤细手，表达出对主人的无限忠诚。

跋涉千万里，一个人来聆听地中海的潮汐声。对大海我好像怀有某种执念：一个人在南极看冰山漂浮气壮山河，一个人日本镰仓海边捡火山石，一个人在澳洲大洋路驻足观望被南太平洋风暴侵蚀成的"十二门徒"。自然的伟力撼动着渺小的我，什么也不用去多想，放任天涯的感觉相当不错。

脱下靴子，坐在蒙特罗拉沙滩上，眺望海面远处，诸神在升腾而出。阿弗洛狄德、波塞冬、奥德修斯……各种蓝色交织在太阳的光芒中，碎金浮动，峰峦簇起，浪花翻滚，我听见海水与沙石的咬啮声竟那般温柔。

闭上眼睛，听大海有节奏的呼吸。我已经被自己任性惯了，我喜欢这样随心所欲地行走，完全听从心灵的召唤——我起身，摸到枕边的笔记本，拉开窗帘，外面一片漆黑，只有意大利疯子在唱咏叹调，我写下。昨晚吃的意大利通心粉早就被消化了，我在地图上翻看拉斯佩齐亚五个渔村之间的路线。

海面上，一只海鸟飞翔，似乎无限接近天空，但又永远抵达不到，如同英国浪漫主义诗人雪莱。

1822 年 7 月 1 日，雪莱与友人 Edward Williams 驾驶雪莱的"唐璜"号，从意大利西部海湾莱里奇出发，向南驶往里窝那，7 月 8 日回程途中，在接近航程终点的拉斯佩齐亚海峡离岸十六公里处遭遇骤降的暴风，两人皆溺亡，尸体被冲回岸上。

雪莱在海上暴风雨中探险行进时相当任性。他把自己的藏书搬上船，在海湾漫无目的漂了好几天，一手掌舵，一手捧书。他的豪华帆船"艾莉儿"如同精灵一般，快速掠过其他船只。三十多岁的雪莱在钟爱的大海里死去，他的遗体由好友拜伦及特列劳尼以希腊式的仪式来安排火化，并在第二年一月运回到罗马，这位浪漫主义诗人永远栖息于"新教墓园"。

我穿梭于五渔村，五分钟的火车距离真是很方便，跳上车刚刚喘息会儿，又到下一站。叮叮当当的老式火车把行者乘载到一个个恍若隔世的仙境。蒙特罗索、韦尔纳扎、科尔尼利亚、马纳罗拉及里奥马焦雷。一个又一个渔村紧挨着，各有特色。

雪莱夫妇当年一定也是这样风尘仆仆地在蒙特罗索上岸，并发现了这色彩斑斓的五渔村。他们还前往附近修道会的教堂，于高处饱览蜿蜒绵长的海岸线，享用美妙的橄榄油凤尾鱼。

我坐在马纳罗拉山巅的餐厅里，享用橄榄油凤尾鱼，肉质鲜美。我追随着雪莱的脚步，遥望湛蓝的海水映着七彩的房屋。整个村庄在陡峭的悬崖上，这里是意大利最不安全的村庄，但它的神秘浪漫吸引了全世界越来越多的人来一探究竟。

我要了一杯白葡萄酒，酒带着淡淡的甜意，充足的阳光让我彻底放空，脑海中没有任何想法，如同做瑜伽，不让任何杂念造访。

对面悬崖上彩色的房子让人置身于童话世界，居住地是彩色的，语言是彩色的，梦是彩色的。幻想大师罗尔德达尔童话中有一个好心眼儿巨人，他专门搜集好梦，趁孩子们熟睡的时候用小号把好梦吹入他们卧室里。马纳罗拉的渔民们从好梦中醒来，迎接那一片无边无际晶莹澄澈的海水。

我仿佛也成了孩子，在彩色梦境中逡巡，向利古里亚这个古老的地区飞去，在葡萄园里和匹诺曹相遇。里奥马焦雷渔村，我迷了路，柴垛下一簇白月季探出头来，老母鸡扑棱棱飞到我胸前，葡萄架下蹲着一只灵动狐媚的猫，似乎山穷水尽。下山的路又陡又窄，我惊奇又紧张，一步一步，没料到拐角处豁然开朗，蔚蓝大海正深情等待着我。

随身携带的札记本封面是绿色的，上有"淋漓"二字，是中国美术学院设计的文创产品，札记中有中国美院创始人林风眠的插图，老先生主张调和中西艺术，这在当时开风气之先。

在海边，听一个英国歌手吟唱，也不晓得何时下载了这个歌手的作品。此刻品味深得其韵。

> 寂寥发声的远方／潮涨海岸上的风暴／万能的
> 雷霆，于我梦呓多语／云瀑轧过地平线／横拂万物／
> 墓门，伊泪和枯枝被击打揉捻可是我听见了寂静／
> 灵动吾心／我闻所未闻／这般缄默的寂静／没错，
> 无声胜有声／壁垒之间游走／从没有如此寂静，像
> 这样静若止水

心满意足的一天，在海边兜游的一天，一个人欢笑着跳上火车、五分钟以后又到站的一天。我想，那是最真实率性的我，将自我丢掷在天涯海角，尽情呼吸大自然的芬芳，而不被红尘俗世搅扰——

水手远航归来蹲在家门口抽烟，蓬乱的鬈发，狠狠深吸模样让人不由想到摇滚教母帕蒂·史密斯《时光列车》。厨房里帮忙的女招待急急忙忙跑到屋外阳光下接电话，手上还戴着微波炉专用手套，她的头侧偏着，有压抑不住的喜悦。韦尔纳扎渔村上了年纪的老太太们，拄着拐杖，坐在石头墙绿色木椅上聊天，面容慈祥。沙滩边的小伙摆布着正方形布面，布面上有同心圆图案，寓言着什么？海风一吹，布乱了，他不厌其烦上前整理，用鹅卵石逐一压好。

莴笋、山葵、柠檬、马铃薯、带着牙刷般气味的棒状芹菜，横七竖八装在篮子里。女人们坐在农舍小屋边上，地中

海充分的阳光让食物滋养得相当茂盛。

我在大海光秃秃的岬角处盘膝静坐，只我一人，与天地相融。这儿人迹罕见，海浪冲击礁石似乎是在发泄什么，爱恨交加。

如此接近自然，我静静看着远处的古堡和海面。海上升腾而起的帕尔修斯，他在刺杀美杜莎的时候避免了直视，他的力量永远来自拒绝直视——卡尔维诺在谈论写作语言"轻逸"时说，"但不是拒绝他注定要生活于其中的现实。他随身携带着这现实，把他当作他的特殊负担来接收。"

晨曦微露时分。人们还在熟睡，我行走于拉斯佩齐亚城市街道。鸽子自由散落，街道上残存的面包屑是它们最佳食物。加快步伐往前走，九点我将离开这城市，我还未充分感知，只凭着直觉不断地向前、向前，仿佛是神在指引。果然，我走到了椰子树掩映下的海边，芦苇摇曳，不远处上百艘船帆游轮宁谧停泊着。

圣洁的太阳从云层后跳跃出，光影洒在湛蓝海面上，柔和与壮阔交织。我透过一个圆形镂刻的图案捕捉镜头，图案是英文字母"M"，透过空隙我拍摄到了一艘游轮迎着暖色起航。

忘记了寒冷，不停按动快门。我把美图发给知己，并附上一条微信：今天双十一，给你买了艘游轮，千万要笑纳，货到付款。我也告诉他，拉斯佩齐亚，是意大利主要的军事和商业港口之一。

匆匆买了一个三明治，马不停蹄回旅馆收拾行李，我拨弄着意大利老式的门窗插销，窥看街景。店员 Alex 昨夜已经提醒我直接把钥匙留在房间即可。拎着行李走下楼梯，拉上沉重的实木大门，迎着冬天的寒意，我搭上佛罗伦萨的火车。

佛罗伦萨的黑夜与黎明

佛罗伦萨。我要凝神静心一下。

这个城市太过盛名。徐志摩《翡冷翠的一夜》，纠缠着他抑郁的情怀和爱的呓语。前不久欣赏民国人的书风，我觉得陆小曼的书风自有她的笔韵和可爱，据说古文功底相当不错。徐志摩把佛罗伦萨称之为翡冷翠，是作家的抒情和诗意。

佛罗伦萨的盛名还是因为文艺复兴。但丁、彼得拉克、薄伽丘、达·芬奇、米开朗基罗、拉斐尔……一个个伟大的艺术家如同群星闪耀。

可怕的黑死病瘟疫，使欧洲陷入前所未有的创伤，但它也帮欧洲人砸烂了那个曾经破旧不堪的中世纪，给文艺复兴的曙光带来了充足的土壤。佛罗伦萨是黑死病的重灾区。薄伽丘在《十日谈》哀号："整个佛罗伦萨变成了一座地狱，每天都有成车的死尸被运往城外……"

　　我在游荡。我仿佛来自东方的幽灵，在游荡。行程很紧，我只有半个白天的时间和黑暗。好像被时间催着走一样，我在街道的尽头猛然抬头，一组盛大的建筑群让我惊呼——圣母百花大教堂在日照下，反射出一种高色调柔和的庄严的灿烂光辉。旁边八角形的洗礼堂青铜大门上，雕有著名的"Porta del Paradiso"（天堂之门）。离得太近，需仰视，然后再一步步向后退，内心一阵肃穆，地狱和天堂只一步之遥。

　　继续向前，转弯，我得在下午四点之前赶到乌菲茨美术馆，这是最后一轮参观时间。出国之前，我反复揣摩，网上订购美术馆门票，掐准时间下手。穿越领主广场，我听见自己咚咚的脚步声和心脏搏动声。在异国他乡，我察言观色，节省一切该节省的时间，随着人群我被拥进了乌菲茨美术馆。

　　太过浩大，太过繁复——我仅是门外汉，期期艾艾，驻足观望，却不知从何说起。

　　波提切利的《春》，是轻灵幽美的一幕：自然界住着的神明在春天里，灵动妩媚，春神漫步走着，步步莲花，她往过的路上，万物萌芽滋长起来。画室大厅里挤满了人，一些日本美院的学生专注听着老师的讲解。我被女神的微笑和姿态吸引，欢乐中含着惘然，有淡淡的哀情，生命的美好与消逝总是相毗邻的。《维纳斯的诞生》亦是如此，女神的轻盈里流露着生命的哀愁，是"无可奈何花落去"的感伤，也是

158

"独上高楼，望尽天涯路"的孤独。一切又唯美如斯，涟波荡漾，春意融融。

拉斐尔的《金莺与圣母》，画满了人间的爱娇。山峦和草地营造了古牧歌式的氛围，圣母低头凝视两个孩子，下巴微收，目光中充满怜爱和轻逸的呵护之情。含蓄内敛之致，倒有些东方意境。

伦勃朗温暖的光晕，鲁本斯狂乱夸张中生命的饱满，乔托单纯严肃的生命自白……说实话，众多名画让我应接不暇，只能走马观花。站在乌菲茨美术馆露天阳台上眺望，能见到不远处的乔托钟楼和圣母百花大教堂的顶部，它们平和并列，在天际下静默。艺术、宗教、建筑、天空、河流、脚步声……糅杂在一起，和谐中透着匀称。

我深吸一口气，竟想到了帕蒂·史密斯，这个摇滚教母，年轻时彷徨中来到日本，她阅读《人间失格》，下雪的夜里焦虑地行走，然后在书桌上一遍一遍写着太宰治的名字，写了差不多一百多遍。她以这种方式，距离她惶恐茫然的作家又进了一步。我站在意大利艺术殿堂之上，深吸口气。

一个月前晨起洗漱，我和先生谈论起文艺复兴，谈论美第奇家族对艺术的资助。一位新结识不久的女友很讶异我们夫妻之间的谈话，后来她主动和我说，她和前夫之间是从来没有这样的交谈。

轮到我讶异了，我说，难道你们之间没有精神交流吗？

没有。她黯然说道，即使有，他只会谈钱，谈正在谈的生意如何如何。

哦。

我把目光转向意大利，八月份先生带着儿子来到佛罗伦萨，因为儿子的拖沓，他错过了乌菲茨美术馆。此番行走好像我是代表着他一起观看，当然，我们约定好了，下次两人一起同游，会更有体悟。

华灯初上。领主广场是所有光华聚拢的核心地，大大小小的雕塑无言静默着、诉说着……凉廊中切里尼惊世之作《珀尔修斯和美杜莎的首级》吸引了我的目光。骄横的美杜莎在珀修斯手中已无力挣扎，她的首级甚至还在滴血。

梅第奇家族第一代托斯卡纳大公骑在马上，非常满意，他亲眼见证了切里尼大作问世。这位对艺术大力扶持的执政者，创立了乌菲奇美术馆、皮蒂宫以及波波里庭院，他同样受到世人爱戴、青睐。

鲁波隆的《强掳萨宾妇女》也令人叫绝！蛇形螺旋扭转，和《拉奥孔》一样，身体扭转到极致。三个人物画面的语言是如此丰富，我绕着它转了一圈，无论哪个角度欣赏都无可挑剔。

我听见不远处老桥上的歌声。孩子们嘻嘻哈哈围着一个表演木偶的街头艺人，她夸张的表情、优雅的体势，仿佛注入了魔力，吸引了流动着的人群。孩子们发出惊呼声，女艺人更加卖力，仿佛她就是匹诺曹的母亲，赋予了它生命和灵魂。木偶在空中翻腾、旋转，它有悲伤，有喜悦，孩子们完全被攫住了，眼睛瞪得滚圆，嘴巴张得可以塞一个鸡蛋。我仿佛看见——中世纪的白昼，九岁的但丁行走在这座石拱桥上，对阿特丽斯一见倾心，八年后他们真的在老桥邂逅，从此但丁被深情缠绕，一发而不可收拾。只可惜阿特丽斯红颜薄命，但丁只能把思念连缀在他温柔的诗体《新生》中。

我信步走着，这座中世纪以来建造的欧洲最早的大跨度圆形拱桥，它完好无损，二战期间也躲避过了德军的轰炸，据说这是希特勒下达的命令。夜风优雅，天空中有难以捉摸的绛紫色，我蹦跶着，孩子一样新奇，那一刻，没有人能领略我内心的喜悦。

布基洋缇酒店，大堂经理是老派的意大利绅士，金黄色的头发鬈曲，紧贴两鬓。意大利歌剧仿佛红葡萄酒，缓缓流淌到杯体中。他翻看我的护照，用一支上好的签字笔登记，一会儿他抬头笑了，说，他去过上海，是一个非常漂亮的城市。我点头称是。

等我深夜回到酒店取钥匙时，发现换成一个小伙子在值班了。他把音乐调成了钢琴曲，坐在电脑椅上来回晃动。

我有些微醺，晚饭独自品尝了意大利美食，那蘑菇小伞一样覆盖在整块牛排上，咬上去的滋味鲜嫩肥美。

我坐在酒店沙发中，随手翻阅一本画册，意大利语，有关乌菲茨美术馆，我饶有兴致地读。最喜欢一张黑白摄影作

品——破旧的教堂墙体剥落，四周有铁栅栏阻隔开。三个少
年靠着基座，一个在翻书阅读，一个交叉手臂凝神思索，另
一个拿着张似乎是赫本的明星照在看街景，不远处自行车也
躺倒一侧。二战时候的背景，气息却是明亮的，因为少年的
眼眸，神采有光泽。

　　我一直在等待黎明，等待佛罗伦萨被白昼唤醒。

　　等待花儿沐浴在阳光中，等待一个又一个静态的雕塑抖
擞身体，伸伸筋骨。

　　等那一丝天光从门缝里钻进来时，我早已梳洗完毕，实
际上我已经焦急等待了三四个小时。我已经无所谓是否需要
倒时差了，这样正好——我在无人的街头像一只白鹭，在罗
马也是，在拉斯佩齐亚也是，我嗅着凌晨的寒意，随意俯冲
和飞翔。

　　羽扇豆一簇簇，它像但丁的抒情诗连缀，盛开在一瓶瓶
葡萄酒前。阿诺河的老桥卸去了黑夜中的喧嚣，以一种古老
的宁静来承载神性。

　　我蹲下身子，拍摄磨得晶亮的青灰色街面，一辆防爆车
闪着强光从远处开过来。我退回长长的拱廊中，一如修女，
无数圆拱形的延伸将我的视线无限拉长。

看不见的城市：威尼斯

抵达威尼斯的时候，天气骤冷，羽绒服也不顶用。欧洲已真正进入冬天，更何况四面临水的威尼斯，寒气更重一层。西方之国酒店女主人说："没有雨，有雾，雾把阳光遮住了。"

朦朦胧胧的雾——注意，不是雾霾，我自我强调着。色彩鲜明的房子因为雾的缠绕而显得黯淡了一些。查了一下天气，明后两天大雨。上天已经很眷顾我了，整整六七天都是艳阳高照，不可能事事遂心。

放下行李，来到圣马可广场。看水域开阔处，泻湖中的城堡在朦胧中摇晃，能见度很低。我拿着手机拍照，不久手指就有些冻僵。想象中大自然慷慨赋予威尼斯美好的东西：阳光、闲情逸致、对话和美丽的风景——此时都打了大大的折扣。我逃进咖啡馆取暖，读布罗茨基的《水印魂系威尼斯》，出国前诗人长岛推荐的一本散文集。温茨洛瓦称布罗茨基的英语散文是"被公认为范文"。咖啡厅一杯浓郁的卡布奇诺和布罗茨基的文段，让我放松下来。寒意最会囚禁人的心灵，有时会使心脏蜷缩，达到一种痛感。就像一个诗人在流亡。在《悲伤与理智》中，布罗茨基有一篇名为《我们称之为"流亡"的状态，或曰浮起的橡实》的文章。他告诉读者，流亡虽然满含悲伤，但教会人谦卑。

幸亏寒意中有布罗茨基相伴。

我坐了很久，咖啡馆靠窗的位置换了好几拨人。最初是对老夫妇，英国人。后来是一对俄罗斯小青年，女的戴着貂皮帽子。再后来是非洲人。我的判断应该基本无误，好像独自玩着一个游戏，相同的地方，频繁换着主角。窗外是出了名的威尼斯海盗——鸽子，它们巧取豪夺，霸占美食。雾气吞没了广场，一切景致，全然都在别处。

布罗茨基写道：

> 接着就是威尼斯。我开始感到，这个城市不知怎的正在缓缓对焦，蹒跚在三维的边缘。它是黑白的，适合来自文学或冬天的某种东西；贵族的，微暗的，寒冷的，光线朦胧，在幕后带着维瓦尔第和凯鲁比尼的鼻音，云朵是贝里尼、提埃坡罗、提香的披着衣裳的女人身体。我向自己发誓，有朝一日如果我能摆脱我的帝国，这条鳗鱼如果能逃离波罗的海，那我要做的第一件事将是来到威尼斯……

原谅我引用太多，这一段还没完。总之，布罗茨基表达了自己死也要死在威尼斯的强烈愿望。结局也是基本遂了他的愿，他选择的葬身之地正是威尼斯的圣米歇尔墓地，毗邻而居的是他厌恶的诗人庞德。

布罗茨基还提到好友苏珊·桑塔格，他们一起参加威尼斯双年展，一起看望庞德的遗孀。那是 1977 年 12 月。晚饭后在剧院参加布罗茨基的诗歌朗诵会，"他站起来朗读他的诗作的时候，我一阵阵颤抖。他吟诵，他啜泣，他看上去华贵"。苏珊·桑塔格记录着当天情形，后来他们一起吃宵夜，在夜里散步，聆听深夜运河的汽笛声，在雾气蒙蒙的街道上触摸湿漉漉的石头，凌晨两点回到酒店。这就是威尼斯的生活方式。

醒来。枝头摇晃得厉害，听得见海风呼噢，海浪在重重撞击拍打着堤岸。冯骥才说，他总为那些数百年泡在水里的老房老屋担心。我却是感觉在船上摇晃，一如当年漂流南大洋中，睁开眼满目浮冰。

一夜的雨，使威尼斯整个城市又往上浮了一层。水涌到街面，涌到圣马可广场。我撑着酒店借来的伞出门，罗马买的那把我不知道是遗忘在了恩波利，还是佛罗伦萨？一点也回想不起细节。

威尼斯的古老中承载着庞大、融合、富足，最具有代表性的是圣马可大教堂，它将拜占庭式、哥特式、伊斯兰式、文艺复兴式各种流派于一体。狮子插着翅膀，即将飞翔，它的主人是耶稣门徒圣马可，他高高耸立，手持《马可福音》，从此成了威尼斯的守护神。

我似乎坠入迷宫一般在行走。整座城市是冰冷的色彩，青灰色的泻湖被风吹乱了形。湿漉漉的桥，湿漉漉的雕像，湿漉漉的小巷，湿漉漉的房屋。我感觉是在苏州街巷里弯弯绕绕曲曲折折，特别是有一条弄堂窄得只能侧身而走。马可波罗称苏州是东方的威尼斯，还真有相似之处。

我的行走完全没有章法。我放任自己随性。风雨交加中，我被挤上了乱哄哄的水上大巴士，乘客大多是上班族。海水翻滚着，海鸥盘旋，港口连着港口，我被推涌着又走上另一条石径。我甚至喜欢这种慌乱和不知所措。不断被撞击，被遇见，被坠入一片混沌与陌生中感知。

"意大利，"安娜·阿赫马托娃常说，"是个梦，它将不断在你的余生中重现。"

我躺倒在西方之国的酒店，很快入梦，梦见威尼斯，满心愉悦，我在桥的转角处，见着了柏拉图，推开一扇又一扇的门，海上的精灵闪现。在先哲的指引下，我沉静地绕过里亚尔托桥，乘着贡多拉，在古老的大运河里颠摇，仿佛在云端。是啊，无论谁来了、谁留下，都要在水上进行幻梦似的巡礼。一幢幢彩色的房子，一寸寸被天气染过色的灰泥，一个个圆柱，一簇簇尖顶，一座座形态各异的浮雕，一幅幅美妙绝伦的画面。

先生拜托我尽量多拍一些威尼斯的照片。"我会画下来。"他说。

醒来后觉得不可思议，在威尼斯梦见威尼斯，平生第一遭有在此处碰见此处的幸福感。生活在别处，我抵达了别处，我会厌倦它吗？不会，年少时的不安感已涤荡开去。我给自己泡上一杯咖啡，听见圣马可广场传来钟声——两位青铜摩尔人至今仍在敲击着铃铛，告诉我们时间在不停流转，告诉我们威尼斯这水上城市存在了一千多年。钟声极响，惊飞了广场上觅食的鸽群，它们盘旋，如云彩熠熠生辉。

大雨，我登上威尼斯最高的建筑钟楼。

有种不登长城非好汉的执拗，我想站在钟楼顶端俯瞰，去远眺美丽的阿尔卑斯山，去尽情领略泻湖全貌。电梯瞬间把我送到了 98.6 米的高处，门一开，风呼啸，雨点子弹一样密集扫射。我艰难前行，拧开照相机镜头盖捕捉。红色房顶错落有致，巴洛克式圆顶宫殿在其簇拥中显出高贵与优雅。黛绿色湖水朦胧、柔软，小心舔舐着墙体。我们大可不必担心水中的城市会融化，古代的威尼斯人何其聪明，他们在泻湖滩地上砸下密密实实的木桩，中间填上砂砾，再铺上一层又大又厚的伊斯特拉石板。

才五分钟，已被淋得够呛，逃回电梯，幸好捕获了几张好照片。蒋博宇的威尼斯油画也是在蓼蓝、靛青的海中展开笔墨，红色房顶其实混杂着深褐、中黄、土红……他是有才华和抱负的，他在插满烟蒂的画室中将西方的古典绘画赋予抽象力量的扭转，画面在凝固，似乎又在层层交织透出的缝隙中得到无以言表的绽放。可惜，他还没来过威尼斯。

我一心想要到达布拉诺彩色岛，那里的房子色彩斑斓，人们凭着丰富的想象力把自己的房屋装扮如童话。风雨交加中，我撑着伞艰难前行，到处打听 14 号巴士在哪里，终究未果，对我而言，它成了一个远方、一个无法抵达的寓言。

布罗茨基从苏联流亡到美国，是标准的"俄语诗人，美国公民"。

他竖起衣领，孤独、慢悠悠地走在威尼斯的街头。他疲惫不堪，喃喃自语，嘴里念叨着一些古怪的、只有上帝才知道从哪里挖出来的台词。花神咖啡厅依然开着，露天的广场被雾覆盖。他和我匆匆擦肩而过。他一定不认识我。我却从他的眉毛、深邃的眼睛、脸部流露出伤感中辨识出。

他在睡梦中离世。

死于纽约。而他在睡梦中一定梦见了威尼斯。我想是的，他在彼岸梦见此处。

布罗茨基在重申："水相当于是时间，向美献上了它的影子。部分是水的我们用同样的方式服侍着美。这座城市通过与水的相濡以沫，改进了时间的外貌，美化了未来。这就是宇宙中这座城市的角色。"

圣特雷莎修女坐在我的对面。

她穿着一件白色的羽绒服，头上盖着白色头巾。她的面容安宁、祥和，鼻梁高挺。她一直盯着车窗外，大多时候走神了，她嘴唇紧闭，仿佛一尊雕塑。久了，累了，她把头靠着座椅上。偶尔瞥一眼对面的我。火车驶入威尼斯。她下车。我也下车，拖着行李——我觉得她的名字就叫圣特雷莎，贝尔尼尼的圣特蕾莎，她有着一贯以来的冷静和理性，然而，在某一个瞬间，终究没有抵挡住迷狂和眩晕。

我买了个面具。

威尼斯大街小巷都是这玩意儿。我戴着面具走在街头，只剩一双黑色瞳仁。一个男人打扮成女人，拎着一只篮子，里面放着一只小猫，他向我走来。我瞧见烤栗子的男人嘴唇粗厚，兴味盎然地翻着栗子。我沉默不语地走了半个小时，我一直沉默不语着，我停下来，我想着，去圣米歇尔墓园去看看布罗茨基的墓。他的墓碑上铭刻着拉丁诗句"死亡未必毁灭一切"。

晨曦中的威尼斯明亮、清新。

淡蓝、粉蓝的光泽映射在水天之间。一种精致的温和笼罩，一种无限性的爱抚亲临。

泻湖的水位更高了，它让漂浮的城市更有坠入梦乡之感。每一个沉睡在威尼斯的人还在梦见威尼斯，梦见圣马可广场边总督府华丽的哥特式建筑，遥想 9 世纪就有大量的阿拉伯人涌入威尼斯；梦见贡多拉，梦见各种形状的桥，叹息桥、里亚托桥、学院桥……梦见教堂里的壁龛、圣母的微笑、河岸边贪吃的肥嘟嘟鸽子。

有仙女拿着魔力小棒轻盈飞翔、停留。她轻启朱唇，呼唤游客——快快醒来，这是阳光灿烂的一天，是上帝赐给你在威尼斯最好的礼物。独立小桥风满袖，在威尼斯桥上，我却不能再徘徊、回望。威尼斯是"看不见的城市"，是一个梦想，一个记忆，一个乌托邦的城市。

马可波罗是最有发言权的。他在卡尔维诺小说中成了一个哲学家。可汗问他："你是为了回到你的过去而旅行吗？"或者"你是为了找回你的未来而旅行吗？"马可的答案是："别的地方是一块反面的镜子。旅行者能够看到他自己所拥有的是何等的少，而他所未曾拥有和永远不会拥有的是何等的多。"

米兰的约定

面对无可争辩的艺术美，我只觉得时光匆匆，来不及饱览。火车站、酒店、行李寄存处……这些对我来说已相当熟稔。背着照相机，行色匆匆穿梭在米兰铺满梧桐树叶的街道，我发现我是多么适合独自行走远方。

斯福尔扎城堡附近的公园，充满了闲适。阳光慷慨地铺洒给了每一棵树、每一根草、每一个人。一位貌似中国武侠小说中的洪七公的人脱掉外套，四肢裸露在外，他舒坦地坐在木椅上享受祥光，满面红光白须飘飘。

林荫道下骑单车的孩子你追我赶。树叶静美，我仰躺在大地。

高大的悬铃木，枝丫纵横。我深吸口气，充分感受大自然清新、澄澈、透明的气息。

翻阅《意大利的黄昏》，这是英国小说家劳伦斯的散文集。描写了一战爆发前他到达意大利加尔达湖区的所见所感。加尔达湖山明水秀，让劳伦斯感受到这是一个安顿生命的精神家园、一个抚慰心灵的收容所。

那天下午，我在旧书摊买了一本旧小说。

涂成橘黄色的叮当作响的电车弯曲而过，蒙特拿破仑街的顶级奢侈品在橱窗里闪闪发光。从斯福尔扎城堡走到米兰大教堂并不远。在来来往往的人群中穿梭，我似乎和谁约会，对，我们约定好了，在米兰大教堂屋顶相见，在丛林一般的大理石山相见。

我锲而不舍地去拼接记忆碎片，来追忆曾在我生命中逝去的时光。它发生了偏差，这不要紧，我希望我的过去和未来都有戏剧性的变化——因为我拥有它的权利太小了。

那个人，会去吗？

在米兰大教堂前，我像圣特雷莎修女，有了不可抑制的眩晕感。这是向天空升腾的节奏。宏大的哥特式建筑在阳光下变成了金色，盛大的金色体自身绽放着光芒。墙面的雕塑数不胜数，或布道，或祈求，或俯视苍生，或做冥思状……世界上最伟大的雕塑家选择了世界上最好的大理石，纷纷在米兰大教堂完成作品——难怪拿破仑选择这儿作为他的加冕之处。

我听见了他的召唤，我所约定的人。我十分顺利地绕到教堂后边乘坐电梯，直接抵达一百零八米高的教堂顶部。一百三十五个尖塔和雕像在光和影映照下焕发出神性，他们目光下垂，柔软悲悯，尊贵平静，在空灵处关照人间。我继续在大理石山之间攀越，这些冰冷的石头饱含着情感。最震撼的是中央塔上的圣母玛利亚雕像，她被无数金叶片包裹，光辉夺目，璀璨至极。

那个人在丛林塔中闪现了片刻，又倏忽不见。

我在教堂对面的餐厅入座，天很冷。我坚持在室外用餐，我想看着太阳的余晖一点一点从教堂身上褪去直至沉入黑夜，我也想等待我所约定的人一起用个餐说话。薯片、火腿、意面，很快我吃完了。教堂的颜色涂上了一层血牙红，颜色不断慢慢加深、加深，它是凤凰，在涅槃。是的，整个米兰城涅槃过无数次。1158 年和 1162 年在同神圣罗马帝国的两次战争中，米兰城几乎全部毁坏，断垣残壁，满目疮痍，可谓命运多舛。米兰人民好不容易在残骸中重建城市，然而 1402 年一场巨大的黑死病瘟疫，使死亡变成了常态。第二次世界大战，墨索里尼又把米兰带上不归路，盟军地毯式的轰炸几乎把米兰夷为平地——摧毁、重建，再摧毁、再重建。

那个人迟迟不来。他爽约了。然而我并没有失望。

在布达佩斯时，我差点与一位密友相见，我们前后相差一天在布达佩斯逗留，如果我晚一点走，如果我不那么着急去布拉格，我们就可以一起走过塞切尼大桥，登上盖列尔瓦特山。他是个诗人，他一定会在山上即兴写下一首诗，用颤抖的声音朗诵，因为激动读不出的时候我接着朗诵。我也曾和一位小说家约好一起罗马假日，像老爹海明威说的带上武器，我们在电话里笑得乐不可支，知道这些念头都不会实现。

斯福尔扎城堡，我来到米开朗基罗的《圣母哀恸》前。一个独立的馆摆放一件艺术作品，是对艺术的敬畏和热爱。意大利中学生安静坐着听老师讲解。我远望它，雕塑作品在灯光照射下显得有些惨白，和哀恸相呼应。

未完成。雕塑脸部有些模糊，但哀恸已"力透石背"，宁静中带着无以言说的悲凉。

2018. 1. 20

日本行随笔

在远方，找到一张安静的书桌

如果说，没有行走，我会渐渐委顿、心烦意乱。

也有人说，行走会上瘾的，它是一种生活状态，久居时日自然而然会想着下一个目的地在哪里，去把迷失在尘世中的自我牵拉回来。

这实在是一件有意思的事情，好像谈着一场又一场的恋爱，不断邂逅，眼目清亮，不断把自我新的潜能激发出来，从而认识世界。

书案和枕边多了一些日本文学书籍。《金阁寺》《源氏物语》《罗生门》《人间失格》《菊与刀》《伊豆的舞女》。我对旅行中衣食住行攻略并不特别热衷，船到桥头自然直，但对远方的人文气息与民族文化的探究重视有加。

陈丹燕说过，有时一去万里，真的只为找到一张安静的书桌。

仍记得在阿根廷布宜诺斯艾利斯，我捧起博尔赫斯的诗集静读。而土著人正埋头在树下编制着精美的皮质工艺品。那种感觉非常玄妙。穿越时空，我和诗人、文学、城市在一起。

在日本的朋友和我联系，问我主要想去哪些城市。京都、奈良、镰仓。我不假思索脱口而出。也许我会在镰仓的花园小径上与光源氏相遇，也许和三岛由纪夫一同在红枫下怅望金阁寺的金碧辉煌，或许巧遇铃木俊隆禅师坐禅，他微笑着对我说：你是一个自由的人，去吧，认识你的初心。

一个人，对日文一窍不通，带着对行走的执念出发了。朋友的一句话仿佛让我吃了定心丸：在日本，到处都是中国字，丢不了。

转眼三个小时的飞机，把我放在了异域之邦。但真不紧张，方块汉字比比皆是，地名中日文几乎一样，偶有差别。日本在汉字传入之前本无文字。汉字传入日本后，不仅为公家所用以记录史实，且为一般学者用以著作写书，成为当时日本唯一的正式文字。

每一个细胞被唤醒，当从大阪乘着新干线疾驰在田野上直达京都时，我有了灵魂飞扬的感觉。秋天的岑寂还没彻底来到，田野上燃烧着激情，青山隐隐，幻想的气味化成了真实感笼罩着我，冥冥中远方的通道已被我打开。

站立在京都大学正门口巴士车站前远望，山在湛蓝的天壁下蜿蜒起伏，透明的银杏叶泼泼洒洒，铺盖着地面。京大的学生们穿着薄外套或疾走，或骑着自行车而过。恍然间，看到了村上春树《挪威的森林》中的渡边君和直子，他们俩穿着胶底鞋，踩在路面硕大的法国梧桐落叶时候，发出"嚓嚓"的干燥声响。直子清澈无比的透明眼睛，目不转睛注视着渡边君，凄苦、无奈、寂寞，说不清的心绪绕在这对恋人之间。村上春树出生在京都市伏见区。京都的哀婉、凄美从小就浸润了他。"如今想来，那真是奇特的日日夜夜，在活得好端端的青春时代，居然凡事都以死为轴心旋转不已。"

中午休息片刻，在京都的第一站我去了金阁寺。

金阁寺太过盛名。据说当时建造过程中，全国通力支持，上至皇亲国戚文武百官，下至平民百姓纷纷布施，唐代宗甚至下诏命全国十节度使助缘建寺，化缘僧分赴全国各地为建造金阁寺募集布施，工程历五年而竣。寺院富丽堂皇，规模宏伟，寺中金阁高达百余尺，有上、中、下三层，雕梁画栋，高耸入云。

当然，吸引我前往更大的理由是作家三岛由纪夫，这个诺贝尔文学奖获得者代表作《金阁寺》集中体现了他所钟爱的"毁灭之美"。当挤在人群中轻移脚步选择最佳角度拍摄金阁寺时，不由让人惊呼"世上最美的存在"。美轮美奂的建筑巍然耸立，火红的枫叶把层层叠叠的情感堆积，然而，寂灭之美暗生期间，以至于口吃青年面对这种坚不可摧的美，决心把它付之一炬，从而来抵抗人生虚无与绝望。

围着金阁寺走了一圈，天晴了，阳光毫不吝啬地洒向它，它又顿生出凛然之美。主人公汹涌的疲劳感给了他最后的勇气。作家三岛由纪夫切腹自杀，也将大和民族中对生命的幻寂感推向极致。

红叶飘零无寄，随水转辗而落低洼。

京都的夜晚，秋雨潺潺。雨水顺着屋檐处银白色的瓦当滚落，成了断线的珠子。我撑着雨伞走在祇园的花见小路，见两位艺妓涂着苍白的脸、精致的唇，躬身钻进高级轿车，必是去赴一场秋月春花之约会。

掀开江户川居酒屋布帘，我要了两杯清酒，淡而泫，慢慢饮啜，听那缓缓的东洋音乐，渐渐有了卞之琳《尺八》中的萧寂：想一个孤馆寄居的番客，听了雁声，动了乡愁，得了慰藉于邻家的尺八。次朝在长安市的繁华里，独访取一枝凄凉的竹管……

微醺着，慢慢踱回到国际青年旅舍，耳畔仿佛还有白日里所见和服女子穿着木屐发出的轻微的哒哒声。到二楼公共阅览室书桌前，翻开日文版《源氏物语》，虽不能完全读懂，但能有所体悟，这是最妙的境界。第一回写《桐壶》，文字极为清丽、典雅、秀洁。

有诗为证：

秋凉凄伤泪，
荒草更孤零。
遥怜荒渚伤，
小草独凄零。

庭园中的宇宙

日本的庭园，和中国的后花园不同，没有《牡丹亭》里才子佳人的惊梦，也没有百花争艳的娇媚。有的只是心灵的澄净与观望，以及生命深处的闲寂淡然。

那日从古都奈良东大寺出来，心里怅怅的，有说不清的落寞，唐朝宏伟的建筑气象在异邦留存得如此完好。我们只能觅了它的影踪而无缘长期留守。

无意中溜达进吉城园，对于外国游客，庭园是免费开放的。满地的苔藓，一小球一小球，起初误以为是绿草。苔藓喜阴喜潮湿，小小的脆弱的生命个体里蕴含的是卑微倔强姿态。唐诗李商隐的诗句"阶下青苔与红树，雨中寥落月中愁"很微妙地表达了此景。霎时间，心沉静下来，松门寂寂，照见本心。

抬头不远处是池塘庭园，树木掩映之中水波轻摇，那是闲寂之风在吹。很自然联想到松尾芭蕉的俳句《古池》："闲寂古池旁，青蛙跳进水中央，扑通一声响。"于是，放下行李，坐在茶室的木板地上，凝眸，体验这一刻的宁静与永恒。

落红无数，几乎都是枫叶。密密匝匝，堆积在苔藓上，漂流在清水中。呈现出凄楚、婉约之美。物哀的情绪弥漫出来了，那是川端康成的无奈、孤独、寂寥，是太宰治的恐惧和自我放逐，是芥川龙之介的怀疑主义和悲剧意识。

茶道庭园小而秀雅。没有人出入，但透过玻璃窗可以瞥见洁净的环境。挂轴、茶釜、株花、茶具、木炭，每一样物品，静谧摆放，和茶室共同呼吸融为一体，形成了和敬清寂的氛围。只可惜在日本我始终没有机会参与整个茶道过程，来体验大和民族对于死生、刹那、寂静、敬重之美的独特理解。

继续游走，我相信生命中有许多可遇而不可求的时刻，自然而然地发生和遇见，心灵会有一种无比愉悦的满足感。

另外一次，是在镰仓的长谷寺。

抬脚要离开寺院的时候，瞥见一处地方，写着"书院"两字。踏进后内心惊呼，众里寻她千百度，这正是我苦苦寻觅的日本庭园的特色啊！这里有的是白砂、大石、苔藓、松树，极简，极素，极枯槁，极自然，极幽玄，名曰"枯山水"。它和禅境相通，让修行的人在此处直抵宇宙的内核。

白砂铺盖着中庭地面，被耙上或平行或围绕枯石假山的波段起伏，让静止的庭园里多了流动的线条，如江之岛的潮汐涌动。石幢古朴凝重，周围的同心圆将凡尘中的往事重重推却，只剩一颗简约的心。园里多历经风霜的老松，有枯槁威严之状。白石貌似随意闲置，却让观者无限想象，产生没有边际、不着痕迹的美感力道。

枯淡留白，无物胜有物，一沙一世界。

室内有人在抄写经书，端坐，着细碎花样的和服，低头默默。

镰仓物语

我执意要去镰仓。

镰仓在日本只是一个小城镇，面积不大，名气当然没有大阪、东京来得响亮。我只是被直觉牵引，我觉得理所当然要把一天的时间慢慢消磨在古老的镰仓城。

从京都坐新干线辗转过去要三个小时。加上我不通日语，周折自然要多一番，有时电车坐反了方向，开出一站后感觉出貌似不对，再急吼吼跳下车重新换对面车。看日本人坐电车、巴士都不急不缓的，从来没有插队、抢座位、争吵、大声喧哗、车内接手机等现象，于是自身焦虑浮躁的一面竟也渐渐被拂去。

定定心看车窗外的风景。镜头是跳跃、模糊的，但见日本村落、田舍、青山、雾霭，刚刚一会儿雨丝飘洒，随即蓝天白云爽洁明媚，转眼又是萧萧芦苇于夕阳中伫立。

风一样速度在疾驰，风一样自由，这一场特殊的火车之行，让我充分学会与自己相处，与陌生的世界相处。沿途欣赏着异域风光，喜欢着纷至沓来缤纷的一切，我晓得自己内心一点点变得强大与柔软。去年的此刻我在南极，在寒风肆虐的冰盖上与一群群憨巧的企鹅接近，我张开四肢躺在雪地上与太阳直视——如今我剪成短发，很干练的样子，穿着牛仔裤，风尘仆仆赶往镰仓。

米原、静冈、新富士、名古屋、新横滨、热海，随着一个个地名越过，眼前出现了一片蔚蓝大海。镰仓是海滨城市，据说夏天时候冲浪的年轻人络绎不绝。

到达目的地已是傍晚，太阳即将落山，去看海吧！江之岛的海水在退潮，空气里弥漫着一股腥味。而登高极目远眺时，海水在脚下涌动，似乎到了天涯尽头。转瞬，一轮孤月皎皎空中斜挂，海水扑打着礁石，惊涛拍岸。此时摄像机已拍不出任何影像，也罢，用心感受，风景就印在了心中，而不要总是想着去占有和掠夺。

江之岛的石灯在树木掩映中露出幽光，拾级而上，觉得那灯光极富余韵，如和服女子行走时，素色衣裙内侧隐约一痕鲜艳的衬里。

第二天醒来想着要见白天的海。如同见了一个心仪的人，念念不忘。想在海滩边晒着阳光悠悠缓缓坐上一个时辰，想听听海鸟的声音，想什么事也不干，只是看着海水发呆——这些都不是难事，跋涉了千山万水，就是想满足自己心中一个又一个的热望。

我在海边抱膝凝望，远处千帆竞发，而海水在脚下一点点推涌过来。弯腰捡了两个多孔的火山石，还有一枚棱角被海水打磨圆整的碎瓷片。碎瓷上的花纹极美，靛青色，缠枝莲，有宋朝的气息。

在镰仓小城里闲适漫步，会不自觉被家家户户精致的院落、门扉里探出的花所吸引。叫不出花的名字，但它们一簇簇极尽鲜妍或淡雅。《源氏物语》第四回《夕颜》里就写道"这里的板桓旁边青葱可爱的蔓草。草中零星地点缀着些百花，素雅可爱。"里面居住着薄命女子夕颜，从此与光源氏的宿缘也拉开了。

日本是一个爱美的民族，也是一个极易伤感的民族。门前的篱笆，篱笆上的藤蔓，石臼里的清水，清水里一株红枫的倒影。两只柿子，一盆菊花，一席竹帘，三两只鸟雀。几乎都是轻轻逸逸的感觉，划过一道影子，听过一声啼叫，倏然里花颜消逝，美人迟暮。

我听凭于直觉牵引——漫无目的在小城闲走时，一切都似曾相识。

站在高德院大佛前，心情更是明净，无求，不悲。这尊青铜大佛历史追溯于 1252 年的镰仓时代，它曾经位于一座寺庙建筑中，而原本容纳大佛的木质寺庙建筑毁于 15 世纪末室町时代的一场海啸，但佛像却保留了下来，从此露天而居。沿着大佛 360° 转一圈，蓝天映照下的大佛呈现出不同角度的慈悲心怀。

在佛前银杏树下默默坐了很久。微风袭来，黑色乌鸦盘旋着上升，黄得透明耀眼的叶子一片片飘零。我内心被无数个细节充盈着，也许，生命中某些时刻是在虚度时光，但大佛下静坐却有着无以言说的收获。

出门拐角，阳光拉着长长的腔调，洒在高德院的门楣上。想起正冈子规的一首禅诗，极吻合：

坐在法隆寺的茶店歇脚

吃着秋天刚成熟的柿子

耳边传来寺内的钟声

东京的雨

雨天。雨斜斜飘洒。雨密密交织。这是一种常态，日本人手上总会提着一长柄伞，好像拿一根拐杖，很洋派很悠闲地游走。但地铁上他们步履匆匆，几乎没有人漫无目的游走，如果他的游走阻碍了别人前行的脚步，就会被视为极端无礼的行为，会遭遇鄙视。

我拎着一把雨伞从上野公园站头出来时，天气阴冷，已经立冬了，风里的寒意袭来，夹着稠密的中雨，我打了个哆嗦，缩紧头颈，上野公园的工作人员穿着透明雨衣在执行公务。走了几十米，发现这公园附近竟有赫赫有名的东京国立博物馆，有东京科技博物馆，有国立西洋美术馆，有东京艺术学院、东京文化馆等等。浓郁的文化气息笼罩着上野公园，我感谢起推荐我来此地的友人，青平君——他还在地铁上，说让我先到上野公园转转。

可惜周一闭馆，有些许遗憾，这并不影响我的情绪。我踩着满地的叶子幽幽前行。银杏叶子经过雨水浸泡后有一丝少女的饱满与晕感，它们黏附着地面，丝丝入扣。乌鸦的叫声在上野公园上空此起彼伏，"啊——啊——"，但很单调，我曾和青平君戏说，怎么没有高八度低八度之间的过渡？乌鸦浑身漆黑，仿佛木头做的，京都大学的两棵树上居住着著名的几只乌鸦。

青平君说，刚来日本，见到乌鸦扑棱棱向他飞来有些惊悚，现在入乡随俗习以为常了，每天早上乌鸦的爪子抓住他宿舍铁栏杆时发出的撞击声就是他晨起的信号。

上野公园的星巴克咖啡店，建筑也是日式的，和周围环境很搭。坐着慢慢饮啜，看窗外来往的行人，心里泛起雨后清新的淡薄之味。背着小提琴匆匆而过的女子，眼神里有紫藤缠绕的劲儿；西装革履拎着公文包低头而过的男子，神情寡淡。落叶纷飞，一页页，一片片，芳草萋萋鹦鹉洲——忽然盯住眼前的玻璃窗出了神，脑子空白，青平君在对面拼命招手，我才回醒过来。

青平君有一双清亮眸子，使得他在很多环境下都能洁身自好。他带我去东京大学，沿途经过弥生美术馆，馆内有日本著名画家竹久梦二的画展。这位画家曾经让丰子恺赞赏过，"这寥寥数笔的一幅小画，不仅以造型的完美动我的眼，又以诗的意味动我的心"。青平君宿舍衣橱上里贴着一张竹久梦二画展的彩色宣传页，可见他对画家的喜爱。他儿时跟父亲学过素描。我愚拙地问了声，"竹久梦二在日本很有名气吧？""何止，在国外更有名气。"青平君说，眼神里不知怎的有梦二一般的忧伤和纠缠不休。雨中草，水中花，蒙蒙的雾气，清雅流动的声音，原想雨天在弥生美术馆慢慢消磨也不失为一件有意思的事。但同样因为周一闭馆而被拒之于门外了。

雨势不见减，于是去东京大学。大学有特殊的人文氛围，况且东京大学是亚洲最早的西制大学之一，从中走出的人才可谓声名赫赫，八名诺贝尔奖得主，十六位日本首相。我随青平兄进了一家食堂用餐，圆拱形的屋顶犹如伞架，其欧化设计更让人觉得是穿梭在博物馆或图书馆。我们安静地吃着日式料理，每一小碟的菜精致适量，捧着木碗我不敢有丝毫浪费，将米饭全都塞进肚子。

绕过著名的安田讲堂，我们默默踩着饱蘸雨水的银杏叶行走，青平君说，这银杏树是东京的市树。他工作的地方——文学研究所前面就是几排几百年的银杏树。可以想象梁启超在这儿低头沉思过，银杏叶打了个旋落在他辫子上，他萌生了倡导改良的政治主张。而那位有着光洁额头、刘海齐整的冰心，也在这片散发着金色光泽的银杏叶留下了纤细的脚印，她于1949—1951年曾在东京大学新中国文学系执教，讲授中国新文学史。

青平君走路太快，过一段时辰把我甩开一大截，我便呼唤他："慢些，慢些，等等我。"他无可奈何笑了，说："不瞒你说，我和夫人上街，也是经常自管自走路，把她不知丢过多少回，为此夫妻总要吵架。"

青平君是国内一所大学的教授，这一年他在东京大学做访问学者，一年的日常起居和学习工作，使得他身上明显具备了日本人的礼仪气质。他谦逊、为他人考虑得多，但脾气耿直，有时一针见血把你痛处直接戳得无形逃遁，瞬时让人有种下不了台面的尴尬。但因为是好朋友才会如此坦诚，于是也就春风桃李一杯酒，在酒杯中化解不快。

他在东京大学也总是独处。一日三餐在学校食堂，晚餐后在图书馆待到九点左右，查资料写论文，然后绕东京城骑车一个小时，到达白金站台边上的住宿处。典型的一个学者形象，严谨，有内涵。

饭后他在校园散步，最常去的地方就是校园里的心字池。

我既然来到了东京大学，他觉得这水池是最值得和我分享的地方，因此尽管雨猛烈地敲打着伞面，我们照样前往。我们在树林间行走，脚底是光溜溜的石头，他这回很细心，每走两步就回头叮嘱："小心，路滑。"

心字池也叫三四郎池，是出自日本作家夏目漱石的作品《三四郎》，在那小说里三四郎的心里有三个世界：一是故乡；二是学堂；三是那个刚刚在他眼前展现开来的光怪陆离的世界。明治青年三四郎在这片池子旁读书、思考、畅谈，但心中仍有无以排遣的彷徨和苦恼。

树木倒影映在池面上，斑斓多姿。红、黄、绿，各种颜色的叶子漂流在水面上，和着密集的雨点子，恍然中有些惆怅和说不清的凄然。青平君说："我从来没有在雨天来三四郎池散步，今天你来了，托你的福，我也便体验到了雨中的感觉。"

我又听见乌鸦的"啊啊"声，我的背包一半已湿，手也开始冷得直哆嗦。我央求说："找个居酒屋吧，我们去喝清酒、青梅酒，暖暖和和的，好好聊个天，明天就要和东京告别。"

于是我们去了东京最繁华的银座。在异乡酒中，我们肆无忌惮交流着，壶很小，几口就饮尽了，我们叫喊着，让侍者一瓶接一瓶地加酒。居酒屋里也有穿着和服的日本女子。酒多了，脑海里浮现起横光利一的文句："一日，友人自伊豆归来，穿和服裙裤，悠悠然，藏掖起去过了哪里的身姿。独个人在空荡荡的屋子里击掌，漂浮起的唯有尘埃。"

酒后一人坐电车回旅馆，青平君没送我，说回去还要还文债。多摩川线，有种压抑的静寂的可怕。我站在蒲田地铁口，看那站台上一撇一捺的中文汉字，摇摇晃晃带着些许伤感步行到旅馆。

2015. 1. 5

台湾琐记

树上的"男爵"

初到台湾，见识了一个有意思的人——树上的"男爵"。

这是散文家赵丽娜的一个朋友。约好在台北的蜂大咖啡厅见面。咖啡文化在台北流行甚久，这蜂大咖啡厅也是个典型，1956年就有了，老台北人有在其吃早点的记忆，葱油饼、咖啡、油条，中西结合。"男爵"介绍台北有两家老咖啡厅值得追溯，还有一家便是明星咖啡馆，当时作家与文青聚集的地方。我记得白先勇有一散文集名为《明星咖啡馆》。黄春明、施叔青、周梦蝶、李捷金、陈映真……台湾文学的中流砥柱几乎都在明星咖啡馆出入过。白云苍狗，瞬息万变，但两家老牌咖啡馆屹立不倒。

"男爵"是台北文艺老青年，六十岁，姓什么我竟现在一点也想不起，丽娜介绍给我时说，他在意大利米兰留学过，专门学艺术空间设计，是卡尔维诺的学生——卡尔维诺！我惊呼，那可是大脑结构复杂精致无人能及的泰斗级作家。他曾给这位台北青年传授过什么？戴鸭舌帽的"男爵"讳莫如深地笑了，瘦削的脸庞有种诡异。

他背着一个布包，里面塞满了书，当即取出两本送给我和丽娜，一本是林文义散文集《遗事八帖》，一本是简桢的《天涯海角》。好书！我一下子对"男爵"产生了兴趣。当天下午，他带我们去感受台北的书店和夜市，从侦探书店到水牛书店，从龙山寺附近的夜市到阿良的爵士乐音乐吧，我们从下午三点一直行走到深夜十一点。他是一个苦行僧，或者说是行吟诗人，背着沉重的书袋，从意大利行走到台湾，从二十岁行走到六十岁，然而速度奇快，体态轻盈，有跳跃感，飘忽不定，常常把我们甩得望不见影子。我临街感叹——他可真是一个树上的男爵啊！

丽娜噗嗤笑了，她说，你这个称呼倒是形神兼备，又借用了他导师的小说名。于是，我们的交流中就用"男爵"词语取代了他的名字。"男爵"一生感性浪漫，他马上要举办自己的婚礼，据说婚礼要通过火车来完成——把整节火车包下来，当火车冒着蒸汽隆隆驶向目的地后，迎亲的队伍一面朝向广阔的玉米地，一面朝向神圣的教堂，物我合一，天道自然，这真是一幅不可思议的画面——我衷心祝愿他能实现梦想，在台北如此创意并非罕见。

邂逅《寒食帖》

《寒食帖》。对，台北带给我的一大惊喜是与《寒食帖》的相遇。

我们去台北故宫博物院时，恰逢郎世宁的特展。对于这位来自意大利，历任清朝康、雍、乾期间五十年的宫廷画家，我抱有一种常规式的热情欣赏完了他的画作。当踱步来到天宝九如展厅时，我被眼前一幅漫漶着历史烟尘、个人生命气息的书法作品震慑住了——苏轼的《寒食帖》真迹，天下第三行书的神品，竟然在此处不期而遇！

《寒食帖》是苏轼被贬黄州后遣兴之作，逢寒食，逢苦雨，逢病起，逢孤身穷困潦倒，于是孤郁、惆怅之气难以排遣，泼墨疏散，只那"哭"字便荡尽辛酸。整幅作品也似苏轼一人长歌当哭，腾挪跌宕，一个人的舞台，一个人的历史。

自我来黄州，已过三寒食。年年欲惜春，春去不容惜。今年又苦雨，两月秋萧瑟。卧闻海棠花，泥污燕支雪。暗中偷负去，夜半真有力，何殊病少年，病起头已白。春江欲入户，雨势来不已。小屋如渔舟，蒙蒙水云里。空庖煮寒菜，破灶烧湿苇。那知是寒食，但见乌衔纸。君门深九重，坟墓在万里。也拟哭途穷，死灰吹不起。

当诗篇辗转到黄庭坚手上，他睹物思人，难掩激动之情题跋，对苏轼表示了绝对的崇拜，我连读三遍也仍不觉过瘾。"东坡此诗似李太白，犹恐太白有未到处。此书兼颜鲁公、杨少师、李西台笔意，试使东坡复为之，未必及此。它日东坡或见此书，应笑我于无佛处称尊也。"

和《寒食帖》面对面接触，需要屏息凝神，虽隔着玻璃镜面，仍然能嗅到寒食节困苦的气味。尤其看到神品边缘处有被火烧过的痕迹，便有一种悲从中来不能自已的历史沧桑感。《寒食帖》命运多舛。英法联军火烧圆明园，《寒食帖》险遭焚毁，旋即流落民间，至1922年，有人将《寒食帖》高价出售给日本收藏家菊池惺堂。1923年9月，日本东京大地震，菊池家遭灾，所藏古代名人字画几乎被毁一空，当时，菊池惺堂冒着生命危险，从烈火中将《寒食帖》抢救出来。

台北故宫博物院顶级的书画藏品，五年才露一面，能遇上《寒食帖》，实属缘分。离开台湾当天，还有一个上午可以休闲，我再次去故宫博物院，会见苏轼，会见《寒食帖》。

阳明山美学

阳明山，绵延横卧在台北近郊。山有气质、有性格，台湾国立中央大学哲学研究所冯沪祥教授称之为阳明山美学。我在林语堂故居请教冯教授，这种美学特征具体表现在什么地方。他说，反映了王阳明哲学，做事要彻底，要找回强大的内心。

山风拂过，高洁无痕，天地之中，谈美学，此情此境是最合适不过了。连上咖啡的服务员也面带微笑对我们说——生活即艺术。我们会心笑了，冯教授因此谈到林语堂和苏轼，说林语堂最喜欢苏轼的理由是，苏轼身上既有儒家的正气，也有道家的灵气，还有佛家的清气。"合情合理即是美的"，这是林语堂的东方审美，他将之翻译到国外很顺手——reasonableness。

冯教授气质儒雅，浑身散发着朗朗清气，我双手奉茶拜师，在林语堂故居清幽之境，亦是我难忘的一段记忆。

台北随意慢走，会不经意地和民国大师邂逅，这是旅途中的惊喜。

先拜见了画家张大千。他的摩耶精舍依旧，灰鹤如今也是八十五岁高龄，仙姿在日光中翘首，而他的长臂猿在主人归去后叫声凄厉，隔壁邻居实在受不了，于是将之送到他处。2013 年我曾有幸在北京故宫博物院看到张大千的临摹敦煌壁画展，感知了他一念之诚、不可遏止的执着。而今在张大千的凉亭，听山泉溪涧声，闻草木奇花香，想大师真性情的风采，实属雅致。"摩耶"二字出自佛教典故，释迦牟尼佛之母称摩耶夫人，据传腹中有三千"大千世界"。大千先生取之作为居所名字，寄寓了人生之大智慧。

台北北投山里，掩映着"少帅禅园"。少帅是世人对张学良一生的名称，西安事变，他英姿勃发。然而接下来，从三十八岁到八十三岁，他就一直处于被软禁状态，不能问世事，那他只能选择读书。在榕树下，在禅园露台上，在温泉边，他读明史，读人生。禅园幽静如昨，仿佛岁月凝固。我双脚浸泡在温泉里，听榕树下风铃声，遥望张学良夫妇起居室外挂着的一巨幅照片——张学良和蒋经国的合影，忽然想到了一对联——"关怀之殷，情同骨肉；政见之争，宛若仇雠。"那是张学良得知蒋介石逝世后写于私信中的内容，其个中滋味已无以言表了。

地热谷，热气氤氲，似白雾笼罩。微风中，沿着溪流信步走，来到一处叫"梅庭"的地方。不料想却是于右任故居，喜出望外。于是静坐片刻，沉浸于书法之韵，于右任是一代草圣，中国当代书法史上一个高度。先生的为人更是为后人推崇——"先生一支笔，胜过十万毛瑟枪"，"落落乾坤大布衣"。

透过木造落地窗，瞧得见屋外的梅树，想那于右任老先生清晨一袭长衫在北投温泉溪涧旁踱步，听见树叶飒飒声，不知思悟着什么。他一直想叶落归根回到故乡，可惜这愿望终究没能实现，于是喑哑慨言：

> 葬我于高山之上兮，望我大陆。大陆不可见兮，只有痛哭。葬我于高山之上兮，望我故乡。故乡不可见兮，永远不忘。天苍苍，野茫茫，山之上，国有殇。

台北还有钱穆、胡适、梁实秋等人故居，可惜时间太短，来不及一一凭吊。听得见民国文人行走时的窸窣声。他们的身影穿梭在山风中，他们的声音更是弥散在天地间，真实而辽远。

山林禅境

山林里的禅境，一叶一花，这正是我念想的地方。

来到台湾文化人口耳相传的食养山房，我亦是无言静默。眼前，是朴素的木建筑，室外木长廊上，嫩黄的一簇花闲适地搭在水缸上，不远处竹叶婆娑，水流潺缓，而一男子盘坐在木长廊读书，一手卷书，一手撑着下巴，凝神思索着什么。

城市的喧嚣远去，留下的是山林隐逸，是放松下来回归本心的幽游。袅袅燃起的炉香，风吹微动的垂帘，暗夜摇曳的烛火……光与影的交融、静与动的守候、虚与实的转换，把人带入具有东方美学的禅境中。

坐着翻书，第一本就是我喜欢的台湾禅者林谷芳的作品。人生何处不相逢，我的书斋里就摆放着他的《画禅》：禅是什么？禅是生命的减法，且是彻底的减法，直说之，它就是生命的归零。林谷芳和食养山房的老板是好朋友，经常在此处喝茶聊天。遇食养山房，我似乎也和林先生抵掌而谈了一番。

　　沿着山林小径一路走去，石桥、野花、游鱼、木屋，极简约，极朴素，会让人觉得万古长空，又觉得万物静默如谜。闲情与逸致也散淡开去，渔人闲自唱，樵者独高歌，自卷自舒，个体本相，我在山野间也成了一游鱼在莲叶间浮动自如，抑或成了一土鸡撅着屁股钻进竹林逍遥自在找虫吃。

　　食养山房，自然注重的是食养。食材诸法自然，天成而为。印象最深的一道菜是莲花墩，眼看着一朵鹅黄睡莲在汤中慢慢绽放，感知生命的轮回。同食的还有台北故宫博物院南院院长林天人博士、剧作家周晓华女士。

　　一般人寻不到此处，它低调沉静，没有门店招牌，迎宾处简洁明了，一盆花，代表所有的语言。要去食养山房用餐需要提前预订，有时是可遇不可求。名气却日渐在网络上走红，不少文学圈的朋友看我发了微信照片后，说"画风太美，意境含禅，心向往之"。

　　那夜，吃完聊完，已是北斗七星高，踩着陡峭的山路盘旋而上，望湛湛星辰，明白了许多禅者的生命风光。

　　法鼓山，是台北最干净的山头。去观音道场走一走，观一观水，参一参佛法，自然又会通透若许。

　　在去九份的路上，天气骤变，雨水扑打着海浪，所有黏稠的，阴郁的，飘荡的……都来了，侯孝贤《悲情城市》的感觉也出来了。

　　站上圆山饭店朱漆柱子阳台上，眺望远处，基隆河水在暮色中兀自向东流着，对面 101 大楼灯火通明，松山机场上的飞机起起落落。台北，原来只是孟庭苇和童安格歌声中的台北，而今却是清晰明了的台北。这个地方，我会再来。

  附记在台北敦南诚品书店买的几本书：吴明益《单车失窃记》、朱天心《三十年梦》、王定国《谁在暗中眨眼睛》、圣严法师《金刚经生活》。

2015. 12. 23

阳羡行

一

且把茶酒温好，与周莱姐坐阳光下，回味去年天气。

前墅老龙窑。明代留下的古窑，现在还烧制壶、盆、罐、瓮等粗陶日用品。据说从龙窑里烧出来的东西，老贵。龙窑掩映在村落中，柴扉紧扣，不让人参观了。托了关系，找了熟人，才一睹真容。古窑沿着自然山坡建成，龙头龙尾很具气势。四周堆积着松枝，岁月叠压在泥土中，碎片的形式如河豚鱼、青团子，在某一个特定的时令出现让人感慨几许。光阴在飞。鳞眼洞中透入的光线将明暗交错成诗词中的平平仄仄。我效仿窑工将半个身子探进窑口，窑壁上黑亮的结晶闪烁着光芒，是暗示，还是梦境？据说一位日本陶艺专家带着膜拜的心情来瞻仰，他认为日本的备前蛇窑很有可能就是从中国的龙窑演变而去的。

水声欸乃，松香千里，窑火传达着神的旨意，一树梨花散发着百姓平实生活的芬芳。推开民居院门，即见老人们围坐在夕阳下打扑克消遣。爬山虎将绿意铺满，褚褐色的夜壶永远是那个角度定格在断壁上，引无数爱好的摄影者折腰捕捉镜头。

再看那蜀山老街，斑驳中渗透出幽暗之美，古旧中还原出流光之彩。

青石板已被磨得发亮，木门油漆剥落，屋顶上的电线无序凌乱交织着。拖着鼻涕的孩子在跑，小狗呜呜呜闪着黑眸趴坐在家门口，还有灰白的天空里晾着三四件红色的衣裳，很有风韵地飘。破败的窗框成了画框，衬托出两盆胭脂色寿梅，自有玉壶买春、赏雨茅屋的潇洒。一间挨一间的老屋，不可小觑。明清时代走来的紫砂陶艺大师在这里生活并创作着。隔不远就是一块牌子，反复提醒着行人，这儿有一种独特的气场，这儿的风雅是中国无论哪个地方学不来的。未烧制的坯沿街排放着，任意推开一个工作室，会发现主人很小资地赏着壶，喝着茶。水要山泉水，茶是阳羡茶。

老街靠山临水。临的是蠡河。散文家黑陶曾多次描摹过他家乡的这条河，重新翻阅他的散文集《绿昼》，我嗅到了蠡河所浮起的淡淡水汽，它揉着火焰的刚性，而显得生动和奇异。黑陶在语言中灌注了生命的力度，它密集、诗性地汇聚成了一幅幅幻象，让生活在南方的人找到了另外一种表达的出口。

老街的尽头，蜀山南麓，是东坡书院。

能成为苏东坡之类的人物，可能是中国绝大多数文人的念想。有才华、有雅趣，宦海漂泊中仍超脱自在，赏山水，识女人，懂得珍爱与怀旧，流年暗中偷换时能独坐孤峰。东坡提梁壶，是宜兴人对于这位旷世奇才缘分的珍惜和敬意。

苏轼的生命里还有大把的悠闲。连他的弟弟子由也忍不住发出感慨说："一个人若活了七十年而能够整天悠悠闲闲，他实际上就活了一百四十岁。"我也偷出了时光。给它贴色，上釉。然后用文字记录。怕一不小心，又跌入了红尘俗世中。

二

阳光西斜，穿过竹林。色彩是没有声音的，但有一双伶俐的脚，它跳跃或者漫步。终于听到佛乐缠绕，吟诵声里有种懒洋洋的意外之美。隔着时空，庙宇的铜铃在清风微送下叮当作响。鸟雀呼晴，蓼蓝天宇中落下了它们灰白的翅膀。我游荡。离开体制后的游荡，内心更加纯粹与简单。

馨山崇恩禅寺，掩映在山林里。我是在酒后，在晕乎乎的午觉后，蹑足其间。我穿着心爱的青花布鞋，它成了我的旅伴——我在苏州、宜兴的寺庙间穿行，有人在微信上弱弱地问，你不是想出家了吧？然后是捧着嘴笑的表情。我也哑然失笑。仲夏之初，牵牛花、蜀葵、月季开得动人魂魄，我有心出行——我要日日看花，一日有一日的领会。

"一切群生，不知常住真心，性净明体，用诸妄想，故有轮回转生。"磬山始祖的天隐圆修禅师在最年轻的花开时节，听到了《楞严经》中一句，遂有了生死事大，出家为僧之念。天气很好，群山蜿蜒几十公里，暖水瓶中我还带着中药，我喜欢这样的味道，喜欢着一切随意的出行，如张旭的狂草《肚痛帖》，急骤率性而成。

大雄宝殿的绿色铺垫上，绣着亭亭而立的一株株荷花，粉嫩的莲瓣，深红的韵，而光线是绕过屋檐穿了窗棂，溯洄从之一番后，才得以靠近水中伊人。殿中竟无一僧人，他们都在隔壁做法事，七七四十九天，早课药师，晚课弥陀。大殿内药师佛和日光、月光菩萨沉静地看着我。我双手合十，三叩首跪拜。

和磬山寺结佛缘的，有顺治皇帝。他常到这样一个荒僻之所来拜谒玉林通琇禅师。君臣徒师，常相问答。后来顺帝驾崩，是出家，还是其他？至今仍是一个世间之谜。至乾隆，御书"天下第一祖庭"，更使磬山寺禅风兴盛。

水缸中的睡莲，懒懒的，浅浅的，伸了个腰，倏忽又睡去，做着一团紫褐色的梦。依山而筑的殿宇，自有一番恢宏气势。满目青山，镜照万物。我似乎成了苏轼，明月青山皆我所有，一个人，独看，独享，独恋。墙角挂着一块旧木牌，木牌上有若干个小木条——仿佛机关单位工作人员出勤一览表，我细细念名字：法净、圆胜、圣觉、妙龙、龙文、隆琇、昌勇。皈依前，他还有红尘俗世中的名字，张磊也好，柳承也好，有父辈的希望或寄语——受戒了，师父另取法号，他亦不是原来的他了。

斋堂里有戚戚簌簌婆婆们言语声，很有野趣。一声高，一声低。笑声也是一团团，谈论着婚丧嫁娶。打板子，吃晚饭。素菜炒得很油，一桌桌排开，有僧人邀请我们一起用膳。吃得干干净净，不敢有一点浪费。灶台很大，冬瓜葫芦滚在墙角。在这儿，执帚扫地，担水砍柴，都成为了修行妙道。

上台阶，再上楼台，眺望，庙宇的屋脊上是"法轮常转"四个字，远处是"始随芳草去，又逐落花回"的诗意。八大山人的八哥虽独占枯枝、立处孤危，但也仍在看世界。世界多好啊，一派天机，一片盎然——"掬水月在手，弄花香满衣"，这得自无心的诗句有着最应缘，最当下的本质。

月亮还没升起来，我已经念想着它了。

到七点，馨山寺鼓声会响起，回荡在山林里，该是怎样的感觉。

可惜我无福消受了，司机在催，暮色降至，有朋友在等。我坐在车里想象：那一朵莲花，在梦境外摇曳。月亮升起的时候，它伏在水缸沿，酡红着脸，吐一首小令。再睡去。

三

夜半惊醒。感觉是在一个陌生的地方，有点不知身置何处的小茫然。

拉开窗帘，夜幕中看见宜兴繁华的街市，红黄蓝绿各色都有，蜿蜒的马路，车流依旧，像无声电影中的一幕，有温婉的情绪。混混沌沌，继续睡，然后懒懒地睁眼瞧，天色大白，有水汽的氤氲笼罩江南。脑瓜也渐渐澄澈，我在阳羡，在一个有松声竹林声溪水声的好地方。白居易曾在此喝茶，王昌龄在东氿玩月，而李商隐怅望西溪水，只觉"京华他夜梦，好好寄云波"。

披衣，吟诵，似乎我也回到了唐朝。喝一碗白米粥，酱菜、萝卜干，这样的搭配很爽口。继续上路。宜兴的寺庙很多，金沙寺、碧云寺、寂照寺、中隐寺、宝莲寺、大芦寺、芙蓉禅寺、九峰禅寺……唐宋起建的禅院颇多，且一律在林木苍翳、清池荫密处。参禅悟道，在当时就是一种日常所需和时尚了，来，来，喝一壶茶，听一段公案，泼一下墨，日头就这样从东又到西了。

闲适，自在，缓慢，谛听。

从现在起，我想可以按照我念想中的方式去自在了。听着心灵的召唤走——司机师傅问我去何处？我说，大觉寺。

好几年前去过大觉寺，是春暖花开时的一次笔会。如今二期工程已竣工，恢宏的庙宇殿堂值得一看。师傅很善解人意地说："我在车上等，你慢慢看好了。"

我对路边佛幢上星云大师《佛光菜根谭》的语录感兴趣，"世间最好的东西，是欢喜。世间最贵的善举，是结缘。世间最大的力量，是忍耐。世间最大的愿力，是发心"。手机拍下来转给了要好的朋友分享。"世间最好的东西，是欢喜。"一切言之有情。欢喜得不得了，欢喜得要死了。欢喜他明亮的眼睛，欢喜一只蚂蚁，欢喜一壶好茶，欢喜一个词语，欢喜无所事事、孤云独去闲的状态。

去往大雄宝殿，没有台阶，却是要走很长一段时间的坡。边走边仰望，庙宇在深处、远处，只一层，但看到了飞檐翘角。再往上走，庙宇呈现出两层结构，仿唐建筑，气魄宏大，浑厚精深。微汗，但不碍事，清风在袭来，我是如此享受一个人爬坡的过程，山脊上有一片紫色的野花在冲我笑。一比丘尼戴着眼镜，她扬着头，光洁的额，脚步轻快。风吹起她的僧衣，飘逸灵动之美尽显。她看到了整个天空。我也在仰望——朋友发来短信，说："发心，是何意？不解。"

我向大殿内的比丘尼请教"发心"二字。她回答："发心，就是要发菩提心，发善心。学佛就是学习本自具足的佛性。"

归去的途中，见茫茫云湖。忽然想到了唐寅的一幅图《苇渚醉渔图》，烂漫，一派天然，醉并非真醉，而是合光同尘，与物无隔了。画家在图上题诗"插篙苇渚系柞艋，三更月上当篙顶。老渔烂醉唤不醒，起来霜印蓑衣影。"绢本，设色。张大千爱极了此画，连敲四方鉴藏印。

这苇渚，不知道在何处，我也无从考证，冥冥中似乎可以和西渚相连，姑且认为，唐寅云游至此，随缘作主，天人合一。

四

桃溪是宜兴张渚的古名，唐诗宋词中皆可觅得"桃溪"二字。我喜欢这样的称呼，似乎自己也隐遁在世外桃源里，有闲看桃花逐水流说不出的舒适。

想想这样的状态真好！可以拒绝一切不想写的文字，可以拒绝一切不想参加的应酬，可以不用苦巴巴求领导准一两天假。腿长在自己身上，心也归我所有，海阔天空，说不上陶渊明悠然见南山的境界，但也可以透脱自由，大口呼吸。

好吧，着一叶扁舟，去桃溪！有书法家张六弢、摄影家周莱相陪，此等人生快意自足。

桃溪是六弢家乡，张氏是五代后晋天福年间望族，故改桃溪为张溪，南宋时，因张溪四面环水，易名"张渚"。六弢笑着说："我会带你去见我的老奶奶，九十四岁高龄，真正的原生态。"先吃三五桥下的烧饼，再尝老街上的小笼包，要蘸着姜丝和醋吃，一口咬下去汁液饱满。又吃刚从树下摘来的毛桃，青皮，脆鲜——小时候吃到现在的味道，竟一点也没有变！

溜达，闲走。到了古旧的金龙桥，发现桥面上放着一地的竹筷子笼成的花，我惊呼起来！在滟滟日光和清流映衬下，竹筷花如昆曲中的巾生打开折扇，欲语还休，他才气外抖，但情欲内敛。周莱又搬来一张做工精良的"梅工凳"，往桥中心一放，调好焦距拍个不停。梅工凳款式是明式的，学名"六方梳背椅"。独行桥面，梅工凳恰似一名高士，潇洒隐逸，他阔步昂首，感受八面来风。水浅浅而流，蜀葵花静悄悄地开，高士绸衫飘飘。

这是手艺人顾培堂特制的。八十多岁的阿公见周莱到来，眯花眼笑，两年前周莱就已经将他宣传到宜兴日报——他邀请我们到他家，长台搁几、竹橱、小方桌子、竹椅、摇篮，小至喝茶的竹杯，都是他亲手制成。问阿公话，他混混沌沌，只一味地笑，每日晚餐三两白酒使他如庄子一样梦中扑蝶，恍兮惚兮，醒来就摸起家什，圆刨、竹刀、砧板、锯子、磨刀石……做一个时辰，然后到老街上喝茶。我在阿公逼仄昏暗的宅居里久久不想离去，我抚摸着那些圆滑的椅把手，一切都在苏醒，从桃溪的梦中出游，竹子的气息轻盈，青黄的色彩就是巾生弱弱又深情地表白，泠泠水声渗透在我的皮肤里，晶莹含蓄。

我缄默，我醒还是梦着，都无关紧要了——我看到时光的皱褶，嵌在一个个过往的门扉、回廊、弄堂间，那儿留下了一个个简单的地名：小河头，小场上，壕沟沿……朴素得不能再朴素。六旬的老祖母，银发梳得纹丝不乱，面孔清白，捧着青花碗吃面条，旁边是三个八旬老姐妹相陪，见我们到，她笑意盈盈，当年上海人的优雅全揉在桃溪夕色里了。

2014. 8. 7

浮桥浮生梦

一

洪迈的《容斋随笔》，中华书局出版，2008 年 8 月北京第二次印刷。我将书塞在包里，有空就读一则。洪迈写这本书写了四十年，慢吞吞地写，一点也不着急，写《四笔》时，一年时间都不到。自己也颇为得意，说："身老而著书益速，盖有其说。"

我想他可能如苏州的文徵明，勤奋、性格敦厚、涉猎广，且持之以恒，所以仁者寿。

我也想，如果能学他的一点淡定，去读千百部书，集腋成裘，或许也能上一个境界。

胡思乱想。太阳的光斑耀人眼。我坐在车上，无聊，读《容斋随笔》，一小段笔记，真正好，诸子百家、医卦星算……刮风了，下雨了，合拢书，再无聊，也得前行。

漫游者的边境 / 葛芳

抵达赣州已是暮色沉沉之时。舟车劳顿将近一天，虽有倦色，但因为来到陌生的一座城市，又有友人热情相接，我恍惚着的状态有了些扭转。可眼前的镜头仍有些模糊——毛毛糙糙的画面，分辨率似乎很低，高柳乱蝉嘶，树荫底下一桌又一桌人吃大排档，水饺，他们盛行吃水饺，萝卜馅、韭菜馅、白菜馅……两瓶啤酒下肚，暮色早已化开，像一滴墨，游弋在清水中，成了味淡但有盐质的紫菜蛋花汤。

朋友是多年的老友，熟悉我脾性，说，喝完酒带你去浮桥。

步行至建春门。城墙巍峨，黑夜中它如一名将士身披沉重的盔甲一言不发。类似这样的城门，苏州古城有很多，阊门、胥门、盘门……它们一律沉默着，面对尘世的喧嚣，它们瞅着黑魆魆的天幕做历史的默想。

过城门，下坡，建春门外却是另一个世界的鲜活——人群拥挤，环佩叮当，衣裙发出窸窣之声。他们在城墙根柳树下摆开茶桌，气定神闲喝起功夫茶，那画面犹如尘封住的景德镇瓷器。也有人三五瓶啤酒就着油炸花生米吃夜宵。月亮甚好，像毛边纸上随手画出的圆，简约、传神。令我惊诧不已的是，眼前有一座浮在水面的桥，它似一幅长轴缓缓展开，江山烟雨、人情百态、亭台楼阁全在这里得到描绘了。感觉像宫廷画家徐扬的作品《姑苏繁华图》，在一团旧时墨色中，去听古运河的悠悠橹声，去品闹市街衢的往来喧嚣……

　　朋友告诉我，这是浮桥，有一百多只木舟并束之以缆绳相连而成，始建于宋乾道年间。高跟鞋叮咚击打着舟面横铺着的木板，这种感觉新奇而陌生，木头的纹理连缀着几百年前的气息一起弥漫开来，定格已久的时间也活跃起来——暮色中，我似乎仍能准确捕捉到身边疾步走过的是那短衣褐衫、赤足麻履的江湖侠客，而环佩声是发髻上插着花鸟状簪钗的女子留下的，她娉娉袅袅，一步三回头，翘望在贡江那端的情郎。

　　我脱了鞋，倚坐桥上，和朋友背靠背。

　　朋友说他喜欢赣州这座城市，元气淋漓，古风依旧。

　　浮桥的侠义柔情开始了。"亲迎于渭，造舟为梁"，《诗经·大雅·大明》中记录周文王为迎接太姒女，在渭水上果断造桥梁，以示他诚挚的爱意。天子上桥，万众瞩目。浮桥荡荡悠悠，传递出的莫非就是那盈盈一水间的不得语？看看眼前吧，浮桥每一个木舟的桥头几乎都有一对情侣在秘密私语，情话在汩汩水流中上了层釉，似一小撮珍藏在锦囊袋中的乌黑秀发。月亮起了，光辉洒在贡江上，洒在密语着的情人们脸上。月照花林皆似霰。男子沉静、典雅、内敛的情绪或许在一轮光辉映照中开始变得痴情、兴奋、奔放。吟唱吧，今夜无人入眠，古老的爱情到处流转，谁不愿意在这朴素、纯澈的天地中交付冰心一壶？

　　我感觉桥在浮动，由远及近的自行车轱辘碾过木板发出吱嘎吱嘎朴素的声响，如神咒，如天语，如邻家小孩的嘟嘟囔囔——浮桥上做场浮生梦，未必不是件风雅事？念姑苏芸娘为了看自家太湖，还得女扮男装，等见到烟波浩渺的太湖，不禁感慨："此即所谓太湖耶？今得见天地之宽，不虚此生矣！"沈复芸娘二人浓情蜜意，把浮生当一场精致的梦来消遣，沈复随笔记录生活点滴，连俞平伯也忍不住夸奖"全不着力而得妙肖"。只是读到最后悲寥之雾萦绕不散，"自芸娘之逝，戚戚无欢。春朝秋夕，登山临水，极目伤心，非悲则恨"。

幸亏此刻，我的人生中有月，有桥，有木，有水，有知己，还有浩荡无边的清风。热烘烘酷暑之闷在南方城市是极其普遍的，蚂蚁在泥地缝隙间来回穿梭，知了上气不接下气嘶叫，打蔫了的喇叭花蜀葵月季花耷拉着头——这些燠热全被贡江上清风哗啦啦吹散了！风的野气，风的清气，风的轻逸，风的快活，风的潇洒全来了。一部中国文学史，就是感觉风一路吹来，唐宋明清，各朝幻象，翩飞而显。

仔细嗅一下，果真，贡江的风里裹挟着宋朝时特有气息：旷野桑麻开，江军大片种植，柔蚕啃啮桑叶的声音覆盖住夜的呓语；"讽读之声，有若齐鲁""里闾之间，歌诵相闻"，朗朗读书声是江西士子生活中最值得咀嚼回味的清音，就连黄庭坚这样的大诗人也经常反省自我：三日不读书，便觉面目可憎，语言无味。

风从江面来，水样的清愁渗在其间，说不清道不明，月要西沉，且归，明朝再来。说一句苏州官话，作揖拜别。

二

洪迈，南宋文学家，学识渊博，著书极多，文集《野处类稿》、志怪笔记小说《夷坚志》，编纂的《万首唐人绝句》、笔记《容斋随笔》等，都是流传至今的名作。最有趣的是《夷坚志》，是除《太平广记》以外篇幅最大的小说集成，梦幻杂艺，冤对报应，仙鬼神怪，皆有所记，尽管保守的儒家学家认为书中遍布"谎言"，但并不妨碍它成为小说传统的源泉。

写小说，有时需要的就是胡想——悬空八只脚、浑水不搭界，都不要紧，往往这种时空的不定概念更增添了人物情感的复杂性。譬如《续齐谐记》中的《阳羡书生》，每个人口中都吐出自己内心的恋人，正是因为不停地错位，"恋人链"才得以连接。这实在是一件好玩又寓意深刻的事，当今社会此种现象也比比皆是。

我想象中洪迈是个身材不高的胖子，面白，留有髭须，写起小说来会有轻微的小癫狂。可能我把他和苏轼并排放在一起做类比了，但洪迈为人做事更多的是儒家精神在指导。达则兼济天下，中国士大夫文人几乎都以此为准则来要求自己。

清晨，气温虽高但仍感觉得出风中的淋淋水汽。

漫游者的边境 / 葛芳

　　赣州的天空很蓝，虫鸟啁啾悠扬，我们几个江浙人吃完早饭后，沿着街肆闲走，不觉又进入了建春门。这是一条与紧临贡江的东段城墙相平行的一条长街。卖碧绿菜蔬的老妪，衣着光鲜的少妇，挑着箩筐悠哉而过的壮士，拿着风车一路撒欢的顽童，十分真实呈现在我们眼前。遥想当年，这一带曾经遍布码头，货物吞吐如云，贡江桅杆如林，卖茶叶的、卖蚕丝的、卖粤盐的、卖木材的、卖桂圆的、卖夏布的、卖烟叶的、卖纸张的……各种货摊相挤，叫卖声此起彼伏，每天清晨，有着愉悦的生命质感与烟火味道。浮桥定时开启，过往的商船要查验税票后才能放行——"赣关"，这闻名遐迩的户部二十四关之一，发挥着重要的行政职能。

　　几个妇女，在贡江边浆洗衣裳，水很清冽。临水而居，多少古文明在水边繁衍开去的。章贡两江，合并成奔涌激荡的赣江，无怪乎英俊少年王勃要用最漂亮的文字来赞美了，"襟三江而带五湖，控蛮荆而引瓯越"。而辛弃疾面对清澈的赣江水伤怀不已，"郁孤台下清江水，中间多少行人泪"。初唐风范的侠气英姿与南宋朝廷的萎靡凋零形成了鲜明对比，诗人内心的滋味也大相径庭了。"惶恐滩头说惶恐，零丁洋里叹零丁"，文天祥在赣江险恶的滩头里，把人生的孤独、艰难的竟遇化解成一种淡定、坦然的承受。

　　我的江阴乡党——诗人庞培，斜挎着腰包，疾步而行，他走路的姿势，甩动的手脚，板寸头发，透露出的完全是一种少年行侠的气息。他忽然在浮桥上趴下来，做俯卧撑状，头探下去看个究竟，这木舟是怎样连接起来，怎样用钢缆、铁锚固定在江面上？——诗人的思维是随性跳跃的，你永远无法猜透他的下一个动作会是什么。但感觉得出，他和我一样对浮桥产生了不可遏止的好奇和迷幻的联想。浮桥上残损的圆木桩、木板与木板之间的缝隙、铁锈的洋钉，仿佛身体里的穴位，在呼唤着每一个体验过的黎明与黄昏。

> 命运，一卷在手的伤心／蜷缩的，一丝不挂的诗／风从田埂上把我的生平吹来／于是我在灯下端坐，一如／你初恋时莫名的容光

在浮桥上回望，建春门屹立如虎阚，气势雄浑。浮城在水中颠摇，百姓自有百姓的活法。孔子登泰山望见苏州阊门内白气如练，而他不被看好、相貌甚恶的弟子澹台灭明带着三百人到了江西撒下中原文明的种子。荒诞不经与历史的理想主义也许只有一步之遥。

那些面孔，清白的、黝黑的、豆蔻的、耄耋的……打从这里经过，都找到了妥当的入口，像贡江里的鱼一样，无拘无束游弋着。水何澹澹，对面迎来一个蓬头垢面的流浪汉：赤脚，山羊须，胡乱扎一小辫，上衣敞开，腰束一稻草，目光沉着，望苍茫江面——好似《水浒》中的神行太保戴宗，日行千里，给了我们凡人一点想象的空间。

散文的郑骁锋。忽然，人群中哄声四起，疑是水怪，却是豆大的雨点劈下来，打得人措手不及。很多人纷纷逃窜，我们几个步调却不紧不慢，抬头看，头顶的乌云顷刻间就会向西移去。果真，一会儿，太平无事。庞培贪恋贡江水的清冽，左右寻思着，终于找了一处地方下水游泳了。雷氏父子到城墙底下货摊那边去了。我脱掉凉鞋，光脚行走在浮桥木板上，凉凉酥酥，木质的肌理感全部侵入到皮肤中了。骁锋在行吟，他平素就是挎一背包、穿着拖鞋、手拿下载着全国列车时刻表的手机，四处云游。"抵达任何彼岸都需要时间，即使最快如光。独自走在陌生的土地上，我眼底苍凉，步履彷徨。"这是他的语言方式。说来蹊跷，我和骁锋常会在异乡不期而遇，偌大的中国，我们就这样碰上了，譬如说那次在西安回民街。饮酒，击掌，喝茶，赏花，我们频频举杯，言说生命的无形与有限。

在宋城墙下喝啤酒，油炸小鱼和花生米，能吃出金华火腿的味道。郁孤台、建春门、赣江水、浮桥情，还有性气相投的三五好友。我喜欢这样的氛围。用力呼吸，身子轻极了，丝丝细雨刮起来，别致雅怡。单纯、朴素的民风，深留宋朝遗韵，如此场景，估计在全国范围内也是少有的了。

如倘恍的梦中，我在青石砖块砌成的城墙下听见微弱的蝉声。那是北宋熙宁二年的蝉儿，藏在砖缝里，玄之又玄，活到了今朝。皂儿巷雕窗里传出了盈盈笑语，那是穿着青花的女子挑着灯芯时说的俏皮话。"几度小窗幽梦手同携？今夜梦中无觅处，漫徘徊。寒侵被，尚未知"，音乐家姜夔背着手在月夜辗转反侧，见芳草萋萋，泪湿衣襟。在这样一个沉沉暮色古意十足的夜里，我忘掉了肉身，一切都松弛下来，如水，如风，如浮动着的桥。

欧阳修的《梦中作》写得好啊——凉月笛声，暗路花迷，棋罢时迁，酒尽思家，不搭界的四种意象拼凑在一起，形成了真正的婆娑迷离的梦幻境界。洪迈赞赏欧阳修的绝句，思维跳跃，不着边际，反而成就了好诗文。

我在浮桥边恍惚，仿佛在此处逗留了很多年。夏日里所有的花，在浮桥边毕毕剥剥地开，又疑是浮桥里成精的鱼，化成了书生与仙姑私约。我亦醉了，在一个盛大的秋千上荡开去，只怕一不小心飞将天外去。隐隐约约，我听见洪迈在低语：篆香消尽山空冷。

2013. 8. 5

隐约录

水之涘

一

我的江南，清水淡墨。一团浅青色的天空，和一汪望不到边的太湖水。没有人知晓，我一个人，静静伫立在微寒的湖边。我的丈夫还在被窝里打呼噜，他在时空另一端梦游。我却真实游弋在湖边，清晨七点，湖面泛出淡淡的水汽，我沿着堤岸行走。或者说，我早有预谋，趁着上班之前的空隙，到湖边来咀嚼孤独和不知名的惆怅。

长长的堤岸，除我，别无他人。我索性跳下堤岸，坐在水泥坝上，双腿晃荡，底下便是汩汩滔滔的太湖水。一只男人的解放鞋、一个易拉罐，旮旯里常见的垃圾都推涌到岸边，它们绕着芦苇上下浮动。浮动很有节奏感，让人忍不住去揣摩，解放鞋和易拉罐之间是否隐藏着什么秘密？

　　我有种强烈的幻觉，我怕一不小心会掉下去，然后永沉太湖，没有人发现我的踪迹。就像水消逝在水中一样自然。我常莫名地哀怜自我会在某个时间逃遁，悄无声息的，而所有的诉说、秘密都只能和那只扭曲变形的易拉罐一样在明月下缄默无语，只剩微风轻拂。

　　或者，我会沿着堤岸跑步，我看见自己的影子映照在机耕道上，很美好的侧影，我轻抚发梢。我听见心脏律动声和脚步声如此一致地吻合在一起，像一朵含苞欲放的花，在清晨拉开了身上所有美丽的弧线。我会越跑越起劲，直到大汗淋漓。

　　极度的悲伤和喜悦，都会在湖边任一个人静静地消受。它似乎也只为我等待着。四年前学校搬迁，来到郊区，我心生欢喜，开车缓行，东太湖一角掩藏于芦苇之中，近处阡陌纵横，远处波光粼粼——吴冠中画中的江南，水汽氤氲。

　　一个书法家朋友告诉我，这地方叫青草滩。芊芊莽莽的水草像千万根情思缠绕这块土地，植物的气息弥漫，形成一种独特而诱人的气场——他书展的名字想好了，就叫青草滩。可惜他太忙，总是飞机、火车循环交替，到各地讲学传授，恐怕很少有时间来这里弥望。蒹葭苍苍，并不因他而黯然，在秋霜的浸染下，更有依稀的朦胧感。

　　在我，成了日常的功课。我散步、发呆、构思小说的提纲，或者拿一本书。我靠在湖边一棵香樟树上，树散发着淡淡的清香，鸟雀在啁啾，叫不上名字，却发现它们每一只都好看得要命！红喙，翠绿色翅膀，点缀着细白花纹，扑棱棱，飞到另一棵树上。它诱惑得我心痒，难道我去捕捉它吗？我偏歪着头，只静静看它优雅地飞行。

青草滩成了我的独处地，就像后花园，推门即见爬山虎和古井上的裂痕。

一个人的心事在那流转，或者说，只是一种情绪在蔓延，一种对生命若有若无的闭目凝神之际。芦苇在飒飒作响，露珠打湿了鞋子，有刚蜕下来的蛇皮，和三两张揉皱了的餐巾纸。我双手插在口袋里，透过芦苇，向远处眺望。漫无边际的湖面，隐约之间见帆船，然后消失，归于茫茫。一个人比很多人丰富。我擦拭着睫毛上的雾气，我穿梭在野草中，听到窸窸窣窣的声响，我听到一片声音的交响，我看到一切意象在汹涌而来：砚台、昆曲、茨菰、长亭、佛手……还有留着泪珠的怯生生的脸。

我在天马行空。我知道的。写作的人对于自然天生的靠近。甚至下班后，我的车头并不朝回家的城市方向，而是调转过来，向着一片荒芜疾驰。我是无。我是有。我像一只掉队的大雁奋力拍打着翅膀。暮色将近，日常的妇人在菜市场反复拨弄着萝卜、青菜，然后急匆匆回家点火烧饭，速度若是慢了一拍，会心怀歉疚看着先生孩子。我在逃脱。或者说，写作允许我逃脱出现实的樊笼，我在布满雨点的天空下飞翔，迎接清冷、阴郁、寂寥的湖风。

我知道，湖风吹过很多地方——一棵树、一片芦苇、一个村庄、一个遥远的山坳，它们为着湖风的预感而存在。它们见证了一个个清晰的日子和模糊的前生后世。我却只能带着我的虚无写作、入梦、生活。

二

一个友人，从外地赶来看我。

他属于心灵上的朋友，和我一样，孤独地写作。原是单位组织要去看世博，一听说上海苏州距离如此之近，就兴冲冲赶来。一路上，他十分羞涩地揣摩，我会带他去苏州什么地方？会十分客套地带他去寒山寺，还是拙政园？把一个下午的时光泡在挤满了人的园林中，也算是尽了地主之谊。出乎他意料之外，我把他带到了东太湖边的青草滩。像一个人突然侵入别人的心灵王国，他小心翼翼，诚惶诚恐。

蜻蜓成双成对，从密密匝匝的芦苇荡中飞出，和他撞了个满怀。芦苇高得盖过了人的身体，形成天然的港湾。时值六月，湖岸另一侧是金黄的麦浪，收割机来回奔波着，农民弯着背忙碌着。麦秸秆在燃烧，草木灰的气息，冲天而起。他和我走在机耕道上，他有些激动，他说，这一切像极了俄罗斯油画里牧歌式的田园生活，他已经很久很久没有嗅到这种气息——他话语哽咽，他说他心灵里最柔软的一块被湖水抖动了，那种烟波、那种雾气，那种阴性、那种柔美——他眼睛里有泪水即将盈出——我相信这绝不是诗人的矫情。在我没有完全领会的时候，他突然奔跑了起来，背包在身后晃荡，他张开双臂，像一架即将在跑道上起航的飞机，蓄满了情绪与力量。

我知道，平时他在文联工作，参加成天开不完的会议，或者为领导写材料，直到灯昏月暗的时候才能提笔写心灵的文字。黑暗里他在疾飞，张开了翅膀，如同现在，他的手臂很长，使他恰到好处地保持了平衡。他闭着眼，只听到耳畔呼呼的风声，他的飞翔交织在雨夜、日光、琴声、火车的晃荡里……

白鹭盘旋着，停栖在他眼前不远的木桩上，默默地凝想着。他想象着一个人在堤岸行走与思考。他说他完全被一种难以言说的气场笼罩。一种城市所缺少的最自然气息震撼住了他。他踏进了我秘密的湖泊之所，从此，一个人的湖泊变成了两个人的湖泊。

是湖泊给写作者提供了庇护的场所，还是写作者的孤独感知了湖泊内蕴的哲思之美？我在辨析。也有一种可能：我们以写作的方式毫不犹豫在自欺，但仍然深信不疑，唯一解决的方式是全速朝着吸引自己的那条路走去。

我还没有来得及将一些信息告诉我这位朋友。

湖岸另一侧原是一大片荒芜了四五年的土地。不知道政府会用它来干什么？荒着是为了建设，只是时候未到。一些苏北人来开垦了。麦子撒下去了，郁郁葱葱大片伸展着。收割的季节，麦子就晒在马路上。马路沿太湖，偏僻，没有来往的车辆，成了天然的晒谷场。江南梅雨不断，麦子躺在地上只能用塑料布盖上去，等待天晴。苏北人临时搭建几个简易棚，铺两张床，值班，看守粮食。雨水顺着棚架滴到床上，被褥湿了一角，胡乱蜷曲在一起。心疼的仍是粮食。任雨水打湿，却束手无策，苦苦哀求老天爷，放晴！放晴！终于拨云见日，男女老少，夫妻搭档，日夜抢活，像一场战役，要以时间和速度取胜。

我是一个见证者，看着他们翻地、播种、收获。一茬又一茬，稻谷、黄豆、玉米、芝麻、麦子、油菜。红黄蓝绿各种色彩缤纷交织着，如同一个个斑斓无比的画面在电影里闪现，有等待的隐性，有预演的真实，有趋于幻灭的激情，也有逃脱沉重后以非常平静面容闪现的淡定。

我梦到粮食的温度，天快黑了，它躺在我的指尖，椭圆形的，散发着微热的暖气。我只有儿时的记忆，记得我跟在母亲身后欢腾，母亲在锄地，拔草、施化肥、插秧、捆稻，我拨弄着泥土，我把自己内核埋在泥土里，渴望着在若干年后它开枝散叶。我梦到伤感的旅行在田间延伸，各色花朵的草丛，欢悦蹦跳的蚱蜢，沿着水稻根部缓缓爬行的田螺，带着针尖刺痛感的麦芒——我如此贪恋这样的行走，不分昼夜，不分南北。

我梦到光线熄灭，释放一团烟雾，所有的色彩在现实巨大贪婪之欲后消失——也许就在下半年，或者明年，这里会注入水泥、插上钢筋、轰隆隆响起搅拌机单调的机械声。而没有人能抵抗这来自背后的袭击。

那个中年男子胡乱抹着脸上的汗水，催促着他的婆娘，他拿起一根针，非常熟稔地将装好粮食的麻袋缝起来。他们住在不远处村庄里一间租来的房子。什么都是租的，只有劳力和汗水是自己的，他们神色惶然，有干一天是一天的侥幸。看见我在田间穿梭，男子满脸狐疑，忍不住上前开口询问：你是房产开发商吗？

三

安静下来，我到隐秘的芦苇荡边倾诉我的不安。

我是热烈倔强和灰暗的矛盾体？我总是兴冲冲地奔赴他乡，而后在憔悴的时光之城委顿，没有人能消受这种炽热但无果而终的过程。就像蜡烛，即使有满腔的爱，最后也还是以冷冰冰的灰烬来面对世事。我害怕苍白，害怕冰冷，害怕没有温度的触摸，害怕没有内核的对视。在世界尚未改变之前，我特别害怕脱离死亡概念的空荡荡。

我看见白鹭，单脚站立竹竿上，沉思默想很长时间，优雅地发呆。突然飞起来，身体连着细竹般的双脚剧烈抖动着，似乎在生命爆破点挣扎与呐喊着，等找到平衡感后，它将双脚绷直，缓缓，恢复了先前的淡定与自若。

我漫无目的地行走，我吃惊地发现，数月不见，青草滩的不远处，吊车、装满泥土的货船排成一个列阵，很成气象。一条路，一条柏油路穿过青草滩的心脏硬生生横铺过来，如同一把利剑，稳当当插下去。一块广告牌，悬挂在十分醒目的要道上——滨湖新城。这里要盖新城了。

——湖水被抽得只剩淤泥与河床，夕阳的残照过早地逼显了它的悲剧美。干涸、皱褶、嘶哑、穷途末路的枯槁——如同裸露着干瘪双乳的老妪，死死抓住门板上的环扣，还有什么，还有什么能值得期待与追念？

有两个农民工，拿着网兜，在泥浆里左右翻动，企图捕到几条垂危之鱼，好求得晚间美食。

据报纸上说青草滩要被打造成一个集生态居住、商务商贸、文化娱乐、时尚运动及休闲度假等功能于一体的多元化现代城区。当然，他们不知道那一片湖叫青草滩，它原是有一个如此质朴而诗意的名字。苏州乡间很多地名，都叫得很让人怜爱心疼，譬如说震泽的"下雨不停"，现在都没有了。地名和土地，一起逃之夭夭。

学校四年前搬迁，因政府置换了土地，将城市里那一块拍卖成了高档商务写字楼。寸金寸土，已经跟我们无关。我们来到湿地边，三百亩土地，可以建足够大的体育场和足够多的教学区宿舍楼。春秋时期留下的越来溪，依旧杨柳青青，它见识了越王勾践的韬光养晦，也目睹了唐伯虎的风流才情。写作颈脖酸得难以承受之际，我会临窗眺望，看越来溪无言之态：含满金色阳光的天宇、鸟影、细密的涟漪、落叶纷纷。它孤独并不寂寞，高贵并不苍白，它把一缕简单的光折射成最丰富的幻象，让所有流经此处的水充满最矜持的幸福。

偶然一次，听总务处的人讲，偌大的校园没有一个化粪池，五千多师生的排泄物全部流向越来溪。

那时好像是午后。午后的光线有种不确定性，阴柔、无力，好像是清晨，也好像是傍晚，是与不是，都没有关系了。如同我不知道我出生到底是在清晨还是下午，我的母亲已经过世，村上另外一个知道事情原委的接生婆也去世了，父亲不关心这事。有一个道士，他想为我算命，必须要搞清楚我的生辰八字，年、月、日、时，一个都不能少。我推推手，算了算了。人生扑朔迷离、跌宕起伏，一路跌跌撞撞走下来，本就是这个样子的。

我的额头还算光洁，我将它磕在车窗玻璃上，玻璃外是暮色中的青草滩。它仅存一点绿意，我掏出手机拍了一些照片。我明显感觉此举是多么拙劣，我又狠狠删掉了图片。一个人的世界，像一个人的舞台，终于要到谢幕的时候了，可是没有观众，也就不需要悲伤了。原本我想把图片传给那位写诗的文友，可想想也多余了——

今夜啊，我是光与影重叠的幻象，在我的江南飞扑，像一汪成不了形的湖水，晃荡。

四

雾气浓得犹似梦境中。汽车开着双跳灯，大概只有三四米的能见度。我集中精力，注视着前方，我们要去一个古镇给小学生上作文课，同行的友人不停提醒我：慢点，慢点。

看不见树木、村庄，看不见天空、河流，只有混沌一片，迷离恍惚。也分不清时光与空间。我的意识在游走，似乎进入了自己的梦境，我听见我心脏的哭泣声，"滴——滴"，转而又变成抽噎声。两天前我在学生宿舍楼附近转悠时，看见一只鸽蛋大小的老鼠蜷曲着，躺在石板上，它好像酣睡着，黄褐色的绒毛团成一堆，然而它并非在做梦，它只是死了，一动不动。我蹲下身去，瞧了很长时间，柔弱地——婴儿般地——甜美地睡去和死去。溪水流淌得寂静无声，芦苇花成了飘絮，飞得看不见了影踪。宿舍楼里女孩子在尖叫、嬉戏，有一个女生野蛮得骂了一连串脏话，没有大人的世界，她们早把自己当成大人。

梦境中，我的车开足了马力，仿佛要在尘埃中消亡了自我一般充满了悲剧崇高美。天桥、高架、大型钢筋水泥灌注成的环形起伏的绕城高速公路。我的灵魂在随着我飞行的速度一起狂奔，腾空而起，似乎可以摆脱一切桎梏而奔上无边的虚空。车子随着速度、力量和惯性被高高抛起，我掩面大哭了，落下去的瞬间——便是我灰飞烟灭之际，我声嘶力竭号哭，梦中的我被哭声惊扰，惶然环顾四周，没有车，没有高速，没有惊慌失措的分崩离析，也没有那伤心欲绝的自我。只是梦，一场梦。我低低弱弱浅笑了下，我安慰着刚从梦中走出的自我，浓雾一片，微微袅袅。

友人的事叙述得太多，他的故事竟也跑到我的梦中。他紧敲着门，手上沾着鲜血，他说他的妻发现了一些蛛丝马迹，拿着尖刀自残，血一滴滴从门缝里淌下，他沿着街拼命嘶喊着她的名字。她在哪里？她又变成了谁？浓雾泼洒得重重叠叠虚虚实实，车到桥上，水汽加重，愈加分辨不清方向，前后左右，找不到任何一个出口。

孩子们在公园门口排成了队，焦急等待迟到的老师。我仍在浓雾里，在梦中摒弃了象征、隐喻，我赤足而奔，穿过丛林、湖泊和山谷。

我回想起昨夜，普洱茶喝得多了一些。书院姓蔡的男子吹箫。文人的抑郁呜咽声充满阴柔之美，似在扁舟里，叶落无声。《西厢记》来了，莺莺娇柔无力唤红娘。评弹的魅力原就是靠诗词想象中的意境来唤醒沉睡中的情欲美。几个男子都合拍打着节奏，晃着头、眯着眼，声音百转千回的媚。

我身旁是两位书法朋友，他们交流甚密，几乎是抵掌而谈，我很羡慕他们这种状态，孤独以后可以在茶酒中交换思想，或者引发学术上的争论。我在边缘处徘徊，我一直是个边缘人。我看见夹竹桃开着有毒的花，我听见沉睡以后水龙头通过喉管吐出肮脏的东西。我发现和我同样寂寥的一个女人。当然，她不是我的同路人。她夹着一根烟，在泡普洱茶，这个茶庄，是她开的，她的丈夫和小蜜过日子去了，离婚给了她一大笔费用。她营造了一个自我的世界，西藏的法器、云南的茶、古琴、琵琶、紫砂壶、檀香、紫檀木桌椅、念珠、琉璃饰品、黄铜佛像……茶庄并不对外开放，只是圈子里人一起聚会的场所，圈子一波一波的，不变的是女主人。她亲昵地拍着男人的肩膀，微微倚过身去，她的脸在一笼橘色灯光的照射下，显出云想衣裳的朦胧之色。很美。我呷一口茶，微苦，普洱茶暖胃，喝多了并没什么害处。

土之坻

五

清冷的早晨，烟雨蒙蒙，听不见鸡叫，就怅惘。

到江南的古镇去坐上半日，也许可抵挡十年的浮尘岁月。人生是场往好里做的梦，于是，去同里，离东太湖不远的古镇同里。

秋水漫漫。南园茶社那条街显得寥落，蹩进一家卖蓝印花布的店铺，和店主人攀谈。主人并不是本地人，南京人，退休后便在同里租了个小店面，一晃十多年，卖些雨花石等南京特产。同里清静、悠闲——老人喜欢这种节奏感，老伴离开人世多年，他也不热衷麻将之类。两百元一个月的租金全都在里头了。前段商铺，中段厨房，后段卧室。我探头一看，房间很简陋，一床一蚊帐，一台二十寸电视机，仅半个平方大小的窗户，推窗，底下浅浅流水，味道并不好闻。每天清晨四五点钟，可听见河边刷马桶的声响，还有棒槌捶打衣服的"噗噗噗"声。老人一直被这种单调护佑，简直不可区分今天和昨天。

老人姓时，时间的时，这个姓氏在我周围很少见。

寒雨，一层比一层下得凉。随着屋檐下坠，便成雨帘，在雨帘下和姓时的老人静坐一两个时辰，我隐约中听见鸡叫，身体像遥远的往事轻浮起来，巷子里没有人在卖杏花，风也不狂，细雨梦回鸡塞远，却有一个经历了"文革"的老人在絮絮叨叨说起过去。我问时老先生，如今你怎样打发一天的时间呢？他推了一下架在鼻梁上的老花眼镜说："陪客人说话，介绍商品啦，没有人的时候就看订阅的《现代快报》，打烊后就是电视机陪着我哦！"

来到鱼行街。鱼行街，过去就是卖鱼的街，河对面是竹行街。我点了两个菜，藕丝青椒、肉末粉丝煲。女主人身体滚圆，头发稍短，挺胸，一看就是个大嗓门。我问她是否知道一些同里的故事，她顿时眉眼笑开了，说："哎呀，我们这家古宅就是嘉庆年间的，那双眉弄就是有名的姐妹巷，我太公娶了姐妹俩做老婆，一条巷子分出两个方向，老太爷高兴，爱上谁的房就上谁的房，多方便！"

这条幽深曲折的弄条，我特意去走了下，两房各在左右。二女同伺候一夫，姐妹又情深，所以随老爷兴致，愿意上哪一房就哪一房，并无芥蒂。甚至能听到老爷微醺的脚步声以及对面房内嬉笑声，独守孤灯的一房也没有嫌怨好生，依然和和气气，真正是好。

女主人搬了把椅子，坐在河岸边，双脚跷起，剥石榴吃。

隔壁阿婆心情好，突然拉开嗓门唱了一句越剧"天上掉下个林妹妹"。烧菜的女子收拾停当，也靠在店门前的椅子上，歪着头。我问她可是女主人的妹子？她摇头，呜了声，并不解释。我细瞧她烫着卷发，歪斜在椅子里，比起女主人有两分姿色可言。

店里有一只狗叫小白，品种好，很受主人重视，屋外有两只野狗，专吃女子倒在屋外陶盆里的残羹，竟也养得肥肥壮壮。女子说："只怕它们过不了冬。"意思是说一到冬天，镇上的居民会把它们逮了烧狗肉吃，说完又补充："本来就是野狗，又有何妨？"一时间，一只黑狗大摇大摆窜到小白门前，立刻，小白狂叫，两只野狗立马应声而上，一起驱逐黑狗。唱越剧的阿婆说："狗也很势利的，谁到了别人的地盘就会吃生活，那两只野狗吃人嘴短，就拼命附和那小白了。"

对面竹行街有一个男人，四十开外，极兴奋地在哇呜乱叫，手里捧着一本花了三十元钱买来的旅游地理书。几个女人学他的戆笑，他嗓门尖利，穿透性强。烧菜女子对着我指指脑袋，说："他这方面有点问题的。"我记起明月湾古村落也有一个傻小伙的，二十多岁模样裤子总会落到脚跟旁，连老婆子都免不了臊他几句。一次游客的照相机掉到河里，傻小伙忙前忙后拿竹竿帮忙捞，老婆子说："你出了卵下去摸，人家会给你一百大洋的！"他跺脚假装生气，躲在树后半天没有露面。

小镇上壮年不多，小青年更是少见，大都买房到苏州吴江居住了。烫发女子告诉我，等游客走光，八点钟的同里，也就熄灯上床安寝了。到冬天的话，傍晚六点开外街上就不见人影。洗好脚，缩到被窝筒里，看看电视就睡觉了。如今旺也就旺个节假日，等十一假期结束，她们就真正闲暇下来。

漫长的冬季做些什么呢？枯枝、暖日，也不可能日日闲扯啊！

烫发女子"噗嗤"笑出声来："玩啊——搓麻将！搭子都是现成的，一搓，搓到开春三月，迎春花开，小镇又将热闹开去的！"

六

薄暮时分，有斜斜的余晖。光线照射在两排香樟树上时，成千上万只麻雀叽叽喳喳，吵得沸反盈天。还有很多鸟，从远方飞来，以迅疾的态势冲刺，迫不及待要在香樟树上落脚。我仰着头看，有眼花缭乱之感，我问一个抱着小孩的妇人：每个傍晚都是这样吗？

我所站的位置是古镇同里老街入口处。青石板路在摩托车的颠簸下发出"噗噗噗噗"的响声，看得出，那回家的人和树上的鸟同样有一种归心似箭的感觉。游人散尽，古镇露出了它原有的朴实——卖烘山芋的朗声叫喊着，一群小孩围住了装满橘子的板车，绿杨馄饨店走出一个胖胖的圆眼睛姑娘，她系着围裙，手上油渍渍，踮起脚尖向着老街的那头张望着。

我也在张望，等待诗人苏野，他是我学友。

十多年以后，突然发现从一个校门跨出的学友中还有为数不多的人在坚守文学，感觉是异样亲切。比如说 2006 年在南京一次会议上我与学长黑陶碰面，不免喜出望外。黑暗文科楼、方塔、那咀嚼的岁月、护城河的流水顷刻间全都堆砌到眼前。我们谈论起《熹微》《弄潮》，当初苏大中文系的两份文学杂志，不知道如今是否还传承着。

苏野来了，古镇上的人都叫他朱老师。他太瘦，坐在我对面抽烟，烟捧在手心嘴凑上去，像在寒冬取暖的感觉。他的瘦弱让我的心很不安，让我的思维延伸开去——诗人神经质轻微地抖动，在自我感觉中漂流，而现世淡漠。他几乎没吃什么菜，只喝了一瓶啤酒。一条白丝鱼全入了我的肚。

我们坐在流水边吃饭。店门口还挂着"耕乐文学社"的铜牌，苏野常来这里讲课或者和文友小聚。小本经营，吃的都是本地农家菜，银鱼跑蛋、咸水花生、蒜泥菠菜。主人是个光头，小菜端上来时哼着曲子，眼角眉梢流露出不一样的女性情致。我微微一笑说了声："继续呀！"他嘴一撇，径自往厨房间走。刚刚哼的是昆曲，一两句，带将出来，是一个别样的旖旎春天。

光头小伙年龄和我大致相仿，据说十七八岁的时候是镇上的小混混，东头晃荡到西头，胳膊袖子捋得老高，故意做出一副彪悍的模样——他身架并不大，充其量也只是甄子丹之类的身形，所以闹不翻什么阎王殿——蹊跷的是，他喜欢写诗，写几首小诗，文采如何，还缺乏考证。三十五六岁的年龄，竟也不娶，自顾自淡定地开个小饭馆。

来谈苏野的诗歌。我经常在博客上阅读。诗中，他就是个修行者形象，他在汉语漫长历史语境中穿梭。"万古如长夜 / 充满叙述、谵妄和混沌"，世界的表象，被他洞悉并穿越了，他悲观孤独地直面"寂静"，像一团墨汁凝在宣纸上。"我知道，我降格的修行 / 只需认知和忍耐"，没有焦虑，没有浮躁，精神在审视之前获得了极度的高贵。

天渐渐黑下来，华灯初上……我们在闪耀着灯光的流水旁谈论文学，并没有感觉寒气环绕。疏离像一种避难所，使得沉于文学的人获得极端的自由，我们久久地坐立。苏野在职业中学教了十多年的书，现在被借调到同里的文化站。他的声音在风里也有抖动的迹象，词语落在蓝印花布上，像一首唐诗被拆开来分段赏析着，他说："品质——品质是重要的，也是我们要坚守的。"我低头取杯，看见一枚星星和一尾鱼躺在杯底。我一直以为苏野要比我大两三岁，一问才知，他比我低两届，是我的学弟。

七

夕阳橘红色一团，斜射到古戏台柱子上时，书院里的司文育就会有种说不出的味道，像衣服失去了颜色后的伤感。他是说故事的人，晓得故事里人的忠孝节义、情仇爱恨，现在，故事还在，却没有了认真上演的戏子。

外地游客不管，一到这儿，就会兴奋，拿出相机狂拍——那飞檐翘角，那空空落落的舞台仍然很有味道。出将，入相。"门帘一掀，"他对他的客人说，"会出来娇滴滴的小姐莺莺，也可能是满脸酒气的武松。你瞧那对联写得多有感觉：顷刻间千秋事业，方寸地万里江山。"话一出口，他却瞬间有了物是人非的恍惚。

瑞兽香炉青烟缭绕，这香原是他到苏州寒山寺请来的，由僧人按照一定的药方研制而成，因此，闻着，不仅心域开阔，对身体也是有一定疗效。话语间，小隐姑娘来了。她还特地背了一把古琴，兼职停当，她顺路过来想看一下。

"抚一曲吧。"他含笑着。

小隐也憨笑，喝了一开茶后，就拨弄起《渔樵问答》。他细细一听，果真，弦声袅袅，轻微深远，和青烟相合，大有远离尘俗的雅意。

"琵琶有红尘俗相，古琴却是清和条畅，小隐能奏出这等沉稳之气，可见是有一定功力了。"司文育放下茶杯，缓缓说了一句。

两人相视而笑，像万紫千红笑着春风一般和煦。把我听得竟接不上一句话，只是暗自惊诧眼前这两位的交谈。

我心绪也随着琴声恬淡下来，一时也忘了自己的窘相。小隐忽然很懒地伸了一个腰，闭上眼睛，说："我做了个梦，梦见太湖里出现盛大的一朵莲花，哦哟，文殊菩萨立在其上，真是妙境庄严呢！"

认识司文育和小隐，也有近一年多的时光，在伏羲茶室，司文育教我拨弄七弦琴。一个指法训练，足足花了两个小时，但并没有觉察到时光的流逝。小隐和他搭伙吃饭，她身材娇小，内心却有惊人的爆发力，自个儿盘了一家店面开茶室，同时授人学琴。一个日本留学生，每周三晚上都过来，他手指细长，弹奏出来的旋律有金属杂音，不够浑圆。那晚要学弹《关山月》，小隐先一字一句，跟他讲词意，"明月出天上，苍茫云海间"——他略略点头，或许明白了一些。小隐俯身铮铮淙淙弹了起来，明月很圆，一半藏在苏州的城墙后，一半落落大方，显出无限兴致。

我和他们平时也都熟悉，一起吃酒，一起喝茶，再抚琴听一曲，人生的寥落便也去了大半。后来我的古琴不学了，太费神，我的时间要挤出来阅读和写作，想听的时候，电脑上搜索一下 MP3，或者招呼一声小隐，在月亮的背面，听她演奏《普咒庵》。

水上的桨声，山中日影，青苔，芳草萋萋。无端的，想到这些，我靠在藤椅上，出神。

八

小镇最能养人，养出人的性情来。

也有笃头，吴语方言，一根筋的意思。但也笃得可爱、有才华。譬如说，胥口镇的阿胡子，给一个小厂看门，成天一壶酒一斤猪头肉，古体诗写得无人能及，"文革"时被下放到农村，至今未婚，对女人也心思不大，只在酒缸里泡着。典型的没落贵族。熟知他的人说，真名士自风流也——你来试试看哇来塞？

看那穿街而过的一个男人，奇高，奇瘦，戴眼镜，外八字，走起路来像刻着金刚经的一片竹简。看着就有意思，觉得有隐匿之后的故事。跟凶杀、忤逆、背叛、私奔、火灾、盗案无关，小镇有其他的戏路，主人公或许就是他。

还有张师傅，他烧的肠肺汤，是镇上的一绝。他佐料仅用盐和味精，小米加步枪，一点也不花哨，烧出的汤稠如白玉，形似牛奶，色纯味鲜，老主顾是一拨又一拨，吃了还想吃。据说他以前在苏州观前街太监弄老振兴饭店掌勺，老一辈的而今全都只动嘴皮子不出手，他不一样，仍站在一线劳作。

那日在书院，喝张师傅烧的肠肺汤，外加响油鳝糊，便觉脚底生风，上天入地走了一遭。

一个老婆子，穿绿色绸面夹袄，用红头绳扎两小辫，头上扎着花色毛巾。喉咙脆生生的，让沿河而坐的客人点唱。一听我和朋友是写作的，主动声明要免费为我们唱《同里四季歌》，果然，音色骄人，原汁原味。

老婆子身后跟着她家老头子，摇头晃脑拉二胡。老婆子喜滋滋拿出一张彩色照片，说后天她还要去北京参加达人秀，和苏有朋 PK 呢！

我说："你肯定有两件绿色绸面夹袄。"

她眉毛笑弯，说："哟，正被你说中了！我两件衣裳替换穿——"

2010. 11. 30

第二辑

识人

无家可归的思想者

等待库切

等待库切。有人在引颈张望。中国现代文学馆里，人们进进出出，媒体摆好了架势，摄像镜头仿佛在等待猎物——来了，他来了。小小的骚动以后，大家屏息以待。来了，他真的来了。中国、澳大利亚作家代表团昂首阔步进了会场。他沉默着，并无笑容，或许说，没有什么表情。他的穿着让女生们惊呼：好帅！黑色小皮衣，白衬衫，牛仔裤，旅行包随意搭在左肩膀，一头银白的头发。他似乎仍在流浪孤苦中，尘埃满面，只是一不小心误入了这个人声鼎沸的地方。他们在说些什么，欢呼些什么，好像都与他无关。他是在异乡，与生俱来的局外感和孤独感席卷了他的内心。他有些局促、不安。他回到了敏感的少年时代。

我见过他十一岁那年的照片：羞涩的笑容，阳光斜照在他瘦削脸庞上，小雀斑，淡淡的忧郁、迷茫的表情，有树叶斑驳的影子。"想到要成为一个南非布尔少年：剃着光头，不穿鞋，他就觉得恐惧。那种感觉就像被打入监狱，一种毫无隐私的生活。"从十一岁至七十三岁，时间维度无论拉得有多长，人的基本情态有惊人的相似度。他走在时间的河流里，伸出两只手，拼命推拒这个世界的喧嚣。

第二次"中国—澳大利亚文学论坛"首场让他来主持。徐小斌和卡斯特罗探究"文学的传统与现代性"。面对话筒，面对频频闪现的镁光灯，面对黑压压人群，他开始了既定程序。只是，一口痰卡在了喉咙，他有些紧张，"Excuse me"，说得小心翼翼，那句英文像一个滑音，偷偷溜入他的喉间。他拧开小塑料瓶，喝了口矿泉水，继续。他还原给我们的是大师那种极其朴素的谦逊。很少人注意到他与生俱来的孤独感，他们仍沉醉在领略到诺贝尔文学奖获得者库切风采的精神狂欢里，已经有人在发微博，不可遏制地进行抒情。

两位主讲人结束了话题。自由提问时间。有一些小小的冷场。他作为主持人，挠挠头，提出了"大学怎样保留文学传统以防止文学灭亡，怎样解决大学教纲和经典阅读之间的冲突"的问题。他游荡在开普敦大学、哈佛大学、斯坦福大学、芝加哥大学、阿德莱德大学。谁也不会料到，他曾经是一个彻底的理科生，电脑工程师的职业让他对这眼花缭乱的世界感到无所适从。他一直在煎熬中，直到转身成了一个文艺工作者，成为大学里的文学教师，浸淫于写小说同时开始文学评论。在《异乡人的国度》《内心活动》批评文论中，他的优雅风度完美体现出来了，他把里尔克、卡夫卡、博尔赫斯、本雅明、福克纳、贝娄等作家亲切地拉到我们眼前，并审视哲学家胡塞尔所称的"欧洲人文危机"文学余震。

第一场探讨结束，休息。已经有人冲上前去请求签名。苹果手机把签名内容一拍，即刻又能发微博。4月2日，中国大大小小的报纸都在关注莫言和库切两位诺奖大师。再直接一点说，这一日，甚至可以成为库切日了。他应该不会意识到。他无可奈何拿起笔，签名，写了十几本，又有几十本书眼巴巴等在后面。直到有中方作家前来制止了粉丝们的行动。疲惫，我已瞅见了他作为流散者矛盾复杂的疲惫感。他抓起他的行囊，黑色的双肩背包，返身走入旷野。

异乡人

"没关系，他到了伦敦。"

在第二部自传体小说《青春》中，库切用了这样一句话。南非的童年生活，让他过早地陷入了青春期的痛苦和迷茫。父亲债务缠身，一步步走向酒精和绝望；母亲独立温婉，却终究承受不了丈夫与儿子莫名其妙的打击。库切在双重文化夹缝中双眉紧锁，愁云无以消逝，也许此刻，写作成了他唯一释放的空间。"如果不写作，我会感到压抑。"

他悄无声息地来到英国，期望找到回家的感觉。

"家是什么？让我告诉你我认为家是什么。一只鸽子有家，一只蜜蜂有家，英国人大概有家。但是我只有住所，住的地方。这里——这套房子，或者这个国家，只是我住的地方。对于我，'家'太神秘了。"

库切想要寻根，但现实击毁了他的梦想。朝九晚五的电脑公司职员工作化解不了他精神上的迷惘。他愈加痛苦：真正的家园到底在何方？故乡在哪里？他所热衷的艺术追求究竟如何实现？萧瑟凄冷的英国街头，库切徘徊着。他和母亲、弟弟在伦敦的一张合影，隐约告诉了我他内心的凄惶——母亲抱着猫，弟弟和他长得很像，有淡淡的笑意，库切竖着衣领，衣领遮住了半张脸，冷峻又哀伤。

他辗转又移民去了美国，想在那里找到文学的归属感，却很反讽性被拒签绿卡。局外人——南非、英国、美国一致把他当成了局外人，他陷入了更深层次的孤独感，而此时，对贝克特的戏剧研究，让他从死胡同中挣扎着跑了出来。

荒诞的真实，绝望的幻想，永远与人类同在。

2006 年 3 月 6 日，库切宣誓成为澳大利亚公民。

中国现代文学馆会场，有人提问，"您认为您在澳大利亚拥有怎样的文学地位？"他轻巧地跳过了这个问题，就像我们玩纸牌斗地主游戏时，轻轻说了声："过。"

库切与他的人

读库切的小说《耻》。译林出版社。书购于 2008 年 3

月。暮春时节，还有点微寒。我与他的主人公——五十二岁大学教授卢里相识了。卢里招妓，却产生了热望，想了解眼前这妓女的生活，对电话里从未见面妓女的丈夫，心头涌起了妒意。故事就是这样拉开了帷幕。在苏州新华书店一楼书架旁我站着一口气读完了小说第一章。令人心怵的笔调铺排开来，我深吸了一口气，这太切合我阅读的小说气场了。卢里教授又陷入了勾引女生并与之发生性关系的丑闻——"篡越"事件不断发生，矛盾、冲突纠缠着卢里教授。他真正面临了南非殖民者后裔的尴尬处境与命运。最终，他放弃了"拯救"一条终将一死的狗的生命的企图。

我牵着卢里教授的手，我能为他做什么？什么也做不了。沏一壶咖啡，还是帮他找到和女儿调和的机会？省省吧，他只能在农村诊所里帮忙做狗的阉割手术。充满了隐喻、反讽的生活让他尝尽了痛苦和绝望。人无法绕开历史，殖民主义消退后伤痛仍是留在各个角落。库切撕开了面具，把最真实的人性袒露在我的眼前，他寡淡的神情在微寒中没有什么表示——我惊诧、讶异，很快陷入了小说创作的迷潭。

2008年底，我循着库切的气息，开始创作《去做最幸福的人》。库切反剪着双手。他在林中路等我。他的小说《内陆深处》，以絮絮叨叨濒临疯狂之态叙述了主人公内心深处的话语。我有所领悟，创作中篇小说《猜猜我是谁》——猜，猜猜看，我是谁？电话里的"我"究竟是谁——令人生厌的电话，幻想与现实交错，女主人公走入了绝境之地。

库切与他的人。他最终选择了伊丽莎白·科斯特洛，这位女性几乎成了他的代言人，她有胆量与整个西方文明传统叫板，而且决不退步。那个春天的下午，中国现代文学馆，库切朗诵了《伊丽莎白·科斯特洛的八堂课》中第一章：现实主义。他站得笔直，仍是黑皮夹克，眼神忧郁，英语纯正。从南非移居到英国、美国，最终栖息于澳大利亚的英语，闪着银色的光泽。我听不懂他在说什么，但倾尽力量，用耳朵去捕捉一个又一个从库切嘴巴里不断蹦出的单词。

逸 事

库切说，诺贝尔文学奖是人的选择，并不一定客观公正，尤其是早期，评委会选的都是与诺贝尔世界观相同的人，前期受政治影响的成分也不少。

隔壁邻座另一位诺奖得主莫言，烦心事更多一点，他说诺贝尔文学奖犹如一面镜子，照出了世态人情，也照出了真正的我和被哈哈镜化的我。他拜托各位媒体不要去找他，也不要到他老家高密去找，他只想尽快回到书桌前。

库切戴着耳麦，听到莫言心声，点点头，表示同情。

我终于逮到机会，近距离拍摄库切。中澳论坛最后一场，他右挎黑色背包，手上拿着瓶矿泉水走近。他在这儿，好像又不在这儿。他的灵魂在游荡着。陌生的语境，永远是异乡人的感觉。伊沃·印迪克和他打招呼，他侧转过来，倾听，难得的笑容具有怀旧的味道——我调准焦距连拍。玻璃镜片、皱纹、修剪齐整的一茬白胡子、巴赫的复调，都浓缩在影像中了。

当日下午，他在鲁迅文学院学员宿舍参观，闻到了中国茶的味道。当青瓷杯盛着乌龙茶，递到库切的指尖时，他拱着身子，一饮而尽，连喝两杯，然后握着女学员的手，激动地说："Thank you。"

库切新作《耶稣的童年》，在中国推出，与英文版几乎全球同步首发。

2013.8.29

推门，即是彼岸

《游园惊梦》

临水的花厅，配有玻璃莲花彩灯。黄杨木根雕、紫檀椅子，兀自孤独沉默着。昆笛呜咽着吹，一缕若有若无的气息，攫住了园子里的花花草草。而花旦，在忧戚戚地吐露自己心事：良辰美景奈何天，赏心乐事谁家院——

这样一个特定的场景，白先勇一定流连过无数回。最初，是在上海美琪大戏院，抗战胜利后第二年，梅兰芳与俞振飞珠联璧合演出《游园惊梦》。白先勇还小呢，九岁模样，乌漆黑眼珠滴溜溜转，听不懂什么，但那婉丽妩媚、一唱三叹的曲调深深烙印在他心中。

再遇昆曲，还是在上海，一晃四十个春秋，1987年，"上昆"演出《长生殿》三个多小时。白先勇久久不舍离去，他觉得这项中国最精美、最雅致的传统戏剧艺术竟然在遭罹过浩劫后还能浴火重生，在舞台上大放光彩，着实令他感动。

同年，南京的另一场精彩演出，江苏昆剧团张继青的拿手戏《三梦》，让白先勇听得魂飞天外。脉脉秦淮河，喧嚣的夫子庙，仿佛一切在重新拼凑。他甚至回想起当年父亲率领全家到中山陵谒陵，回想起蒋夫人宋美龄穿着黑缎子绣醉红海棠花的衣裙在美龄宫接待他们。

2004 年，白先勇到了苏州。水榭楼台，游丝软系，温润、阴柔之美弥漫开来，他一脚跌在昆曲的世界里就出不来了。倾尽全力投入青春版《牡丹亭》的制作，他心甘情愿成为昆曲义工。五月初，台北首演，美轮美奂的舞台设计、翻飞飘动的水袖、百转千回的唱腔，娇滴滴、含羞羞——这是在梦中逡巡，还是在天上低回？台湾的剧场爆发出阵阵喝彩，中国传统美学中的抒情、写意、象征、诗话，都在昆曲表演艺术里得到了展现。

我领着儿子，他也还小，九岁模样，坐在苏州科文中心大戏院里，观看《游园惊梦》。邻座是韩国、日本友人。饰演柳梦梅的是苏州昆剧团的俞玖林，扮相堪称惊艳，着淡青色头巾，鹅黄色绣花长袍，折扇一把，扇动了满园子的蝴蝶。《拾画叫画》一折戏，极尽旖旎。我问儿子，"看懂了吗？听懂了吗？"他捂着嘴笑，说："那个书生一个劲在喊'姐姐、小娘子'。"

柳梦梅的自言自语，回应了杜丽娘的惊梦寻梦。孤独的爱情，在幻想里得到了衍生。羞了，推了，近了，一簇簇柳絮在飞，一团团绣球花在开。在空落落的舞台上花旦沈凤英娇美又沉着。沈凤英的眼睛，最为白先勇看好，看上去很恬静很文雅秀气的江南女子，却从眼睛里传达出了坚定、叛逆的东西。生死爱恋、人鬼交欢，谁能不被这场惊心动魄的爱情所震撼？那女子在倔强地挣扎，如花美眷啊，岂能终付于似水流年？《牡丹亭》满台的繁花之中溢满了不可收拾的苍凉与绝望。

白先勇的青春版《牡丹亭》，从此赴美国、英国、希腊、新加坡等国家演出，场场爆满，盛况空前。2010 年 5 月，白先勇和我的母校苏州大学合作，启动"苏州大学白先勇昆曲传承计划"，设立"昆曲欣赏"课程。那次返校，很偶然地看见了课程安排，我心想，何时才能一见白先勇先生真人呢？

他一直在香港、台湾、上海、苏州、北京等地教学、讲座，带领青春靓丽的昆曲演员漂洋过海到世界各地演出更是家常便饭。我不性急，我愿意等待。

《父亲与民国》

机缘来了。2013 年 3 月 25 日，北京，白先勇做客腾讯书院，讲述"父亲与民国"。我踌躇良久，那天下午，鲁迅文学院安排了蒋子龙先生来授课，分量也相当重。我思来想去，最终决定逃课去追随白先勇的踪迹。

北京午后的阳光斑驳，有一些暖意，我和苏兰朵坐在出租车上，竟然有掩饰不住的兴奋。结果，路走岔了，门牌号看反了，高跟鞋叮叮叮敲着北京的街面。急匆匆赶到腾讯书院，满屋子的人，黑压压一片。"席地而坐吧，就坐最前头。"兰朵说。

白先勇出场了。他坐在明式圈椅上，两手交叉放在胸前，温和儒雅地笑着。见过他很多张照片，他的气质一贯如此。二十三岁在台大留影，笑得羞涩、腼腆、清朗，像水边的茭白，临风舒展。20世纪60年代初到加州大学教书时，他穿着米黄色衣服，系黑黄相间的领带，左手插在裤兜里，意气风发，那时，他已写出了《玉卿嫂》《藏在裤袋里的手》《寂寞的十七岁》《金大奶奶》《永远的尹雪艳》《谪仙记》《一把青》等一系列经典小说，《现代文学》杂志一篇篇刊发，如同天上飘着一片又一片洁白的云朵，把台湾读者旋入一个幻象迭生的文学世界。

我离他如此之近！他的气息，他花白柔软的头发，他松弛的皮肤，他齐整的牙齿，他一双藏着柔情女气的眼睛。连同他的名字，白先勇，都是独特的。他开口说话了，"父亲与民国，这两个词语都有点沉重。我父亲白崇禧他是第一个领着国民革命军进北平的。民国的整个兴衰，他都全程参与，而且在很多关键时候扮演了很重要的角色。所以在这种情形之下，我写父亲的传，至少在军事层面反映了民国的那一段很重要的历史"。

将近一个小时，白先勇回忆着他的父亲白崇禧将军。台儿庄战役、昆仑关保卫战……多场有名的战役，白崇禧骑在马上指挥若定、气宇轩昂。上海的《良友》杂志封面人物是白崇禧将军，可见当时，这位将帅俘虏了多少国人的心！

谈及父亲的晚年生活，白先勇说："我和父亲很有话讲。父子最快乐的时光就是在台湾，我已经上大学了，他和我谈论国家大事，谈古论今。这既是父子话题也是男人之间的话题。现在在我美国家中，迎门有副对联'文治武功从所好，和风时雨与人同'，这是国民党元老胡汉民手书给我父亲的。父亲过世后，子女清点遗物，我带走了这个作为纪念，我自己也很喜欢这幅字。"

父亲与民国，落到了真实的地面，白先勇内心应该是澄净的。他一直是站着在讲述，语势算不上慷慨激昂，绵绵的、糯糯的，带着台湾腔的普通话，犹如一把刷子在拂去岁月里的尘埃。七旬老人，回顾着父亲复杂的民国一生，本身就包孕了太多的历史元素。

且让我在这样一个午后，慢慢体悟——胡同里的自行车铃按响了，街面上的花还没开放，北京的春天来得太迟，我却实现了心中所愿，我默默低头走路，这样的感觉，真不错。

《永远的尹雪艳》

红漆木板掉了色，一排排长椅坐上去咯吱咯吱响，门被轻轻推开，教授夹着讲义走进来。我们翻开白皮书——苏州大学中文系自己编的内部读物《现代文学作品》，轻声诵读。尹雪艳，着一身蝉翼纱的素白旗袍，浅浅地笑着，一径走到我们这些学生身边。后来，我才知道，《永远的尹雪艳》1979 年刊于北京《当代》杂志创刊号，为首篇发表于中国大陆的台湾小说。

之后，越看越品砸出味道，尹雪艳说着苏州腔的上海话，在百乐门舞厅舞出自己独有的旋律。她像个死亡女神，安慰着正在厮杀正酣的芸芸众生。不难看出，白先勇对女性是怀有敬畏和恐惧之感的，他的笔触古典、细腻、家常，又时时流露出苍凉气息。二十年前，我于懵懂之中在白先勇文字中穿梭，只觉文学的妥帖感，它像一片清雅素淡的夹竹桃，妍妍地开放在苏州大学爱河边。

二十年后，我歪歪地斜坐在沙发里，再读尹雪艳，她一点没有老去，依然迷人，不施脂粉，细挑身材，压场的本领无人能及，用现在的话说，气场太足了，足得可以震慑住一切在空气中浮游的生物。文学的魅力让一个人永远保住了容颜。据说就在今日，上海沪语话剧《永远的尹雪艳》成功上演，那是怎样一种美到极致的现场！我有些按捺不住，日影摇曳在大海上，跳跃着的光斑像一枚枚银币，苏州到上海的动车，二十分钟就能抵达，而直抵心灵，是多么令人快慰的事情。

来看看白先勇的评价："上海与我的童年息息相关，无论是文学、戏剧，甚至是昆曲，都是在这个城市启蒙的，因此，我也希望能以一种形式把我对上海的感受赋予永恒的意义。我这两天看戏看下来，好像这个剧触动了上海大众心中的集体记忆。我当初写这部小说，也下意识希望上海这种精致文化变成恒定，变成一种文学作品。"

我想把永远的尹雪艳抄在毛边纸上，泛黄的一种，小楷，写累了的话，就去喝碧螺春茶，苏州太湖洞庭山碧螺春，泡一开，嫩芽碧绿，吓煞人香，尹雪艳懂得。

2013.10.9

荷塘边的先生

鲁迅文学院楼前有一湾池塘。若不是冬天，池塘里的鱼时常成群结队，拥在一起，估计是说说心事，谈谈见闻，可能也会聊聊文学。我有时会将吃剩的馒头喂它们，它们一条条爱理不理的小样儿，让人哭笑不得。

池塘对岸，有一尊青铜雕塑。那人静静地坐在一棵松柏下，脸上架一副金丝眼镜，双手插在长袍中，右脚微微跷起。相聚一米远的地方有一汉白玉塑成的荷叶。不用猜，他是朱自清朱先生。模样称得上俊俏，典型的江浙文人，有一种娟秀之意。朱先生守着他的荷塘，冥思默想。旁边有一丛迎春花，四月的风一吹，开得如火如荼，一片嫩黄的颜色堆在一起几乎要夺人心魄。只是朱先生的耐力极好，视而不见。如秦淮河中遇着再怎样绝色的歌妓，也只是内心郁闷转为懊悔，终究安于平静。

喂鱼时候，我会绕到朱先生边上。先生是江苏扬州人，算是老乡。老乡见老乡，两眼泪汪汪。扬州比苏州可能来得更俏皮，连唐诗中也是这么下定论的：天下三分明月夜，二分无赖是扬州。有一天晚上，我喝高了，回到鲁院，无意识走到朱自清身边，很动情地说："先生啊，我能不能借你的肩膀靠一下？"旁边几个同学一听，乐了。我仍在意念中诉说："先生啊，为什么我一见到你，就忍不住流泪？"话未说完，眼泪就像开闸的水涌出眼眶，伏在先生肩膀上嘤嘤啼哭起来。李满强同学用手机抓拍了两张。第二天我早将此事忘得一干二净，直到满强把手机照片展示出来时，我哑然失笑。

"我们这些大活人的肩膀你不靠，偏偏选择了一尊雕塑！"满强戏谑。

"他是有温度的。"我偷笑。

毕亮意味深长地说："园子里有这么多现代文学大师的雕塑，你独独看中朱自清，是不是有特殊的含义呢？"

这当然是有缘由的。一来朱先生温润的模样，瞧着舒服。二来朱先生绵密的心思，让我印象深刻。《给亡妇》一文中，他表达了对结发妻子武仲谦真切的想念和爱恋。武仲谦眉毛细淡，小嘴轮廓鲜明，是个体弱单薄但意志坚决的传统女人。兵荒马乱时，她领着婆婆和一群孩子东躲西藏，还带了朱自清的一箱箱书。她懂得朱自清——最爱的就是书。朱先生自然感激涕零了，可惜武仲谦积劳成疾，染上肺病，三十一岁就离开了人世。

我当了十五年的教师，每每带领着孩子们在窗明几净的教室里朗诵他的美文，内心格外澄澈。《匆匆》一文我在少女时代便倒背如流："燕子去了，有再来的时候；杨柳枯了，有再青的时候；桃花谢了，有再开的时候。但是，聪明的，你告诉我，我们的日子为什么一去不复返呢？"那种春阳易逝的感伤，过早地纠结了我的心灵，薄雾一般的愁思带着中国特有的古典情结，悄悄弥散在我的世界。如今，《匆匆》被选为人教版六年级下册的范文，我觉得非常有必要，光阴之美留驻在少年骨髓深处，必将促动他人生观的确立。再看《春》《背影》《荷塘月色》《绿》，无一篇不贮满诗意。这些选入教材的美文，很好展示了现代文学白话文的审美特征。最喜欢在午后，用富有磁性的嗓音，伴着轻柔的钢琴曲，给学生朗诵，少年们大都陶醉了——陶醉在朱先生清幽真挚的文字中。

应该还有什么？让我眷恋着他。初到北京，我去了清华大学，师姐吴俊在清华大学马克思主义学院任副教授，专业伦理学。这位和我一样从幼师保送出去爱唱爱跳的姑娘，居然潜心书斋，专攻抽象枯燥的伦理学。

朱先生在《初到清华记》一文记叙了夏天访清华园教务主任张仲述先生的经历，说不清路上究竟要多少时辰，雇洋车到西直门换车，那车夫行路真叫个慢，一边骑车一边还说饿了，吃了东西再上路，把朱先生急得说不出所以然，到清华要何年何月呢？

那天我打车要到清华园西门，出租车司机在南门就把我放下来，我只能一路慢慢走，见红色宫墙、高柳，也觉得有近在咫尺、远在天涯的感觉。

好不容易进了园子，见到一排排高大爽直的白杨树，心情立刻舒畅起来。师姐携我手一路领看了清华学堂、工字厅、古月堂、气象台等建筑，走到水木清华处，我们不自觉地收住了脚步，秀水绕古亭，清坐无俗气。况且还有康熙御笔，"水木清华"，庄美挺秀。

转角再走，到了近春园，《荷塘月色》中描写的景色便在此处，"弯弯的杨柳的稀疏的倩影，像是画在荷叶上"。杨柳依稀可见，但春寒料峭，没有倩影，只有岁月干枯之美。高考做阅读理解题目时，还有人专门问此句中"画"字的好处。朱先生在清华艺术讲堂里探讨过古典文学中"逼真"与"如画"的问题——"如画"更求艺术神韵吧！我想象着朱先生独自低着头，沿着小煤屑路，有一种莫名的抑郁和痛楚。个人在时局中的飘摇，越发牵起他对古典美学中的自由产生热望。

《我所见的清华精神》一文里，朱先生认同钱伟长先生所谈起的"独立的、批评的"。关于清华精神是"服务的"，他又加了一点"实干的"。师姐吴俊补充说，清华大学服务学生的意识是一流的，食堂里所供的菜是绿色专门通道来的。姐妹俩特地上了二食堂，点了酸菜鱼、土豆丝、铁板茄子，果然味美实惠。

清华园大得超出想象。饮食、休闲、工作、医疗可以足不出园，便能尽情领略。冬天，一家家清华人在近春园厚厚的冰面上冰嬉；春天，藏在杨柳牡丹花下潜心读书；夏天，满池子的荷花摇曳多姿；秋天，银杏叶铺满清华路。日暑静默，闻亭钟声清脆，清华人哪会再有浮躁之气急乎乎向外冲赶？

巧得很，师姐吴俊是正宗扬州人，与当年国文系主任朱先生属于真正的乡党。爱屋及乌，这两位清华的教授我都喜欢得很——

2013.10.18

邂逅海棠话苏轼

热辣的天，我们继续游走。

从吴冠中的故居出来，径直去了闸口镇永定村。苏轼手植的西府海棠，一定要去看一看。站在围墙外，一眼看到林散之先生所题的匾额"海棠园"，两边的楹联是沙曼翁先生所书"海棠千载好，天远万世荣"。两个当代文人的笔墨与宋代文豪苏轼的气息相融合，让人体悟到时代一抹风流的愉悦感。

酷暑中海棠枝叶茂盛，但乱蝉嘶叫，未免有些浮躁气，叶片也有些打蔫。海棠最美的时刻，应是在春天，工作人员从他手机里翻出所拍摄的微视频。果真，烂漫的粉色笼罩了整个院子，融融曳曳一团娇，似朝云浅笑嫣然，东坡酒酣后开始笔墨情趣。花也俏，人也笑，气韵流淌，空蒙灵动，一派天真自然，这都是苏轼钟情的。贬谪黄州期间，苏轼挥笔写下有关海棠的诗歌："东风嫋嫋泛崇光，香雾空蒙月转廊。只恐夜深花睡去，故烧高烛照红妆。"

苏轼赠宜兴友人邵民瞻西府海棠花种，发生在元丰八年（1085 年），那时他经历了黄州、汝州迁谪的人生境遇，又遭逢第四子天亡，对官场已深为厌恶，人世况味也觉得淡到骨子里了。从他题写给邵氏的匾额"天远堂"便可窥见心态。天高皇帝远，再也不要来纠缠烦我，春阳苦短，且让我花下眠、酒中醒！匾额在内室高悬，颜色完全褪去，没有谁去补色，反倒好，还原了最真实的历史心态。

在我眼中苏轼是最可爱最有才华的中国文人，是最元气淋漓富有生机的人。在赣州采风的闲谈中，不少作家表露出对苏轼由衷的赞佩。说他在书画方面的成就，他在文学上的造诣，他为政时的功绩，他是酿酒师、美食家、乐天派……他玩什么精什么。就连林语堂，也以写苏东坡传为乐，觉得"若说到苏东坡，在中国总会引起人亲切敬佩的微笑，也是这话最能概括苏东坡的一切了"。

苏东坡像一阵清风度过了一生，其中和宜兴的结缘，值得回味。

先读那首《菩萨蛮》。

> 买田阳羡吾将老，从来只为溪山好。来往一虚舟，聊从造物游。有书仍懒著，且慢歌归去。筋力不辞诗，要须风雨时。

我想，一定是宜兴的山清水秀、民风淳朴吸引了苏轼，好友蒋之奇、单锡的热情款待，让备受生活坎坷磨砺的苏轼找到"此心安处是吾乡"的感觉，所以他"买田阳羡"。

——这四字也成为了高考学生必须掌握的知识点，释义为：辞官归隐。

从陶渊明开始，中国士大夫文人大都有这样的向往：头戴斗笠，手扶犁耙，立在山边田间，当一个农人，当然他能作好诗，能吟咏，能豪饮，酒后酣然能月夜登城徘徊。这些人是自然中伟大的顽童。

官场蝇营狗苟，小人总是在不设防的状态下会捅人一刀。苏轼又是性格耿直的人，遇有不惬心意之事，就觉得"如蝇在食，吐之方快"，所以命运多舛。还是乘一扁舟，纵情山水——去那古木参天掩映下的芙蓉寺参禅感悟人生，抑或在东氿瞭望满目青山，看一碧溪水缓缓注入太湖，更为潇洒的事是汲水煎茶，"大瓢贮月归春瓮，小酌分江入夜瓶"，一壶在手，风流云散。归去来兮，清溪无底。我似乎看见苏轼走在闸口镇上，赤着脚，挽着袖管，敞开袍子，不拘小节地和百姓讨论农耕、水利；清晨他又从丁蜀老街探出头来，拎着壶，原来是和制壶人漫谈了一宿。

我尤其喜爱他率性而饮、飘荡人生的状态："早发宜兴，饮酒一，醺然竟醉，置拳几上，垂头而寝，不知舟之出。问外究观风味，使人千载想象。"

风雨如晦，不知何事萦怀抱。想我近日来也有小人诋毁，有愁雾萦绕，如今见了东坡居士，种种琐碎也放置云崖之外，且看无边风月。

昨晚倦怠，睡得早。只恐海棠没了陪伴，也会早早入梦。早睡有早睡的好处，凌晨五点多，家人还是鼾声如雷的时候，我就双目炯炯了。盛夏炎热，但若吹到晨风，自然消散了溽暑烦闷之气。窗外鸟鸣啾啾，淡青天色恰到好处，坐书房，翻起宜兴文史资料《苏轼与宜兴》，于是有了写作的欲望。

先手抄一遍苏轼的散文《入荆溪题》。

吾来阳羡，船入荆溪，意思豁然，如惬平生之欲。逝将归老，殆是前缘。王逸少云，我卒当乐死。殆非虚言。吾性好种植，能手自接果木，尤好栽橘。阳羡在洞庭上，柑橘栽至易得。当买一小园，种柑橘三百本。屈原作《橘颂》，吾园若成，当作一亭，名之曰"楚颂"。元丰七年十月二日书。

苏轼写得酣畅，我抄得酣畅。

风行水上，一片开阔。苏轼贬谪黄州后回到阔别多年的宜兴，一路心情是多么畅快！好几年前，他已经托好朋友同科进士蒋之奇在善卷洞不远处的张渚黄墅村购得一处田庄。但仍觉得"未足服腊"，又在友人邵民瞻帮助下，购得宜兴和桥滆湖边的塘头一处田庄，有百余亩。苏轼完全做好了卜居归老的心理和物质准备。人生一世，宦海沉浮变幻莫测，唯有求得自由的生活才是真正得道。"人能安闲散，耐富贵，忍痒，真有道之士也。"苏轼是最明白不过的人。

平生之欲，要豁然，以坦荡胸襟面对人生厄运。即便在荒僻的黄州，他也如旋风中的羽毛找到最稳当的落处。"东坡居士酒醉饭饱，倚于几上，白云左绕，清江左回，重门洞开，林峦岔入。"苏轼的随遇而安，许多人心向往之。其实他也是在经历了死里逃生的遭遇后深思人生的意义。他用亲切宽和的诙谐、光辉温暖的安然来面对外界嘈杂纷乱的一切。

到宜兴，完全不设防的轻松、自然包裹了苏轼。他让身体的每一个细胞得到放松，大口呼吸。他还有一些小小的、天真的矫情，说在宜兴终老，应该是前生注定的缘分。苏轼联想到了王羲之，那个袒着肚皮、躺在床榻上不修边幅的男人，说"我卒当乐死"。人生无挂碍，因为内心自在。屈原羁绊太多，因自己的美政理念没有得以实现而郁郁寡欢。《橘颂》一诗，咏物言志，表明他遭遇谗言后仍不改操守的气节。苏轼通透，在儒道佛中自由游走，让人艳羡。宜兴的山山水水，也敞开襟怀迎接这个拥有顽童之心的大才子。

闻名于世的苏轼作品《橘颂帖》又名《楚颂帖》，纸本，行书，信札一则，就这样诞生了。其文辞悠然，氛围闲适，兴起而笔随，展现了苏轼那时的心情从容、平和、放逸。其用笔沉着和缓、饱满、明亮，似乎表明人生的污浊都可在荆溪水中涤荡开来，不足挂齿。

凡优秀作品都是性情而作，无半点功利色彩，我不禁联想到他的《寒食帖》——在黄州凄苦环境中，他用老庄哲学来化解人生忧患，书写中追求的仍是笔调高妙与笔意清远。

令人扼腕叹息的是，苏轼老年一直过着流放的生活——岭南颠沛、再贬琼州，抵达常州时已染病在身，一代文豪病卒于常州借居之所，没有回到他应当乐死的阳羡地。此等风流人物受命运折磨，元代书法家赵孟𫖯也忍不住唏嘘：东坡公欲买园种橘于荆溪之上，然志竟不遂。岂造物才尚有所靳耶？楚颂一贴传之后世为不朽，则又非造物者所能靳也？

晌午。热烘烘的气流弥散。懒得出门，也不想出门。用紫砂壶泡好阳羡茶，自斟自饮，忽然想到一趣事，苏轼喜欢牛饮，嫌紫砂壶太小，三两口喝光一点也"不煞念"，于是自制提梁壶。

海棠在春天开放，已与宜兴的朋友约定了，要饮酒、赏花、看月、喝阳羡茶，人生有太多美好的事情等着，其他纷扰大可忽略不计了。

2013. 10. 9

水墨设色吴冠中

故园怀乡情

宜兴闸口镇，和若干个太湖边的小镇一样，湖风里荡漾着浅浅的清愁与宁谧。芦苇摇曳，桑树吐芽，青草滩上掩藏着一群又一群的白鹭惊飞——无法言说的美，被画家吴冠中捕捉住了，从此魂牵梦绕，故园怀乡之情成了一生永远的牵挂。

我说，明天去吴老的故居看看。朋友告诉我旧宅已经修缮，格局基本保存。热辣的天，挡不住一颗虔诚心的拜谒之旅——北京鲁院读书时，同学专程到潘家园旧书摊买了厚厚三本吴冠中画集寄回新疆。798 艺术中心的吴老的一幅高仿真画开价也达五六千元。江阴宜兴本是毗邻而居，我笃悠悠，并不性急，总有一天，我会到吴老生活过的地方慢慢走一圈。

青砖、白墙、黑瓦，掩映在青山远水中，格外醒目、活泼、自然。这是宋词里的意境,"一川烟草,满城风絮,梅子黄时雨"。吴冠中将它进一步物化,那桑园图中远处有人家,依依墟里烟,千万个点和线连缀在一起,形成了万物蓬勃生长的狂欢节。客厅中那张八仙桌色泽斑驳,但雕工精美,能依稀可见少年吴冠中伏案苦读着,他抬起头,倔强的双眼透露出穷人家孩子要靠读书来翻身的决心。青春的草木茂盛,哪想到他在浙江高大电机科读书时一头栽在艺术女神的怀抱里。

长条搁几上摆放着煤油灯、挂钟、收音机、茶壶……甚至听得见岁月在老宅里走动声,嘀嗒,嘀嗒,少年吴冠中在隔壁厢房里入睡,燕子啾啾欢快在枝头上跳跃着,春笋在山间拔节而出,鱼儿在网中噼啪作响,各种声响流淌进他的梦里——"水面清圆,一一风荷举",待他一觉醒来时,金榜题名和洞房花烛人间两大喜事等着他,赴法留学榜上有其名,同时就在这简陋的厢房里他和娇妻朱碧琴喜结良缘。

远赴法国,故园便真成了梦里依稀的回望。江南的气味,江南的雨声,江南的乡音,江南的灰白情调,江南块块面面相衔接的清一色……镌刻在生命肌理中,无论如何也擦拭不了。"白发游子故乡行,鹅群嘈嘈皆乡音",千万只鹅顶着大红冠冲着吴老欢腾叫着,真切又富有喜剧色彩。三两笔线条将藤蔓牵出,小院春色惹人闹,这是谁家?是老师缪祖尧的新居,还是姑爹捕鱼得了好收成重新修整了房屋?双燕盘旋,落花人独立,有蒙蒙丝雨,这样的境界最是江南。

东方人生于此的世界，充满了律动感。

　　栀子花开了，气息馥郁，浓浓滚香溢在园中。北京的文友说，爱极了吴冠中的画。北京人爱江南纯属正常，江南在吴冠中笔下又更添隐秘和神韵，这是一种说不清的情愫，仿佛暗香浮动，琐窗朱户，月迷津渡，数峰清苦……所有具备东方意蕴的美学皆能在此找到回应。这得益于吴老一直在锲而不舍地探索中西方文化融合的路径。风筝不断线啊，故园怀乡情，是客厅里的一块清水方砖，是绍兴夜寂无声世界里传出的鲁迅咳嗽声，是宁波冷落街尾大宅院里飞出的灵动双燕。

　　《自家江山——吴冠中笔下的宜兴》，书名起得甚是有情感——自家，唯我独有的自豪感；江山，任人徜徉的逍遥感。据说当年吴冠中斟酌之后也同意了这样的书名，还答应来亲笔题写书名和序，然 2010 年 6 月 25 日，九十一岁的吴老驾鹤成仙，让故乡人只能在此岸悲伤并遥祝。

　　故乡一颗笋。吴冠中有画笋的情结，他说："不被吃掉，便成修竹。"竹海芊芊莽莽迎风低吟，春笋翘着尖尖的小耳朵聆听时，吴老在宣纸用水墨泼洒出一幅又一幅饱蘸情感的画——"自家江山墨里看，人渐老，沧桑变"。这是吴老的原话，读之感慨良久。

　　去了，水流花开皆有了稳稳当当的出口。

琴瑟合

　　吴冠中一生中有两个梦想，一是成为画家，二是成为作家。他有文学梦，其文笔清新、自然、灵动，丝毫不逊色于当代一些文学大家。2004 年人民文学出版社出版的《我负丹青——吴冠中自传》以 335 页的文字铺叙了他坎坷的一生及艺术观。其中一篇散文《他和她》真挚感人，读后不禁唏嘘。他以第二人称的方式追述了自己和爱妻朱碧琴的情感经历，这里既有苏轼十年生死两茫茫凭悼亡妻的深沉抑郁，又有巴金想念萧珊的一往情深。大师们都继承了中国文人的气质和情思：人间信有鸳鸯鸟。

　　朱碧琴是湖南妹子，长相却有江南人的温婉，端庄可人，从他们俩在重庆的合影中便可以判断出她的大气、淡定和从容。学绘画的都是穷小子，父亲告诫过她。她不管，执意要和这个才华横溢的男子携手共度人生。林风眠老师为他们画了一对枝头的彩鸟作为贺礼。这是个隐喻，中国人的爱情方式，大难临头也有不各自飞的典型。

　　吴冠中赴法留学三年，朱碧琴便留在宜兴闸口镇北渠村和公婆朝夕相处。都说婆媳关系是世界上最难处的，朱碧琴和她的婆婆却是出奇要好，不知道用的是哪一帖良药？她会定期给吴冠中写信，如沈从文坐在去湘西的木船上写给三三，只是她采用日记式的平铺直叙，没有过分旖旎的文字，家书抵万金，吴冠中则是哆嗦着拆开信，像读圣经似的逐字逐句推敲、揣摩。

吴冠中回国，在中央美术学院任教，经济拮据，每个月生活也成问题。朱碧琴精打细算过日子，吴冠中默默瞅一眼妻子忙碌的身影，不知怎的，竟联想到《浮生六记》中的芸娘和《伤逝》中的子君，这两个典型的中国女性都带有悲剧色彩，她们的命运轨迹该不会折射到朱碧琴身上吧？贫贱夫妻百事哀——他又一味地钻进艺术，还好，都挺过来了，朱碧琴从原先的一个美术门外汉渐渐便成通晓东西方艺术的专业人士，是他在美术的海洋中手把手教会了她游泳。小口角、小怨言、小忧伤、小情趣，在这对爱人之间来回闪现，组成了真实的生活场景。

20世纪50年代中期开始，他背着油画箱各处写生，这三十年的苦行僧生涯是她无言一路相陪着。贵州阳朔，寒风呼啸，画架根本支不住，他快要哭了，她用双手扶住画面，用身体替代了画架，四只冻僵的手相握，无语凝噎。一张著名的照片，法国摄影师马克里布拍摄——1983年，吴冠中在摇摇欲坠的黄山绝顶雨中写生，妻子照例为他打伞，一边是迷人的黄山神韵，一边是相濡以沫的夫妻情，吴冠中自己坦言：她要人，不要艺术，而他要艺术，不顾人。

我坐在木凳上，看楼下树影婆娑。她作为他绘画作品的第一读者，真诚、一针见血、权威地指出他哪些作品可以进画室，哪些应该毁掉。他衷心尊重。艺术上的坦诚相告需要眼界和勇气。

吴冠中说：我生平只垂青三小我：鲁迅、梵高和妻子。鲁迅给我标的目的、给我精神，梵高给我性格、给我怪异，而妻子则成全我生平的胡想、通俗、善良、美。

旧书旁，清晨，一对伴侣坎坷温情的一生，撼动了我心灵。熬粥，看小区里来回走过的行人，面孔有熟悉的，也有陌生的，还有那似曾相识的双燕，在紫藤缠绕的长廊里飞过。深呼吸，喝茶。卧室的门吱嘎开了，先生也起床了，一天生活正式开始。

2013.7.14

春阳不计长短

一

　　先看那背景，花的色彩浓郁、奔放。座椅上的女子，黑衣，黑里流淌出人生的底色。眉宇间萦绕着深锁住的怅惘。《黑衣自画像》，获法国国家金质奖章。她端坐着，手指微垂。画框镜片里透着反光，在她的黑衣里，我看见我的容颜，青春而不安。雏菊的野味弥散出来，明朗而芬芳，隔着恍世的饱满和含蓄。巴黎。苏州。时光穿梭的一种幻象，却真实地融合在一起。我沉默徘徊了很久，为了看这场画展，我耍尽心思，从繁冗的生活中奔离而出。保安也来回地踱步，七十多幅潘玉良绘画作品价值连城。

　　《玩扑克的女人》。那女人着装素雅，面色沉静。1959年，潘玉良旅居法国。沉下心，占卜自己的命运，铅灰色滞重的氛围，没有谁能告诉自己下一步是什么。错乱的纸牌，一张一张排放，悭吝的神，紧闭双唇，并不透露任何寓意。低眉，哀婉。无可奈何花落去，异乡人的漂泊如青藏高原上的冬虫夏草，穿透灵魂一般，在靠近阳光的最顶端生长。文学界才女张爱玲终老一生，也是褪尽繁华后选择了寂寞，她在美国纽约公寓孤独地死去，三天，天空中飘着淡淡的云。而巴黎的蒙巴拿斯墓园里，第七墓区的一块小小墓碑上，用中文镌刻着"潘玉良艺术家之墓"。一样的才华横溢，一样的决绝。在窥望中我敛声屏息，在画框镜片上轻轻摩挲，画展大厅除我之外，几乎没有其他游客。有风，吹着窗外的柳叶，满条拂动着期待几许的欲望。早春三月，我怎么听到了霍普金斯的两句诗？

　　　玛格丽特，你在哀悼的
　　　是金色的落叶吗

　　　这是人类与生俱来的宿命
　　　你在哀悼的正是玛格丽特

　　我不敢驻足回望。垂丝海棠开得妖娆粉嫩，一大片一大片，一路上，尽是它们的身姿，高速公路上。人行道两侧。河堤上。像易碎的玻璃小器皿，风一吹，就摇落到土壤中。春天的阳光是不计尺寸的，长一寸短一寸，纷洒于我们的肢体、头发和奔流的血液。我嗅到民国的气息，潘玉良抱着琵琵唱严蕊的《卜算子》。"去也终须去，住也如何住？若得山花插满头，莫问奴归处。"奴归何处？漂在河中随风而去。而河流成为不可截取的悲哀一瞬。正是这曲哀怨的歌调，让面寒清秀状的玉良来到了潘赞化身边，命运之门也缓缓向这位挣扎在风尘之中的女子打开。

二

纯粹的女体画展。臀部、大腿是那么夸张，明示着生育的蓬勃之气和母神崇拜。玉良铁线如清水芙蓉，将流畅细腻圆浑的书法融于女子最美的人体勾勒。灵逸、秀美、坚实、饱满。溶溶漾漾，恍兮惚兮，夏日成荫下慵懒绵密的一觉，回味了女子梦里花落知多少的纯美闺思。

《女人和猫》。猫也在对镜贴花黄，小可爱，小忧伤，小精灵，小灵魂。女人和它相依而成，默然中告慰彼此的心事。战争、疾病、瘟疫、政治都绝尘而去。过滤苦难。苦难让女人更加执着和坚强。摊开一碎花布，希望和美丽在典雅的意象中延伸。

现实中，潘玉良并不是漂亮的女人。巩俐在《画魂》中的出演让很多人对她有错觉。潘玉良粗声大气，脸胖，朴拙、大方，有种男人的脾性。她把情义归结到给她新生的潘赞化，而将生命揉到执着不弃的艺术中。不恋爱、不入外国籍、不与画廊签约，在清贫寥落的生涯中她坚守着月亮的寒光。冰凉的艺术之水，汹涌着纠缠了她多年，仿佛她裸足落世就是为它而来。殁了，在巴黎的寓所地窖里，留下四千多幅遗作，有的已经霉迹斑斑。

谁这样评价过：她把生命扯成碎片，每一件作品都看得到她的灵魂。

美的事物总有种无端的寂灭。寂灭穿透着空灵与岁月的痕迹。

三

"一粒沙呻吟，

十万粒围着诵经"。

——《敦煌幻境》

往事纷纷扬扬，回忆总是迷离，衰如烟草。贝聿铭设计的苏州博物馆，确有大家风范。人少，正营造了宁谧浏览细细品读的氛围。一对韩国夫妇，带着一对小男孩，对于异邦文化，他们看了个好奇、新鲜，就匆匆而走。韩国女人的皮肤很白，黄色波浪长发卷得很时尚。

潘玉良属蜇身海外的画家、雕塑家。她在国外举办的正式沙龙展览有二十多次，被授予奖章也是常有的事。在她的简历表中，我看到这样一行：

"1960年闻潘赞化病逝，无限悲哀，很少作画。"

无限悲哀！她终于将情感之水倾闸而下，任悲哀中写尽蚀骨的相思情和无望的苍凉感。忧伤如歌，谁在吟唱？忧伤到连最心爱的画笔也懒得提起。

在她的裸体素描展中，男女浓稠欢爱，历尽生命大悦。男人的相貌大都称不上英俊，女子丰满、茁壮，藤绕树相牵，滴落风行水上之酣畅。一行小楷书写得颇有谐趣：一向一背一男一女尽心尽意甜言蜜语。"玉良"落款之"良"字最末一笔长长斜逸而出，仿佛松了一口气，又似乎一声长叹。爱情也揉在风里，化进画里，女子的情怨一笔一笔捺出去、收拢来。

好文字的背后沉淀着痛。经典绘画也深埋着悲悯与希望感。辗转。流离。颠沛。寂寞。灰烬如锦绣。时光轻轻悄悄，原是捉弄人的，而转身的背影，流泻出缕缕幽香。

城外草木葱茏芬芳一片，紫荆条、广玉兰、梨花，都开得没心没肺、慷慨交错。花有重开日，人无再少年。我咳嗽几声，从博物馆侧门穿出，径直向城北的书店走去。

2009. 7. 13

苍烟散

一、旧宅

我和吴锡亮老师相约，在平江路和白塔西路的四岔路口见面。

夜色中的微风，有种温润的东西。才两分钟，就到了他的住所。小巷、胡同，拐进去是一所老式公房，马头墙有一百多年。人字形屋梁结构，屋顶上的砖瓦因多年翻修变得斑驳多色，陈设的家具简洁朴素。我有些好奇，目光在这些留着岁月痕迹的桌、椅、床、墙间逡巡。很多人不会想到，这里曾是苏州已故书法名家吴进贤先生的家。在吴老一百零八岁冥寿时，苏州市书协为他出版纪念集，锡亮老师要求我写一点文字。我惶惑地推辞了，从未见过吴老的面，也未接触过任何一件沾染他气息的东西，岂敢造次？

风从窗户、门缝的各个罅隙里穿入，可以想见，冬天是何其砭人肌骨，夏天是怎样的炽热炎炎。吴老铺纸研墨，九十多岁时，仍笔耕不辍。就是在这张八仙桌上，完成了多少艺术作品，譬如留园大屏风上的《留园记》，六百零六个隶书，气势恢宏，每个字又灵活多变，生趣盎然。我抚摸着八仙桌上的纹路，其意象如云涌，如狮吼，如菊开，与过往的岁月十分契合。桌子榉木材质，厚重无比。从民国起，那股风就在这旧宅、这桌子上微吹开来，有淡淡的苦，淡淡的温热，淡淡的文人情愫。

二、人生初始

我从百度上搜索，百度显示：

吴进贤（1903—1999），字寒秋，在书法上先后师从蒋炳章、李根源，并得陶行知指点，擅行楷，尤精隶书，20世纪30年代初，苏州大水，与吴清望、余觉、蒋吟秋合作正草隶篆四体屏条义卖，群众争购热烈。被小说家程瞻庐誉为"吴中四杰"。1935年创办"进贤小学"。次年又创立"进贤国学讲习社"。此举深得于右任赞赏，从此与于结下了翰墨缘。1949年后，其隶书平易中见奇崛，大拙中寓巧思，显得沉着稳健，老辣古朴。作品多次参加国内外大型书画展，并为博物馆、美术馆和园林部门所收藏。字迹影响日本、东南亚一带。

锡亮老师长得很像父亲，用本地方言来说就是一个模子里刻出来的。又因经常翻阅吴老的纪念集，吴老的形象在我脑海中竟也生动可掬起来，个头不高，有趣味，儒雅，坦然乐观，眼神清澈、灼热，散发着对教育和艺术的爱。

听锡亮老师讲父亲儿时的故事，也极有意思。吴老1903年出生在安徽歙县里河坑村，这地方山清水秀、文化氛围浓郁，我们乘车经过时，被深深地迷恋住了。据说，吴老幼时喜书法，每日清晨在方砖上临摹百字后才用餐。他考上了当地的中学，录取通知书也来了，但家里只供得起一个孩子读书，就把通知书上的名字改成了"吴迪贤"，让老二读书去了。老大得养家，背起行囊到常熟的典当行当学徒。十三岁，能做什么呢？给老板娘抱小孩，或者拌猫食，鸡零狗碎的事情，上不了台面的事情，都是这小杂役承包。直到有一次，医生杨振淮到典当行，发现这小学徒的床上横七竖八堆满了书，诧异极了，说，你该去学校读书啊！他大力资助，自此吴老先后就读于当地的教会学校晏成中学和南京金陵大学。

三、出版《嘘寒集》

灯昏月暗，我翻开《嘘寒集》。孤本。用发黄的牛皮纸信封包扎着，是二十世纪八九十年代苏州邮电局的信封。信封上留有吴老的笔迹：孤本，《嘘寒集》保存。当年苏州平江医院院长到他家串门时，无意说起还有这样一本集子，吴老欣喜若狂，要求索回，院长也趁机敲竹杠，要了两幅扇面。

《嘘寒集》，1930 年出版。三十未到的吴老，在诗作、书法上颇有成就。看其相片，风流俊逸，温柔敦厚，圆框眼镜，目光炯炯，唇线有力。他日有常课，一炉香，一缸水，晨夕临摹。身为慧灵女中的国文、英语教师，他学贯中西，无所不能。单看《嘘寒集》自序，便可触摸到民国时代文人的学养、情趣：

> 庚午雪夜，余兀坐南窗吟坡翁尖义句，客有过寒秋馆而笑曰：终日围炉独坐对古人，不觉无聊乎？余曰，然冰天雪地，寒气浸入，非闭户哦诗，何以遣？此曰，古人诗若六朝若唐宋若元明若近代吴梅村袁子才诸集，君浏览殆遍矣？盍一读今人诗乎？余曰，安从得之？客曰，君善书法，何不以书易之？余曰，君劝余送字征诗乎？昔逸少风流与山阴道士有换鹅故事，传为千古佳话，庸俗如余，岂能效此风雅？不惟令今人嘲，且恐惹古人笑也。客曰，古之今人即今之古人，今之今人亦即百年后之古人也，今古时间也非有高下之别雅俗之殊也。余乃属家人出酒具，与客对饮至半酣，口占一律，客大喜，遂书，以付诸报端，诗曰：

自疑明月是前生，吴市庸书已十春。

每借酒杯浇垒块，常将诗钵寄风尘。

天涯鬻字赠知己，海内论交见异人，

翰墨因缘能广结，一支秃笔可通神。

就在这所不大的砖木结构的房子里，在这张八仙桌旁，在火炉边，吴老如同苏轼，在孤寂幽僻的环境里，主客问答，将内心的困惑、茫然倾泻，又将年少时的才情一一抖露，文笔清雅有哲思，今人古人打通一气，留给后人的是对这种古风的景仰和追寻。

果然，吴老的律诗在《大公报》上刊登后，送字征诗成了一时最为风流意趣的雅事。他一下子收到了七百多首律诗，所得皆是"神"韵。四海之内，文朋诗侣，纷涌而来。吴老选择了三百多首诗放在《嘘寒集》中。集子由国民党元老李根源题词，吴老将《嘘寒集》视为珍宝。

四、嗜昆曲

《嘘寒集》中潘逸园是这样描述三十未到的进贤先生：

行有余力，则习音乐，尤善昆曲，尝于檀板金筝中，粉墨登场，借泄胸中之奇，性豪爽，尤嗜饮酒，有古侠士风，言妙语天下。故吴下名士如李根源张一麐诸先生，均折节下交，称小友焉。

这是一种非常舒服、得意的忘年交，饮酒、写诗、唱曲，样样皆可，无拘无束，流淌的是散淡闲适之气和士大夫文人的博雅和从容。有平民的气息，也有贵族的风度，有心贴到泥土上的接近，也有上苍在野外与之无声的倾诉和交流。进贤先生显然是受用的，并以聪慧俊逸之才吸收着。

俞振飞的父亲是苏州名师、度曲大家俞栗庐，他到进贤先生家去授学，一个小时八元钱。园林路姓潘的副市长给母亲祝寿，堂会上，进贤先生欣然前往，拿起折扇，扮了一回气宇轩昂的唐明皇。

锡亮老师赠我几本他父亲的昆曲工尺谱。巴掌大的小折页，慢慢铺开，是一个旖旎的恍若神秀的世界。小楷，字形秀气端庄，每个字右斜上方有工尺标识字样，错落之美，蕴含着层层叠叠琐碎的风雅。曲目不经典不成，有《夜奔》《思凡》《琴挑》《西厢记·佳期》《红梨记·亭会》。

我不禁想起电影《霸王别姬》里的老师傅说的两句话，男怕《夜奔》，女怕《思凡》，何意？因为这两出戏都要求演员要有真本事，不出彩就坐不住人，弄不好还要砸了自己的招牌。进贤先生挑战的是极限。1982年，南北昆曲大会演在苏州举行，他应昆曲名家俞振飞之邀，登台亮相合影，虽是票友，风采亦让昆曲界同人啧啧称赞。

"听了昆曲，整个人会安静下来。"吴老对小辈说。听昆曲，今生里看到前世，虚空中幻化出一个活生生的世界。这空间里有嬉笑怒骂、有爱恨情仇、有留白顿悟、有体验记挂。唯有最清闲的人，方能领略到这些细节的妙处。吴老一生爱好是天然，九十多高龄仍然有此雅兴。

1990 年，他在记事本写道：

> 沈从文夫人张兆和住北京中营街 24 号。若干年前在鹤园举行南北昆曲大会唱时，我遇见兆和的姐姐允和，当场就叫我替她写了一页扇面留念。那天，我们拍了集体照，俞振飞大师夫妇在一起。

五、园林题字

姑苏的园林，适合梦游。游园惊梦，后花园里深沉的虚无慢慢下坠。春光黯黯，草木开始凋零，园林里的建筑华彩依旧，匾额、屏风、抱柱，留住了多少文人的雅趣和翰墨，缕缕余香，似乎在轻声诉说这儿曾演绎过的故事。

吴老的墨宝洒落在姑苏的名园中，似一片青砖、一块花窗、一盆睡莲，平添了不少自然闲逸之态。如狮子林"燕誉堂"北厅的匾额，吴老题了"绿玉青瑶之馆"几个字，其汉隶古朴天真，似上林春花。而留园中的临溪小榭挂的匾额是吴老的行草书"活泼泼地"，真正的活泼，真正的性情自在！

人、景、书法融为一体，皆怡然自乐。

萧萧铁岭关，城门上的匾额也是吴老所书的"御寇安民"，书法端庄肃穆，沉雄拙厚，显出了皇家森严气象。流水边，妇女们看到古桥上吴老题写的书法，如"上津桥""苑桥"，她们微微一笑，提篮浆洗衣裳，如同见着天空里的一片云一般亲切。

六、小儿子阿德

吴老生了十二个儿女，恰恰一打，英文为"dozen"，四个孩子早夭，因此把最小的儿子吴锡亮唤为阿德。四十七岁中年得子，万般疼爱在一身。阿德要用宣纸涂鸦，吴老夫人摊开两只手，说，只管用！阿德要听故事，吴老在乘凉时，一边摇着蒲扇为他驱赶蚊虫，一边吟滚滚长江东逝水。吴老喝酒，一碗瘪瘪豆，一碗臭豆腐，小阿德趴在台子脚跟，听他讲《嘘寒集》的前因后果。

阿德知青插队到大市（现为张浦），在田里忙着插秧的时候，只听田埂上有农人叫唤，说是家里人来看他。太阳光热晃晃，刺得人睁不开眼睛，细一瞧，却是七十多岁的父母亲一路乘轮船来看他。吴老心疼了，晒得黑黝黝，哪里是我的阿德啊！从小不经农事，这番苦哪里是他能吃的？老夫妻一商量，说是要留在农村公社，为阿德洗衣烧饭。故阿德插队十年，凡农忙时节，总能有父母援助相伴。

江南的天空明丽清秀，放眼是枕水墨相、云雾氤氲一片。阿德插队的杭上大队（现为姜杭）水系极为发达，整个湖面形似太极八卦图。双阳潭湖水碧青，盛产的螃蟹独有特色，大小螯，鲜美异常。阿德摇了小船，带老父亲来双阳潭消暑。父亲进贤赤膊在湖岸边浸泡，阿德一个猛子扎到湖中央，年轻气盛，又游了一大截，忽然回望茫茫水域，惊吓得不浅，心想，万一自己沉掉，老父亲怎么办？谁带老父亲回去？自己岂不是罪孽深重？他将双脚一蹬，却发现湖底是平地，虚惊一场，自此更是骨肉相亲。

阿德也善书法，结构风神酷似父亲。阿德说，从小就在父亲身边磨墨拉纸，浸淫其中，哪有不似之理？当然，父亲写字靠的是功力，那飞白、那运笔，似秋风干裂，又似春花含雨。自己笔力不到，只能靠勤奋，靠墨色来补。

父亲诞辰一百零八周年，阿德六十有一岁，念父亲生前从未办过书展，从未出过书法集子，内心戚戚然，故不遗余力、奔走相告，幸亏有多方人士相助，纪念集顺利付梓，阿德释然。

阿德即为吴锡亮，吴锡亮即为阿德，数十年来伴随父亲左右，直至泣送他离去，殷殷绵邈之状怎一个情字了得？

七、赠字

书坛巨匠于右任在李根源家中见吴进贤的书法，忍不住击节称赞，因书联语以魏碑体相赠：

> 夏鼎商彝云霞色泽
>
> 金枝瑶草雨露精神

　　这大概是赞赏吴老汉隶古朴又不乏雨露晶莹灵动之美。我小心翼翼地翻开这本纪念集，一轮明月高照，汉魏之风绵长隽永，化在纸上，是吴老书法中沉静一片、大美一片。西风残照、关河冷落、南浦送别、独坐幽篁、人闲花落，种种意象在吴老的字里行间呈现。这里没有疾风骤雨式的狂野，没有放浪形骸的心灵呐喊，留下的是超逸旷达的人生风度，是淡泊名利的无言心态。

　　苏州名胜古迹中随处可见吴老的作品，姑苏平民也喜欢用吴老的笔墨补壁。写字、赠字，成了吴老日常化的生活状态。已经耄耋之年的吴老日有所记，文辞简约：

> 　　——今天在家还笔墨债，整个一天写了十几件。《水上乐园》招牌，花了很大的劲。主要写一尺见方的字，"水上"二字和"乐园"不贯气。宣纸薄，扛不住大笔，笔随墨下，不敢用力。后来还是用旧报纸写成。
>
> 　　下午五点收摊，刚洗好笔砚，忽接吴虞从三中带来德钧书记、元钦主任信，要写一个横幅送东吴

丝织厂。来句是"春风绿江南姑苏一枝花"，既然可以修改，我把它变成两句话：春风又绿江南岸，迎来姑苏一枝花。又一次卖老了。

评弹词人黄异庵，我听过他的《西厢》，富有才情，我深为钦佩，但无缘结交。信孚兄代为求到尺页一幅，乃相见欢词：

唐生善为传言，

猛然间，记取品茶文气，嵌新联。

事真巧，慕名早，识无缘，

倘许神交该我在君先

读吴老的书法，干净，宁谧，尘埃遁去，浮华远逝。一个人静静体悟，有明月别枝惊鹊的禅意。

八、笔记

我喜欢探究吴老作为艺术家的心态。

知天命，但仍不停笔，常内省，如颜渊不改其乐。生活中坦然处事，从容领略天地受之的每一份细小的生活意韵：

1. 今天狂风肆虐，大雨倾盆，不能写字，枯坐高楼，阅读书报为遣。不知有多少书籍未过目，老眼昏花，一日十二时，只觉时间不够耳。

2. 有冷空气，也许还要下雪。冻疮刚好点，又冻开一指。天色暗淡，写字费劲。陆国兴告知，老年体育报有人要来探访。

3. 今日阴。一早瑞芬上班，二孙上学。叶元钦赠送的四只过冬黄蛉（死去一只）叫得可爱，未感到寂寞。

4. 天奇冷，绿毛龟在微弱阳光下伸头。送日本名古屋展览三件，二十号要交卷。中午尝瑞英所送猪爪，入口而化。

我大声朗读这些文字，吴锡亮老师笑了，仿佛看见自己的父亲坐在八仙桌旁沉吟。桌面光滑，细细摩挲，有记忆，有想象。砚台和笔，留着兰草的影子，若即若离的气息，是水墨之间的一往情深。吴锡亮的夫人娴静舒雅，端坐在一张方凳上，看电视里播放的越剧《西厢记》，无声，单看演员的身段、动作。寂寂的静，属于平江路的夜晚。

推开门，是和另外一户人家共用的小天井，看得见夜色迷蒙似王摩诘的《辛夷坞》。一盆铁树，在料峭寒风中仿佛吹散了酒意，格外精神。

2011.12.22

灵魂有风

——油画家蒋博宇印象记

一

又见蒋博宇，是在查济古村落。

他拖着画架，顶着烈日上山头，后面浩浩荡荡一支队伍，提着颜料箱、扛着画板，基本都是中国美院的学生。山头鸟瞰，一览无余，挨挨挤挤的房子和树木相辉映，质朴、莽苍、还有清明上坟的烟霭气息都萦绕在一起。摆开阵势，开始作画，俊朗的脸庞迎着日光。我到山下村子转了一圈，不久就见着朋友圈发的微信照片。博宇像个斗士，在苍穹下执拗鏖战，枝丫天空皆成背景，一个人的力量，孤独坚守的力量，弥散开来，震慑住了草木和观画者。

画面内容混沌大气，疑幻疑真又光影交错。好一派古村田园景致。农耕文明是否还有迹可循？乡村的清流是否被异化？眼前之景不由让人联想到 2015 年博宇在松阳丽水写生的一系列作品。颓圮坍塌的老房子在呻吟，昏暗的树影之下是飒飒而过清冷的叶片。沉峻、大气、幽暗、细腻——博宇的画骨子里是古典的，但又糅杂着和现实相悖的元素。也许受着他喜欢的柯巴巴、莫迪利安尼、奥尔巴赫等影响，但也不尽是。

博宇想要表现的是"我"自己。

记得第一次到博宇的画室，冲击视线是他的《星际行旅》系列。浩瀚的星空之下有说不清道不明的物质疾驰而过，也许光凭肉眼根本无法捕捉。它们转瞬即逝但又魅惑人心无比娇艳。画中流畅着螭螭蜿蜿起伏汹涌无始无终的颤动、震动、律动。

我平生第一次用诗歌来这样记录所感：

如何从沉重的肉身飞升出去 / 抵达星河的明晰璀璨 / 每一颗粒在沉吟中爆发 / 边缘处的舞蹈 / 拯救了被世俗遮蔽下的细节

花绽放着枯萎 / 生与死的交替 / 我们站着，这儿是泥土，我们站着

祖母绿的色彩 / 从星空中送来神谕 / 在影子和影子之间 / 力量开始连缀，开始成倍递增 / 山谷开了，回声有了，翻滚着的麦浪有了 / 一颗星走过原野 / 我们聆听

博宇和我先生是挚友，有时凌晨二三点还在手机交流，而那个点恰是博宇作画最亢奋的时光。万籁俱静，他挑灯夜战。每晚他几乎只睡四五个小时。人生太短暂，岁月忽已晚，他自觉地将生命意识回归到艺术创作上。《星际行旅》是他对自我的诉求，去表现无处安放的爆发力，去把片段的情绪堆积，把不同时间段的闪烁在苍茫之上绽放。当物质世界不能承载更多的时候，星空是信仰，亦是怀念，是祖母绿的亮色在阐述着永恒。

我站着。我在浩瀚星空下致敬，向时间致敬，向质感饱满的艺术颗粒致敬。

博宇是个单纯的人，活得相当纯粹，或者说他身上有一种脱离世俗的高远。他远离喧嚣烟火，就是想更好地做"我"自己。保全独立的人格，独来独往，不去跟主旋律，也不去标新立异吸人眼球，只是在艺术道路上执着前行。他内心清楚得很，要什么，不要什么。不做多余的事，不画多余的画。他怀着一颗赤子之心，甚至是一种孩子气式的激情在艺术道路上挺进。

在我眼里，他的静物有着妙不可言的东方审美和文人情趣。

一只桃子，二只桃子，三只桃子……他的桃子系列达到十几只时，是酣畅有味的，它们被博宇设计在虚构的青灰色山峦背景中，有着冰火两重天的艺术张力。有的像悠然见南山的陶渊明，有的像追着风奔跑的梵高，有的是竹林七贤中的嵇康，淡然中弹着广陵散，有的是印象派大师莫奈，在光影里徘徊良久。每一只桃子都是有个性的，它们在层层色彩中焕发出自身的灵气与寓意。

博宇也坦诚相告："我作品的绘画手法偏向于表现主义，也结合了中国的漆画、壁画的元素，着重探索画面的质地感、颗粒密度、色层的编织。我倾向于画面有一种凝固感，让身处在不同空间叠层中的画面颗粒变得移动缓慢。也许这样的创作过程比较漫长。需要画一层等干透再画一层，通过层层的交织透出缝隙达到效果，但我觉得很值，就像中国佛教中的修行。"

在博宇的画室中穿梭，我感觉到灵魂之风拂过，而鲜桃汁水飞溅，蛾子轻盈安歇，九个月大的婴儿戴着拿破仑的榴莲帽酣笑，有人在山茶花下凝成一种姿态。

博宇在小区花园中发现有一处白山茶极美，踟蹰良久，在皎皎孤月映照下采摘，后置于青色帘布。白山茶凝固成静美，芬芳如昨，画面涂层很厚，花的高洁之感脱颖而出。画与人品性相映，或者是物我合一，这是艺术创作带来的绝妙佳境。

意大利罗马，我看到莫奈画自己孩子的作品，瞬间想到了博宇，他画孩子的油画也充满深情，拙极巧极。

闲暇之余，博宇会画一些小品作为补充，比如说太湖石、小文玩、老床板上的传奇故事，等等。博宇宜兴人，有着属于南方人特有的小情感，画小品画，可以养生、敛气，可以静心思考，可以悠游自在，删繁就简。

宜兴好地方啊，气息氤氲，出了不少艺术大家。博宇从这块土地上走来，又得到中国美院的滋养，再加上自身的执着，画面欣然有生机，有风在流动。不惑之年悄然而至，沉闷的悲壮感再次袭击着他，如何奋然前行？他喜欢把自己逼处于逆境之中，像一棵直立带刺的树，恒定在原处。他的眼神澄明而又凝定，像在倾听宇宙间无边的宁静。他带着不愿说谎的唇，毫不怀疑，将淋漓元气破画欲出。

二

杭州。初夏藕风。博宇的画室，琳琅满目。一时让眼睛看不过来的缤纷世界。大大小小的油画作品、颜料、花瓶、枯花、小摆设……我双脚不知跨向何处，艺术的浪花向我拍打过来，带着海水淡淡的咸味。

估计有五十多幅画花的作品。茶花、白玉兰、木兰、木槿、木绣球、月季、蜀葵、石榴花、桂花……江南日常伸手可触的花朵，以最美的瞬间和姿态定格在博宇的画面上。这是一个很有意思的主题创作，男人画花，笔笔带有执念，它代表着什么，诉说着什么？

喝茶，絮絮谈。也许用"絮絮"两个字太过绵柔——博宇的陈述是激情的。因为昨晚他停画，保证了充足的睡眠，所以他的状态十分饱满，明亮的眼神、白皙修长的手指，谈吐自如，时有抑制不住的笑声爆发出。

"你知道，我结婚生孩子后半年时间没画画，成天推着婴儿车在小区里转。天哪，那种不画画的滋味难熬极了，我几乎要窒息——我的母亲这时又得了重病。生与死这些字眼时常纠缠着我。我陷入了焦虑和不安状态，是这些花，这些我生活中最质朴的花给了我生命哲学，它们大朵大朵地绽放着，在不同季节悄然登场又谢幕。"

"于是我有了创作花系列的想法，一年四季，生死轮回交替——我们的日常美生活美恰恰表现在无数个花开花落的瞬间。那绽放的瞬间，是最光华夺目的，我等着它们最最好看的时候采摘下来插置瓶中，我希望花儿美的瞬间能通过我的画笔触转为永恒。"

"花谢花开花满天，红消香断有谁怜""无可奈何花落去，似曾相识燕归来""泪眼问花花不语"，伤春、惜春素来是文学意境，如今，博宇领悟到的却是真真切切的生命质感。他推着婴儿车转悠，孩子牙牙学语憨笑烂漫，他出不了远门，就在家门口观察。白茶花高洁，蜀葵性感，石榴花开得最美的刹那是半花半果时，仪态全出。

生死之道化在生活日常。博宇凭借画家的特殊视角和个人世事磨炼出发了——

用一年时间画出花儿们的春夏秋冬，他几乎是玩命似的投入了创作。

白天要照顾家庭、孩子，就用晚上的时间绘画，通常到凌晨三四点，黎明曙光乍泻，也是他收笔时候。可以说，他的创作和市场潮流毫不搭边，他尊重的是自身的心灵密语。每每开画之前，他仿佛在领略一场圣洁的宗教仪式，沉静宁谧的氛围有了，他行走，进入寺庙，穿过长廊，拾级而上大雄宝殿，庄重感、虔诚感笼罩着他——磕头作揖。继而是酣畅淋漓的创作，他在狂舞，在挥洒，在将复杂、矛盾各种多义性揉搓到笔尖——

每一道笔力都似烟花在绽放，似鱼儿在网兜中挣扎，似穿堂风回旋充满着悬念。是的，画面上始终有股有效的气流在涌动，也许是清微之风，也许是浑圆混沌之风，也许是飓风呼啸……

博宇的花卉笔力是带着浓郁的荷尔蒙式的力量感，它不是小抒情的伤感，也不是波西米亚风格的流浪散漫，而是有着古典主义的沉静、有表现主义的个性，有印象主义的色调闪烁，也有中西方审美糅合的边界打破，总之，是一种高密度性的力量在喷涌，一种说不清道不明的真实与幻境在唤醒观画者。

"高度的节制。"这是他的术语——也可以称之为绘画创作中极其宝贵、高洁的品质。绘画不是发泄，而是严格控制，让美的东西再生涩一些，让每一个力量点都成为可操控的，让作品的厚度再呈现一些，从而往里往下看，来思考人生要义，来体味画中传达出的生命哲学。

处处妙笔生辉，笔笔流光溢彩，感官无限放大，冲到极致，回过头来却是王维"行到水穷处，坐看云起时"的淡然，是苏轼"回首向来萧瑟处，也无风雨也无晴"的超脱。博宇想要追求的正是那种卓越脱俗的境界，那种在边缘处滑翔的感觉。

花的世界，他生命中只打算画这一年，粲然、卓然、决然。

他笑得无邪，孩子般纯质，又力量横生。孤独又坚强的斗士，在旷野中奋战，不为梦想，为理想。我充满敬意——人生的黄金时代，如何才能不虚度？萧红留下了《呼兰河传》，梵高留下了阿罗时期二百多幅精彩的作品。博宇十分明确他的黄金时间，他不远行，不流俗，苦行僧一般投入创作。

两个多小时的交流，酣畅愉快。杭州下起了霏霏细雨，水消逝在水间，充满了哲学意蕴。青山盈盈，水迢迢。我驾车从杭州回苏，悠然里也被博宇的力量感染，黄金时代，该好好干点什么。

2019. 6. 25

后 记

　　小说集《白色之城》刚出版不久，我接到了古耜老师的电话，他在主编一套"70 后"女作家的散文集。

　　《漫游者的边境》前后写了近十年，创作时间和《白色之城》相仿，或者说散文和小说两种文体创作成为互文，互为补充，将一个游走在世界角落中真实抑或虚构的我还原。

　　为什么漫游？为什么晃荡？

　　这似乎成了我生活中一个必需。

　　独自背上行囊漫游世界，让自己充分学会与自己相处，与陌生的世界相处。流浪在天涯的尽头，是结束也是开始。沿途欣赏着异域风光，我喜欢纷至沓来的一切，领略不同国家的文化艺术，让孤独的内心逐渐变得强大与丰盈。

　　我也喜欢在真实与虚幻之间腾挪游移，梦境与现实，回忆与经验，幻觉和实感，都在文本中来回穿梭与交织，我有意模糊其中的边界，营造出亦真亦假、似假还真的氛围。

　　日记体、随笔体、游记体、诗歌摘录、小说虚构……我信马由缰，通常是在晨星寥落时，在异国他乡记录、观望、书写，然后听到整个城市醒来的声响。

这些城市真实存在，抑或成了纯粹的精神虚构之地。一个个人在游走，一个个人在晃荡——融合与撕扯，追问与放逐。这些矛盾构成了一个个缠绕的灵魂。我与无数人相遇，随即分开。

灵魂没有边境，文学没有边境，艺术没有边境。我在巴黎墓地凭吊莫迪利亚尼、普鲁斯特、巴尔扎克、苏珊·桑塔格、贝克特、萨特、波伏娃……一天的光影与光阴紧密相连，数世纪的艺术与哲思也鲜活呈现。不仅空间发生维度的咬合，时间也在拼接、延长。

我坐在城堡台阶上，晃荡着双腿。听音乐《落日飞车》，很典型的美国蓝调音乐，悠缓舒长的调子。闭上双眼，感受到微风，感受到落日，感受到鸽子振翅飞翔。远方萨瓦河大桥上车辆忙碌，但不影响这里的闲暇。世界上最惬意的最重要的事就是——晒太阳，在全世界晒太阳，然后汲取能量，不断前行。

行走的日子，我通常会随意记录，创作散文，也会在特定情境之下，一气呵成写小说，就如在贝尔格莱德的秋日，刮风下雨那天，我窝在酒店喝着白葡萄酒，完成了短篇小说《白色之城》。

"可见，小说是有无限可能的。你的脚步将决定你的叙事空间，而叙事空间又决定了你的小说走向。"

我想，散文也是有无限可能的，它就像水，没有一定形态样式来束缚写作者，它更自由，更开阔，更能抵达人心。

感谢我的家人给我足够的空间驰骋，让我在文学创作世界里心无旁骛。

葛芳

2020. 11. 2